JN166182

スター作家傑作選

春色のシンデレラ

ベティ・ニールズ
エマ・ダーシー

Published by Harlequin Japan,
a Division of K.K. HarperCollins Japan, 2025

Contents

夢の先には

Wish with the Candles

ベティ・ニールズ
結城玲子 訳

ベティ・ニールズ

イギリス南西部デボン州で子供時代と青春時代を過ごした後、看護師と助産師の教育を受けた。戦争中に従軍看護師として働いていたとき、オランダ人男性と知り合って結婚。以後12年間、夫の故郷オランダに住み、病院で働いた。イギリスに戻って仕事を退いた後、よいロマンス小説がないと嘆く女性の声を地元の図書館で耳にし、執筆を決意した。1969年『赤毛のアデレイド』を発表して作家活動に入る。穏やかで静かな、優しい作風が多くのファンを魅了した。2001年6月、惜しまれつつ永眠。

主要登場人物

エマ・ヘイスティングズ……………看護師。
ミセス・ヘイスティングズ…………エマの母親。
キティ・ヘイスティングズ…………エマの妹。
ウィリアム・ラン……………………エマの友人。愛称リトル・ウィリー。
ユスティン・テイリンゲン…………外科医。
ミセス・テイリンゲン………………ユスティンのおば。
サスキア・テイリンゲン……………ユスティンのいとこ。

1

エマ・ヘイスティングズは全身に震えが走り、思わず両目をつぶった。幼い子供のように、ふたたび目を開けたときには悪夢が消えていることを願ったが、もちろんそんなことはなかった。三十センチほど先には、ロールスロイス・コーニッシュのオープンカーが黒々と輝いている。豪華な車を間近で眺めるのは楽しいはずだが、今は最悪の状況だった。どこか別世界での出来事であってくれればいいのに、とエマは思った。なにしろ目と鼻の先で、彼女が三代目の持ち主となったおんぼろのフォードのバンパーが、ロールスロイスのぴかぴかのバンパーと鉢合わせしているのだ。

相手が車から出てきたので、エマもあわてて外に出ようとしたが、気まぐれなドアがこんなときに限ってまた動かない。エマが取っ手を押したり引いたりしているうちに、男性はゆっくりと近づいてきた。車にふさわしく、背が高く肩幅の広い立派な男性だ。彼の濃い赤銅色の髪を見て、エマは気が滅入《めい》った。赤毛の持ち主は意地悪だと言われているからだ。

だが、エマの母親は違う見方をしているようだ。

「ねえ、エマ、とてもハンサムな人ね！」

エマは車から出られずにいらいらしながら、ぴしゃりと言った。「まあ、ママったら」無言のまま、なおもドアと格闘する。腹のたつことに、ドアは男性が外から手を触れたとたん、簡単に開いた。やっと車の外に出たエマは、百五十七センチの背を精いっぱい伸ばして相手と向かい合った。相手のネクタイしか見えなかったが、向かい合うことで気持ちが落ち着いた。エマはまずシルクのネクタイをじっくりと見つめてから、視線を顔に移した。男性のグリーンの瞳は意外にも冷静だったが、きっと怒っているに違いない。エマは愛想よく言った。「ごめんなさい。オランダ語は話せないんです。申し訳ないことをしました」

「ここは反対車線ですよ」返ってきた言葉はそっけなかったが英語だったので、エマはほっとした。

「あなたがイギリス人でよかった」思わずもらす。

男性が厳しい目をして、噛《か》みつくように言った。

「なぜだ?」

エマはあっけらかんと答えた。「オランダ人はとてもいい人たちだけど、それほど陽気ではないでしょう」

男性は意地の悪い笑みを浮かべた。「本当にそうかな?　私の車を傷つけた不注意な若い女性にめぐり合えて、喜べというのかい?　君は恐ろしいドライバーだね」

「違います」エマは矢継ぎばやに言った。「私、運転は上手なんです。ただ、角を曲がるときに、車線が反対なのを忘れただけで」彼女はグリーンの冷たい視線を、はしばみ色の瞳で冷静に見返した。「もちろん、弁償はしますから」そう言ったものの、心は重かった。ロールスロイスは高価だから、修理費も大衆車とは桁《けた》違いだろう。支払いは数カ月の月賦になりそうだ。考えただけでうんざりしたが、エマは期待をこめて言ってみた。「傷はそれほどひどくないでしょう」

「いや、大変だろうな」男性はエマの目を見つめて、平然と言った。

エマは深いため息をついた。弁償代のことをあれこれ考えてもしかたがない。「車を離してみればわかるでしょう」

男性の顔が一瞬、引きつったように見えた。「どうするんだ……離すために?」その声はなめらかで好感が持てた。エマは男性の脇《わき》をすり抜けて、車を調べた。フォードはひどい状態だ。バンパーがへこんでねじれ、ロールスロイスのバンパーに引っかかっている。

「あなたの車を持ちあげれば……」

また男性の顔が引きつった。「ロールスロイスを持ちあげたことがあるのかい、お嬢さん？」エマが首を振ると、やはりシルクのようになめらかな口調で続ける。「君は本当に能天気だな」

男性がエマのそばに来た。上品な靴をはいた足で、フォードのバンパーをいきなり蹴《け》る。驚いたエマの目の前で、バンパーははずれて落ちた。

とたんに、エマは激しい口調でなじった。「なんてことを。私の車がおんぼろだから蹴飛ばしたのね！」まるで人間の年寄りを蹴飛ばしたかのように責める。その声は怒りに震え、取りたてて特徴のない顔は紅潮していた。男性はエマの顔をしげしげと見つめた。今まで見逃していたものに気づいた、というようなまなざしだった。

「そこまで言うなら、どうして反対車線を走るようなことをするのかな？　この国では違法だよ」

悪魔がその言葉を聞きつけたかのように、白い小さな車が角をまわってきてとまった。車体には〝警察〟という文字が、屋根には見慣れたブルーのランプがのっている。パトカーのドアが開いて、大柄でがっしりしたオランダ人の制服警官が二人出てきた。二人は慎重な足取りで近づいてきて状況を調べ、エマに話しかけた。〝どうしたのか〟ときかれたのだと思って、エマは申し訳なさそうに言った。「ごめんなさい。私、言葉がわからないんです……」男性の方に向き直る。「あなたはしゃべれるんでしょう？　わかるように説明してもらえませんか？」

男性は無表情に言った。「いいだろう」彼は警官に向かっててきぱきと話しだしたが、エマにはさっぱりわからなかった。警官は真剣に説明を聞き、彼の免許証を調べおわると、古い友人同士のような笑みを浮かべた。「彼らは君の免許証を見たいそうだよ」

エマが免許証を差し出すと、パスポートも要求された。しかし男性が警官からパスポートを受け取って眺めているのを見て、かっとなる。そこにはエマ・ヘイスティングズという名前、現在独身だということ、職業は手術室づきの看護師、目の色ははしばみ色、髪の色はブラウン、五月一日生まれ、ドーセット郡ムッチェリー・マグナ出身などなどの事柄が記されていたからだ。なんて無礼なのとなじりたかったけれど、男性が警察とうまく交渉してくれたらしいので必死に我慢する。

男性はなにも言わずにパスポートをエマに返し、警官の方を向いた。警官はしばらくの間メモをとっていたが、笑いながら男性と一緒にロールスロイスをエマの車から引き離しにかかった。男性はエマの方を見もせずに、フォードに乗りこんでバックさせ、二台を離した。警官は男性に向かって礼儀正しく挨《あい》拶《さつ》し、エマに対してもなにやら愛想よく言葉をかけて去っていった。パトカーが角をまわるのを見送ってから、エマは男性につめよった。「あなたはイギリス人じゃなかったのね。オランダ人なんでしょう！　なぜ最初に言わなかったの？」

「それほど陽気な気分じゃなかったからさ。許してもらえるかな？」言葉は手厳しかったが、グリーンの瞳はきらめいている。

エマは真っ赤になって口ごもった。「ひどいことを言ってごめんなさい。おかげで――」

「無罪放免ですんだ、かい？　そんなことは考えなくていいさ、お嬢さん。君一人でもうまく対処できたはずだから。私の国の警官は決して陽気ではないが、親切だからね」男性は意地悪く言った。エマはばつが悪くなったが、彼はそんな彼女にはかまわずフォードに歩み寄り、開いた窓から母親に話しかけた。エマは落ち着かない気分で、立ったまま男性のようすを見ていた。母親の楽しそうな若々しい声が、彼の深みのある声にまじって聞こえてくる。やがて、母親は笑いながらエマを呼んだ。

「ねえ、エマ、ちょっとこっちにいらっしゃい」

エマはしぶしぶ母親のそばに行った。だが、二人がなにを話していたのか知りたくてたまらなかった。

「驚いたわ。この方はアウデワーテルをよくご存じなんですって。〈ウイッチズ・スケールズ〉に一晩泊まるつもりとお話ししたら、小さいけれどとても居心地のいいホテルがあるとおっしゃるの。一晩と言わず、もう少し滞在したほうがよさそう。そこからだと、ゴーダやスホーンホーヘンもすぐだそうよ」母親が協力を求めるように視線を向けると、男性は魅力的な笑みを浮かべた。そのほほえみは母親に向けられていたのに、エマの心は妙に騒いだ。

「城はお好きですか?」男性はきいた。「ワイク・バイ・デュールステーデ城の光と音の饗宴《きょうえん》についてはご存じでしょう?」エマを見ようともせず、彼は母親とばかり話している。「スホーンホーヘンから川沿いに数キロ行ったところに、快適なホテルがあるんですよ。古めかしいですが、居心地がよくて、スタッフもとても親切なんです」

「私たちの希望にぴったりだわ」母親は喜んだが、エマはひそかにため息をついた。予定はすでに決まっているのだから、わざわざ彼に相談しなくてもいいのに。数千ポンドもするロールスロイスに乗り、シルクのシャツとオーダーメイドのスーツを着るような男性が、辺鄙《へんぴ》なホテルに興味があるはずがない。おそらく礼儀上、話を合わせているのだろう。エマはかすかに眉をひそめてみせたが、母親は大きな目で無邪気そうに見つめ返すだけだ。「私たち、あと三日しかいられませんし、お金もそれほどありませんの」母親は説明した。

「ママ！」エマは声をあげた。おもしろがっているような男性の視線には気づかないふりをする。

母親はまったく気にしなかった。「だってエマ、私たちの車を見ればすぐにわかることでしょう？それに、もうお会いすることもなさそうだし」

エマは硬い声で冷静に言った。「お名前とご住所を教えていただければ、修理代をお支払いします」

ロールスロイスの外観に問題はなさそうだ。だが、美しいボンネットの下ではひどい故障が発生していて、法外な修理代を要求されるかもしれない。

男性は名前も住所も明かさず、穏やかに言った。「修理が必要なら、代理人から連絡がいくよ。警察が必要事項をすべて控えたから」エマの心配そうな顔を見てつけ加える。「私が説明したから、これ以上警察が出てくることはない。ところでお別れする前に、君の車が大丈夫かどうか確かめさせてもらえるかな？」

エマは男性と一緒にエンジンをのぞきこんだ。彼がワイヤーを何本か引っぱり、ねじをまわす。男性の手は大きく手入れが行き届いていて、指は節くれだっている。母親の言うとおり、いかついけれどハンサムな男性だ。

彼が急に顔を上げ、冷たくエマを見つめてから、そっけなく言った。「ライトをつけてみてくれ。それから、エンジンも頼む」エマが従うと、少しようすを見たあとで、男性は言った。「大丈夫なようだな。だが、プラグがすり減っている」手帳を取り出してなにか書きつけ、そのページを破ってエマに渡す。「アウデワーテルに入ると、左手に修理工場がある。そこの誰でもいいから、このメモを渡せば修理してくれるはずだ。たいした問題ではないが、あとで困るといけない」

「親切にしていただいて感謝します」エマは丁寧に礼を言ってから、あわててつけ加えた。「オランダ人について言ったこと、おわびします」

男性がにっこりしたので、エマはどきどきした。

「いや、君の言うとおりだ。たしかに、我々は陽気じゃない。それでは、残りの休日が楽しいものになるよう願っているよ」そして車にいるエマの母親のところに行き、長々と心のこもった別れの挨拶をした。彼は自分の車に戻り、エマが出発するのを待った。エマは男性の方を振り返りたい気持ちを抑え、あえて見向きもせずに走りだした。無邪気な母親は、窓から顔を出して男性に手を振った。

しばらく走ってから、エマは車をとめた。いぶかしげな母親に、男性のメモを見たいだけよ、と恥ずかしそうに言う。メモは当然オランダ語で、読めなかった。英語で書かれていても読めないのではと思うほどのなぐり書きだったけれど、悪い内容ではないだろうと彼女は思った。実は〈このお嬢さんには知らせずに、プラグの交換と簡単なオーバーホールをしてほしい。支払いはのちほど私がする〉と書かれていて、JTとサインがしてあったのだった。

エマはメモを丁寧に折ってバッグに戻した。母親が考えこむように言う。「すてきな人だったわね、エマ。どうして私たちには、彼みたいな知り合いがいないのかしら？」

「それはね、ママ、住む世界が違うからよ。ただそれだけのことだわ」

「彼が好き？」

エマはくすくすと笑った。「彼とは十分くらいしか話していないのよ。しかも、ほとんどママが話していたじゃないの。私がそれほど親しい態度はとらなかったから、彼もそっけなかったし」

母親はため息をついた。「そんなことはないわ。私にはわかるの。大丈夫、また彼とぶつかることもあるわよ」間の悪い言葉を選んだことも気づかず、楽しそうだ。

「まあ、ママったら、ぶつかるのはごめんだわ」だがエマは、彼とふたたび会えるのをなにより願っている自分に気づいた。「このへんに修理工場があるはずよ」

出てきた若い整備士に英語で話しかけると、彼はほほえんで奥に引っこみ、すぐに年配の男性を連れて戻ってきた。「こんにちは、お嬢さん」エマが渡したメモを読み、年配の男性は笑顔を見せた。「ホテルにお泊まりで？」エマはうなずいた。「〈デ・ウイッテ・エンゲル〉は中央の運河のそばにありますから、すぐにわかりますよ。あとでこいつが車をとりに行きますが、いいですか？」

「ええ、結構です」エマはほっとした。「プラグを換えなくてはいけないようなんです」

「換えておきますよ、お嬢さん。ご心配なく」

アウデワーテルはグリム童話に出てくる世界のようだった。道は狭く、丸石で舗装されている。町の中央には運河が流れていて、両側に立ち並ぶ古い家家の切り妻屋根を水面に映していた。小さな町のせいか、道はおおぜいの人であふれている。エマは慎重に運転し、運河にかかる橋を越えてホテルに到着した。小さなホテルは薄暗くて涼しかったが、ロビーの奥に見える小さな中庭には、四月の太陽が燦々《さんさん》と降り注いでいる。エマが〝鳴らしてください〟と書いてある大きなベルを鳴らすと、それほど背の高くないがっしりした年配の男性が出てきた。

「泊まりたいのですが」通じればいいけれどと思いながら、エマは英語で言った。

「いらっしゃいませ。お連れさまは何名ですか？」英語で返事が返ってきた。

「母が一緒です。朝食つきでおいくらですか？」

「お一人、十二ギルダー五十セントです。部屋を二つご用意しましょう。それほどこんではいませんので」男性は体格に似合わず敏捷《びんしょう》な動作で、大きな鍵《かぎ》を二つ取り出した。「部屋をごらんになりますか？」

部屋はホテルの正面側にあり、雑踏と運河を見渡せた。家具は簡素だが清潔で、洗面台もついている。

「すてきだわ。二晩お願いできますか？」

主人はうなずいて、二人の荷物を二階の部屋に運んだ。

「お茶をいただけるかしら？」

「もちろんですとも」主人はハムのように分厚い手で、喫茶室を指さした。「夕食もいかがですか？」

二人は勧めに従って、喫茶室のドアを開けた。喫茶室はロビー同様薄暗かったが、古めかしくて居心地がよく、窓からは通りが見えた。部屋の中央にはビリヤード台もあった。

二人は紅茶と薄いビスケットを楽しみながら、一日の出来事を話した。

「とても楽しかったわね。どのくらい走ったのかしら？」母親が言った。

「たった百四十四キロよ。でもユトレヒトはだいたいまわったし、ライデンも行ったわね。ライデンとその途中にあった小さくてかわいい村はよかったわ」

母親はうわの空でうなずいた。「あの人の車は大丈夫だと思う？　そばで見たわけじゃないけれど、傷は見あたらなかったわ」

「私にも見えなかった」エマは眉をひそめて考えこんだ。「代理人から連絡させると言ったのはなぜかしら。牛にぶつけたときのこと、覚えている？　あのときは保険会社からだったわ。てっきり、ママが名前と住所を彼と交換したんだって思ってた」

母親は陽気な声で言った。「とにかく、彼は私たちのことを知っているわ。荷物に張った住所を見ていたもの。請求書を送るつもりなのよ」今度は少し心配そうに言った。「払えるかしら?」

「大丈夫」エマは心配を押し隠してきっぱりと言った。「そのうち連絡があるわよ。それほど高くないと思うわ。心配しないで」また眉をひそめる。「でも、彼が去っていくのを見ていないわね。車が動かなかったんじゃないかしら。ひょっとしたら、まだあそこにいるかも……」

「まさか。今度はあなたが心配するのね。あの手の車は絶対に壊れないのよ。散歩に行きましょう」

二人はまず町の中を見物した。気持ちのいい夕方なので、それからあてどもなく続く田舎道を歩いた。

「帰らなくてはいけないなんて残念ね。とても楽しい休日だったわ、エマ。わざわざ私を連れてきてくれて、本当にやさしいのね。同じ年ごろの子と来ていれば、もっと楽しめたでしょうに」

「つまらないことを言わないで」エマは元気よく言った。「私だって楽しいことばかりだったもの。本当にオランダを選んでよかったわ」

母親もうなずいた。「明日はゴーダに行ってみない?」

「そうね。そしてあさってはスホーンホーヘンに行って、ワイク・バイ・デュールステーデ城でも見ましょうよ。お城で光と音の饗宴を見るぐらいのお金はあるもの。そこから南に行けば、ゼーブリュッヘからの夜のフェリーに間に合うわ」

「十日なんてあっという間ね」母親はため息をついた。「でも、キティが帰ってくるから一人にしておくのはかわいそうだし、グレゴリーとスーザンには赤ちゃんがいるし」

「それに、十日以上の長い休みはとれなかったわ。コックス看護主任は、私が帰ったらすぐに足の手術をするのよ」

「気の毒ね」母親は病院の行事で会っただけなので、

彼女のいい面しか知らない。「帰りましょう、おなかがすいたわ」

ホテルの喫茶室にいる客はまばらだった。ほとんどがコーヒーかビールを飲んだり、ビリヤードに興じたりしている。種類はあまりなかったが、料理はおいしかった。エマは体重を気にせず、出されたものはすべて平らげ、母親とコーヒーを楽しみながらビリヤードを観戦した。参加したそうな顔をしていたのがわかったのか、なんとか理解できる英語で勝負しないかと誘われ、エマは喜んでキューを取りあげた。結局負けはしたものの、なかなかいい成績だったので、周囲からちょっとした称賛の声があがった。寝室に戻ったエマは、言葉の問題はあっても、亡き父親からビリヤードを習い、プロはだしだと言われていたと話すべきだったと思った。そしてたいした意味もなく、午後に出会った男性がビリヤードをするなら、なんとしてでも負かしたいと思った。

翌日、二人はゴーダに行き、じっくり市庁舎を見た。風変わりでとても古い建物は広場の中央にあって、周囲をゆっくり歩いて見物するのに適していた。ガイドブックを読んで、聖ヤン教会にも行った。教会は静かで広々としていて、美しいステンドグラスの窓は期待どおりすばらしかった。二人はそこを出たあと、のんびり歩きながら、道の両側に寄り添うように立っている数世紀をへた小さい家々を眺めた。それからピーテル・デ・ホーホの絵のようなレストランで、昼食にとても大きなパンケーキを食べ、車で郊外の湖を見に行った。湖を見渡すカフェでコーヒーを飲み、親子はオランダ特有の激しい風の中をなめらかに進むボートを感心して眺めた。

ふたたび車に乗ったとき、母親が言った。「車の調子はよさそうね。プラグを一本換えただけで、こんなによくなるとは思わなかったわ」

「そうね、私も驚いているの。まるでオーバーホールしたみたい。新しいプラグの効果はすばらしいわ。これで費用はたったの五ギルダーだったの。帰ったら、バンパーを修理しなくちゃ」エマはそう言いながら、名前も知らない男性のことを思い出した。

翌日はスホーンホーヘンまで走った。心地よい田園風景の中を走る道はすいていて、暖かい太陽が周囲の緑あふれる平坦《へいたん》な土地に降り注いでいた。丸一日、二人は小さな町を歩きまわり、中央運河のそばにある銀細工で有名な場所も訪れた。川沿いのホテルで昼食をとったあと、フェリーで対岸に渡り、堤防に沿って散歩してから帰途につく。次の日で旅も終わりだ。

二人は後ろ髪を引かれる思いでアウデワーテルを去った。母親は小さなホテルの居心地のよさと町のにぎやかな雑踏が忘れられないと言ったが、エマはまったく違った理由で寂しかった。アウデワーテルから離れるにつれて、ロールスロイスの持ち主と再会する機会が減るからだ。

二人はゆっくりと車を走らせ、周囲に点在する小ぎれいな別荘をうらやましそうに眺めた。町からだいぶ離れたところで、車の速度を落とす。立派な正面玄関と多くの窓がある、赤煉瓦《れんが》造りの美しい二階建ての家をよく見ようと思ったのだった。家は道路に面しているが、じゅうぶん奥まったところに建てられていた。大きな鉄製の門は開け放たれている。

「ねえ、エマ、あのカーテンはずいぶん長いのね。中を見たいわ」

エマはうなずいた。この家に惹《ひ》かれたのは、外観は簡素なのに、内装は立派に見えたからだ。「カーテンは特別に作らせたのでしょうね」

庭は本格的で、彩りも鮮やかだった。エマは、母親の小さな家と比較せずにはいられなかった。正面に小さな芝生が、裏手にはこぢんまりした庭があるだけの家と。母親も同じ思いだろう。

エマは母親の手を軽くたたいてなぐさめるように言った。「気にしない、気にしない。うちの庭だって、じゅうぶんきれいよ」二人は顔を見合わせてほほえみ、父親の生前、家族で住んでいた古い家の小さな庭を思い浮かべた。エマは父親が懐かしくなった。母親はなおさらだろう。最後にもう一度立派な庭を眺めてから、彼女はアクセルを踏んだ。

ワイク・バイ・デュールステーデ城に近づくにつれ、木々の間から城の赤煉瓦でできたまるい塔が見えてきた。主要道路から狭い道に入ると、大きな木に囲まれた丸石を敷きつめた広場と、背の高い古びた家や店が立ち並ぶ小さな町があった。ホテルは〈デ・カイザース・クローン〉といって、広場に面した入口の両側にバルコニーのある古い建物だった。中に入ると片隅がバーになっている大きな広間があり、中央にはビリヤード台、壁際にはテーブルが並んでいる。一部のテーブルにはディナー用の白いテーブルクロスがかけられ、きれいに磨かれた銀食器とグラスが置かれていた。そのかたわらに誇らしげに立っている大柄の男性が、主人だった。彼はエマの部屋の好みをよく聞くと、二重ドアを開けて狭い通路に二人を導いた。部屋はホテルの裏側にあり、天井は高く、大きな窓が二つあって広々としていた。ウエストミンスター寺院にある戴冠《たいかん》式の椅子のような彫刻が施されたベッドのヘッドボードを見て、エマは息をのんだ。さらに主人が奥のドアを勢いよく開けると、小さなバスタブのある大きな浴室が現れた。二人は大喜びしてこの部屋に決め、身づくろいして階下で紅茶を楽しんだ。主人に光と音の饗宴のチケットが欲しいと伝えたが、〝こんでいるので〟というように首を振られてがっかりした。

「行ってみましょう。もしかしたらカップルのキャンセルがあるかもしれないわ」エマは言った。

町は小さく、道も限られていたので、城には簡単に行くことができた。城を囲む庭園に通じる門の脇に小さな小屋があって、男が座っている。エマがチケットの有無をきくと、教養をしのばせるきれいな英語が返ってきた。

「まあ、英語がお上手ですね。とても助かります」

「私は教師ですから」彼は満足のいく答えでしょうというようにほほえんだ。

「ホテルで今夜のチケットはないと聞いたのですが、ぜひ見るようにと、ある人から言われたんです。私たちは明日、帰国しなくてはならないので」

彼はエマの顔を見つめ、ゆっくりときいた。「出会った人から勧められたのですね？」エマがうなずくと続ける。「ちょうど二枚、キャンセルがありました。あなた方は運がいいですね」

城はところどころ崩れていたが、印象的なたたずまいで、周囲の灌木《かんぼく》や茂みが趣を添えていた。二人は景色をじゅうぶん堪能《たんのう》し、幸せな気持ちでホテルに戻った。そのあとで窓際に座り、シンプルだがおいしいディナーをとって、オランダ最後の夜を楽しむ。饗宴の開始は九時だった。だがそのずいぶん前から車やバスの往来が激しくなり、二人が門に戻ったときにはあふれんばかりの人々が押し寄せていた。席はなかなか見つからなかったけれど、いい席だった。エマは座って見知らぬ人の海を見渡した。驚いたことに、知っている人がいる。あのロールスロイスの男性が、悠然と近づいてきたのだ。

エマは彼と再会できて心からうれしかった。そして、珊瑚《さんご》色のシルクのシャツドレスを着ていてよかったと思った。カジュアルな服だけれど、色が自分に似合っているから。男性はエマをちらりと見たあと、丁寧だがそそくさと挨拶をすませ、すぐに母親に話しかけた。そのとき初めて、エマは彼が一人ではないことに気づいた。

彼のそばには、髪も服装も美しく装った威厳のある中年の女性がいた。さらに、すらりとしたしなやかなスタイルの若い女性も一緒だった。男性は魅力たっぷりに連れの二人を紹介した。「おばのミセス・テイリンゲンです。そちらはサスキアといいます」だが、自分についてはなに一つ言わなかった。ミセス・テイリンゲンは愛想のいい笑みを浮かべながら握手の手を差し出し、エマと母親の間に座った。男性はエマの母親の隣に、サスキアは彼の横に座る。

「そういうことなのね」エマは寂しくつぶやいた。母親がほほえんで男性に尋ねた。「お名前をうかがってもいいかしら？　まだお聞きしていませんもの。エマと話すときに、赤毛の方では困りますし」

男性は笑った。「おわびしなければいけませんね。テイリンゲン、ユスティン・テイリンゲンです」その声には打ち解けた響きがあったが、エマにはやむなく名前を明かしたように思えた。だが、理由を詮《せん》索《さく》してもしかたない。なにしろ、明日の朝にはオランダを発《た》つのだし、彼の住所さえ知らないのだから。

催しが始まった。出し物はすばらしかった。筋書きが英語で説明してあったので、言葉がわからなくてもちゃんと楽しめた。エマはただただ、目の前の光景に見入っていた。ミセス・テイリンゲンの説明を母親が伝えてくれてもほとんど耳に入らず、小さいころに戻ったようにうっとりしていた。

催しはあっという間に終わってしまった。帰り支度で騒がしい観客たちの中で、エマは呆然《ぼうぜん》としたまま座っていた。「どうだった？」ユスティンが隣の席に座った。

「すてきでした。本当にすばらしくて」エマはぎごちなく言った。こんな近くで彼を見るのは初めてだった。いいえ、これが最後かもしれない。エマはユスティンをしっかりと観察した。彼は思っていたより年上だった。ランプの光で見ても、三十というよりは四十に近い感じがした。赤毛と生き生きしたグリーンの瞳をしているにもかかわらず、弱い月光の下にいるせいか、あまり顔色はよくない。ただ鼻の形だけは記憶どおりで、それほどいかつくはないけれど、ウェリントン将軍によく似ていた。

「お眼鏡にかなったかな？」ユスティンが穏やかに言い、エマは席から飛びあがりそうになった。「していただろう、私の品定めを？」彼はおもしろがっている。「手助けしようか。年は四十歳。歯と髪はまだ自前で、鼻の形は不幸にも先祖代々の特徴だ。それから、ときどき癇癪《かんしゃく》を起こす。子供と動物が好きで、もちろん美人も好きだ。ずっと好き勝手に生きてきた」

エマは赤くなった。幸い、暗いので悟られることはないだろう。「私はその……そんなつもりでは」

彼女は困惑して口ごもった。

「まったくかまわないさ。ところで、お母さんと一緒に帰宅するのかな？　それとも直接病院に戻るのかい？」

エマはどうして彼が自分の職業を知っているのだろうと不審がったが、パスポートを見られたことを思い出した。彼には世話になっているのだから我慢するのよ。「まず母を連れて帰ります。それから、職場があるサザンプトンへ戻ります」

「仕事は楽しい？」

「とても」エマは簡潔に答えた。もっと気のきいたことが言えたらいいのに。普段なら、こんなに言葉が出てこないことなどない。まるで若い女の子のように落ち着かなくて恥ずかしく、どうしてこれほど彼を意識しなくてはならないのかわからない。

ユスティンはほほえんで、さよならを言った。だがその態度はそっけなく、彼は振り返りもせずに反対方向に消えていった。エマは母親の手を引っぱり、催しについての感想にいいかげんに答えながらホテルに戻った。大きくて古いベッドを整えているときも、母親はユスティンのことばかり話したが、相変わらずエマの口数は少なかった。彼について母親と話すことはなにもない。母親が眠っても、彼女のもの思いは終わらなかった。

翌朝、二人はホテルを出て帰路についた。南に向かってゆっくりと車を走らせたが、途中で道に迷ったため、最後は飛ばしに飛ばし、最終のフェリーにあと数分というところで間に合った。翌日はドーセットまで行くつもりだったので、二人は船室を予約していた。そうでもしなければ、休息できそうになかったからだ。なにしろ若者や騒がしい学生がおおぜい乗っていたし、年配のグループも元気に大声で歌を歌ったりして、ちっとも眠る気配がなかった。

二人は最後に船を下りた。しかし母親がしとやかに申告したおかげで、ほかの車よりかなり早く入国できた。「税管吏って、言わせておくに限るのよ」母親はすまして言った。

2

エマが朝の手術の準備をするようすを、コックス看護主任が大きなタイル張りの部屋の真ん中に立って見ていた。エマが旅から帰って二日目のことだ。顔は軽く日焼けし、鼻にはそばかすが浮いていたが、オランダでの休日はすでに楽しい夢のような気がしていた。帰国後は一日だけ実家にとどまり、自分の服を洗濯したり、スパニエル犬のフロッシーを犬小屋から出したり、医学部から帰ってくるキティの部屋の整理をしたりした。それから小さな車を運転してサザンプトンに戻り、いつもの厳しい手術室の勤務に没頭した。ありきたりの旅行は、ユスティンのおかげですばらしいものになった。そのことはありがたかったけれど、困ったことに、エマは彼の姿が頭から離れなくなってしまった。ハンサムな男性にひと目惚《ぼ》れした世間知らずな女学生でもないのにと、彼女は何度も自分に言い聞かせた。

エマはきびきびとしていて、一般的な美人にはない魅力があった。男友達はたくさんいたが、彼らの態度は兄弟以上のものではない。結婚の申し込みを二度も断ってきたエマが、ひと目惚れなどするはずはなかった。けれど、どうもユスティンだけは例外のようだ。

エマはワゴンを押しながらため息をついた。コックス看護主任も彼女を見てため息をついたが、もちろん理由は違っていた。一見親しみやすい感じはしても、コックス看護主任は決して温和な女性ではなかった。正看護師は彼女を避けるように仕事をし、三カ月の期限つきで派遣されてくる見習い看護師は、彼女の横暴な支配に恐れおののきながら、期間が終わる日を指折り数えて待つのだった。だがエマはもの静かな態度とは裏腹に、コックス看護主任と同じくらいタフだった。看護主任とは二年間一緒に働いているが、彼女に悩まされることはなかった。彼女が怒っても落ち着いて対処し、後輩の看護師に影響が及ばないように気を配った。だからだろうか、コックス看護主任はときどき、エマに心の内を明かすようになっていた。「二カ月もよ」コックス看護主任は言った。声には悪意がこもっている。「彼はみんなを、一週間で過労死させるわ」

「愚か者より始末が悪いですね」エマは肋骨《ろっこつ》用の骨膜剥離《はくり》器を二つきちんと並べて穏やかに言った。「そんなにこきつかったら、手術室を手伝う人はいなくなります。心配ありませんよ、看護主任。私はどこかの短気な外科医にいいようにはされませんから。短気といっても噂《うわさ》でしょう。ところで、その爪先はほうっておくとひどくなりますよ」

コックス看護主任は変形した足のためにはいている幅広の不格好な靴を見おろし、あきらめと不機嫌さをにじませて言った。「あなたの言うとおりだわ。私は最初の手術を引き受けるから、二番目はお願い。三番目はコリンズがなんとかするでしょう。でもお願いだから、とろいジェソップを私につけないでね。どんな魔が差して、師長はあの子をここに送りこんだのかしら」独り言を言いながらドアに向かう。

エマはなにげなくきいた。「ところで、その恐ろしい人の名前はなんていうのですか？」

コックス看護主任はゆっくり振り向いた。「外国人で、有名な胸部外科医だそうよ。でもお手並みは、実際見てみなくてはね」軽蔑《けいべつ》するように鼻先で笑った。「技術のある人らしいわ。名前はテイリンゲン」

彼女はふたたびドアに向かって歩いた。「彼は赤毛なんですって。注意したほうがいいわ。赤毛は短気だと言うでしょう」

エマは呆然《ぼうぜん》として動けなかった。まさかあの人のはずはないと思いながらも、違うとは言いきれない。もし彼だったら、会ったとき、なんて言おうかしら？　エマは部屋を出て、小さな休憩室に入った。看護師たちが集まってコーヒーを飲んだり、ビスケットを食べたりしている。入っていくと全員が立ちあがったので、エマはすかさず言った。

「座っていて。午前中は立ちっぱなしになるわよ。二番目の手術に備えて、時間になったら手をよく洗ってね。食道の手術よ。私が担当しますから」

コリンズは小柄で肌の浅黒い、大きな褐色の瞳をしたかわいい顔立ちの正看護師だ。「助かります。看護主任は教授の顔さえ見ないうちから、嫌いだと決めてかかっているようです。朝一番からとても不機嫌でしたから、午前中なかばには爆発しますね」

「看護主任は足が痛むのよ」エマは穏やかに言った。「ジェソップ、あなたは最初の手術の綿球を数えておいてね。そうすれば、コックス看護主任からいじめられることはないわ。カリー、あなたは洗浄液を担当して」ジェソップは大柄で不器用なので、コックス看護主任に格好の標的にされるのだった。だが物を取り落としたり、おぼつかない足取りでやたらとつまずく癖さえ直せば彼女はいい看護師になる、とエマは思っていた。ジェソップにほほえみ、元気づける。「二番目の手術は長引くと思うから、あなたに助けてもらいたいの。必要とするものをすぐに渡せるよう準備していてね。綿球も点検しておいたほうがいいわ。じゅうぶん注意してね。私はよく数を間違えてしまうから」

たいして意味のないことだったが、ジェソップのずたずたの自尊心を回復させるのには役立つだろう。エマは看護師たちに笑顔で軽くうなずいてから、休憩室を出て事務室に向かった。

狭い事務室には人がおおぜいいた。いつもよりまるくなって座っているコックス看護主任と、四人の男性だ。外科病棟の責任者ミスター・ソームズは、机に寄りかかって書類の山を崩している。コックス看護主任はいやがっているが、そ知らぬ顔だ。ベテランの病院医ウィリアム・ランは身長が百八十五センチもあるのに、病院ではリトル・ウィリーで通っていた。同じくベテランの麻酔医のシリル・ボーンは中年の身ぎれいな男性で、仕事ができるうえに、看護師ともよく話すので人気があった。とびきりのお世辞を言うので、コックス看護主任にも好かれている。

四人目の男性はロールスロイスの男性だった。背の高さと貴族のような鼻筋、髪の色、上品な服装がめだっている。本人は意識して控えめにしたようだが、無駄だった。エマは事務室に入ったとたん、彼の存在を感じ取り、自分の鼓動が危険なほど速まるのを感じた。エマがおかしなことを口走りそうになったとき、ミスター・ソームズが声をかけた。「ああ、エマ、ユトレヒトから見えたテイリンゲン教授だ。二カ月こちらに滞在して、興味深い最新の技術を見せてくださるそうだよ」

エマは慎重に二歩進んで手を差し出した。「お元気でしたか？」丁寧に言ってから、あわててつけ加える。「教授」

彼は短く握手した。「また会えてうれしいよ、主任」その声がやさしかったので、エマは少し意外に思った。顔を上げると、彼のグリーンの瞳は真剣な輝きをおびていた。「オランダで会って以来、この日がくるのを待ちかねていたんだ」全員に説明する。「ごらんのとおり、私たちは知り合いで」

とたんに〝本当？〟とか〝奇遇だね〟とかいった声が返ってきた。エマは平静さを保つのに精いっぱいで答えられなかった。みんなに注目されているのに気づいて、必死で言う。「そうなんです。世の中は狭いものですね」続けて、彼女は淡々と手術の用意ができたと告げた。

ユスティンは言った。「すばらしい。今日を楽しみにしていたんだ」彼はコックス看護主任にほほえんだ。驚いたことに、看護主任は笑みを返し、椅子から立ちあがって歓迎の意を表した。めったにないことだった。

エマは事務室を出て、手術室用のキャップとマスクをつけたあと、看護師たちを呼び入れた。「テイリンゲン教授、正看護師のコリンズ、ジェソップ、カリーを紹介します。准看護師も一人いますが、彼女は今日の午後まで非番です。ほかに専門技師が二人と、運搬係がいます」

ユスティンはほほえんだ。「ああ、みんなにはゆうべ会ったよ。一緒に楽しく仕事ができそうだ」彼は魅力的な笑みを浮かべて出ていった。

ジェソップがまず口を開いた。「なんてすてきな教授かしら。話に聞いていましたけど、短気には見えませんでしたね」

ジェソップより少し年上で分別もあるカリーが言った。「かなり年長らしいけど、そう見えないわね。医学生みたいな感じで」

婚約していて世知に長《た》けたコリンズがきいた。

「彼は結婚しているのですか？」

エマは落ち着いて答えた。「私は全然知らないの。教授は二カ月しかここにいないし、イギリスにも住んでいないのだから、独身かどうかわかっても意味はないでしょう？　さあ、みんな手術室に行って。コックス看護主任は、あなたたちがすばらしい働きをすることを望んでいるわ。ジェソップ、物を落としたりしないようにね」

最初の手術は胃と食道の部分切除を含む裂孔《れっこう》ヘルニアだった。ミスター・ソームズが執刀医、ユスティンが助手を務めた手術は、長時間にわたった。だがミスター・ソームズは得意分野の手術だったので完全にリラックスしていたし、ユスティンも同様だった。二人は言葉を交わしながら手術を進め、リトル・ウィリーとミスター・ボーンも頻繁に会話に加わった。手術中は話をしない主義のコックス看護主任も例外ではなかった。しかし、返事はそっけなかった。

「手術中の会話は嫌いなんだね、看護主任？」ユスティンはできるだけ穏やかにきいた。

コックス看護主任はマスク越しににらんだ。「ええ、好きではありません。仕事中ですから」

「私の存在が、あなたの迷惑になっていないといいのだが。私の経験では、手術はある程度話しながらやったほうがうまくいくんだ。リラックスできるからね。私たちの仕事にはそれが必要だと思わないか？」

コックス看護主任は不本意そうだったが、とりあえず賛成したほうがいいと思ったようだ。

ユスティンが続けた。「ほんの短時間でも、我慢して外国人と仕事をするのは大変な苦痛らしいね。あなたの足のことは気の毒に思うよ。すぐ手術するのだろう？」

コックス看護主任がかっとなった。「二日後です。その間は、ヘイスティングズ看護主任に仕事を代わってもらうつもりです。私が戻るころには、教授も帰国されてますね」その声には、厄介払いができてうれしいという響きがあった。

「残念ながらね。しかし手術をすれば、あなたもいろいろな意味でよくなるに違いないよ、コックス看護主任」

ミスター・ソームズがマスクの奥でなにやらつぶやいた。ミスター・ボーンとリトル・ウィリーは、咳《せき》をしてうまくごまかした。

ユスティンの仕事ぶりは、繊細で手慣れていて速かった。しかも噂と違い、長い手術でもまったく冷静だ。もっとも、彼の神経に障るようなことはなにも起きなかった。手術室の静かな雰囲気を壊していたのは、コックス看護主任の辛辣《しんらつ》な言動だけだった。

エマはワゴンの下に準備しておいたテープを取り出して、二人の外科医が細心の注意を払って患者に取りつけた管に巻きつけた。そうしながらも、そばにいるユスティンを意識していた。

手術が終わると、医師たちはコーヒーを飲みに行った。看護師たちは次の手術の準備をするために、忙しく手術室周辺を動きまわっていた。

「次の手術も担当するのかい？」ユスティンがなにげなくきいた。

エマは答えた。「はい。なにかとくにお使いになりたい器具や、避けてほしい器具などはありませんか？」

「よく気がきくね、ヘイスティングズ看護主任。私はいつもブレードとブレードホルダーを使う。〈マクドナルド社〉のが気に入っているんだ。もしあればサイズ九の手袋、それに洗浄液はハイブタンを使ってほしい。今日間に合わなくてもいいが、手袋だけは替えてもらえるとありがたい」

「わかりました」エマは手術室に行き、言われたサイズの手袋を看護師にとりに行かせた。次の手術は食道癌《がん》の切除で、時間がかかることが予想された。エマはワゴンの綿球とスポンジの数を調べ、針に糸を通してから、必要な器具が所定の位置にちゃんとそろっているか、専門技士が持ち場についているかの確認も忘れずに行った。コックス看護主任は足の診察を受けるために整形外科に行っていた。おかげで、手術室の雰囲気は普段と違って明るかった。カリーやジェソップも、とてもリラックスしている。ジェソップは奇跡的に、なにも落とさなかった。ミスター・ボーンが麻酔用ワゴンを引っぱりながら、患者を運んできた。運搬係が患者を手術台に移している間に、彼はエマにウインクした。エマもウインクを返した。二人の友達づき合いは長い。エマは、彼が心から愛する妻が介護施設に入っていて、出てくる見込みがほとんどないことを知っている数少ない友人だった。

外科医が三人入ってきた。その後ろには、研修医のピーター・ムーアもいた。ピーターは若くてとても頭が切れるが、ジェソップと同じぐらい不器用だった。エマは彼を見たとたん、深いため息をついた。ジェソップが失敗しなくても、きっと彼がなにかやらかすだろう。

ユスティンが落ち着いた声で言った。「準備はすべて完了したね？」

「はい、教授」エマはメスを差し出した。

手術は順調に進んだ。ユスティンは患部を摘出し、綿密に調べてはふたたび切開するという作業を長時間続けたあと、ミスター・ソームズと縫合に取りかかった。緻密《ちみつ》さと迅速性を要求される仕事がなかばまで終わったとき、ジェソップがユスティンの脇《わき》にあるボウルの洗浄液を取り替えようとしてよろめき、彼にぶつかってしまった。温かい洗浄液がユスティンの足にかかる。さらに悪いことに、彼女はユスティンにつかまった。

エマは祈るような思いで冷静に言った。

「教授に新しい手術着を差しあげて。カリーは別のボウルを持ってきて。ミスター・ムーアは私のそばで待機してください」ユスティンはオランダ語で激しくなにか言葉を発してから、汚れた手術着を取り替えるために手術台から離れた。

ミスター・ソームズはうなずいて、手を洗いに出ていく彼に呼びかけた。「あとはリトル・ウィリーと私がやっておくよ」

誰もなにも言わなかった。こんなときになんと言えばいいのだろう？　哀れなジェソップは打ちひしがれて手術室を飛び出していったが、エマはとめなかった。今なぐさめても、彼女がみじめになるだけだから。休憩室で思いきり泣くのが、いちばんの気休めになる。

まもなくユスティンは看護師と一緒に戻ってきて、手術は何事もなく終わった。エマは、彼が無表情の陰で怒りを抑えているのを感じていた。手術が終わりしだい、きっと爆発するに違いない。

たしかに、ユスティンは爆発したが、すぐではなかった。患者が集中治療室に戻され、手術室の清掃が終わって、次の簡単な手術の準備が完了したころだった。エマがほっとして手を洗っていると、ユスティンが現れたのだ。彼は前置きなしで切り出した。

「主任、私の手術のときは、ジェソップをはずしてほしい。仕事がきちんとできない看護師のせいで、患者の命を危険にさらすわけにはいかない」彼はエマから爪ブラシをとり、冷たい視線を向けた。「コックス看護主任に言うべきなのかな」

「そんなことしないで！」エマは敬語を使うのも忘れて叫んだ。

ユスティンが唇をかすかにゆがめる。「いいかい、ヘイスティングズ看護主任。誰にも私には指図できないんだ」

私ったら、彼の怒りの火に油を注いでしまった。「コックス看護主任には言わないでください。彼女がジェソップを役立たずだと思って嫌っているのはご存じでしょう。ジェソップは彼女を怖がるあまり、硬くなって失敗してしまうだけなんです。不器用で動きは鈍いかもしれないけれど、彼女はチャンスさえあればいい看護師になれます。彼女にチャンスをあげてください。綿球の管理だけをさせてはどうでしょう？　あるいは、あの子に〝君は愚か者じゃない〟と言うとか」エマはため息をついた。「人間って、すごく愚かなものですけど」怒ったように言って、マスク越しにユスティンをにらむ。

「私もその愚か者の一人なのかな？」その声はおもしろがっているように聞こえた。

「そうです」エマはうっかり、小さな声でつぶやいてしまった。ユスティンはコックス看護主任に、エマもはずせと言うだろう。

「私はやり方を間違えたようだね？」ユスティンは穏やかに言った。「私に女性を泣かせる趣味はないが、大事なのは患者だ。私たちでジェソップを元気づければ少しは落ち着くかな？　いい看護師になると君が言うなら、反対はしないよ」

ジェソップは赤い目をして、休憩室のドアの陰にうずくまっていた。

「ここにいたの、ジェソップ。子供みたいに泣くのはやめて、すぐに手術室に来てちょうだい。誰も怒っていないわ。テイリンゲン教授がそう言いに来てくれたわよ」

あとはユスティンに任せ、エマは休憩室を出た。しばらくして手術室に入っていくと、ジェソップが待機していた。次の手術は簡単なものだったので、ジェソップもなんとかひどいミスをしなかった。

十五分後、エマは機器をもう一度洗浄し、ジェソップは吸入瓶を慎重に開けていた。カリーたちは二十分ほどで戻ってくることになっていたし、准看護師のミセス・テートももうすぐ出勤するはずだ。

エマはジェソップに言った。「もういいわよ。勤務は一時まででしょう。あとはミセス・テートがしてくれるわ」

ジェソップは言った。「ありがとうございます、主任」二本の電気ケーブルとバケツを危なっかしくよけながらドアに向かったが、振り向いてまた戻ってきた。「教授はやさしかったです」彼女は息をはずませて言った。「教授は医学生のとき、手を洗うのを忘れてジアテルミーの機械をまわしてしまったことがあるんですって。手を洗う間、みんなを待たせたうえに、あわてていたので外科医の手術着に触れてしまったそうです。そのことは忘れられないと言っていました。ひどい失敗は一度きりにしなくてはいけない。二度と繰り返してはいけない。だから私は君を心配していない、ともおっしゃいました」ジェソップは懇願するような目をした。「そのとおりですよね、主任？」

「そうよ」エマはきっぱりと言った。「教授は正しいわ。そしてとても親切よ。あなたは患者を大変な目にあわせたかもしれなかったの。縫合中の教授の手が動いてしまったら、どうなると思う？」

ジェソップはうなだれた。「わかっています、主任。私は大変なことをしてしまいました。だから逃げ出したんです。本当にすみません。教授は〝二度と逃げてはいけない、我々はチームなのだから互いに協力するべきだ〟とおっしゃいました。私もそう思います。コックス看護主任は私のことを厄介者と言いますけど」

「違うわ。あなただって立派にできるわよ。チームの一員だということを忘れなければね。さあ、あがってちょうだい」

ジェソップは帰り際に言った。「お先に失礼します、主任。主任はやさしいんですね」

エマはスタッフにあまり厳しくしたくなかった。コックス看護主任のようにはなりたくない。そういえば、リトル・ウィリーに今夜映画に行こうと誘われていた。彼とは今までも、何度か一緒に出かけている。彼のことは好きだが、それ以上の感情はない。彼も同じだろう。彼と映画に行こうと思ったとき、エマはふと考えた。ユスティンは夜をどう過ごすのだろう？　誰とどこに住んでいるの？

看護師用の食堂で、エマは期待に満ちた質問攻めにあった。

「うらやましい」エマの親友で、外科病棟の看護師のマッジ・フリーマンが大げさに言った。「今朝、遠くから教授を見たわ。あの髪と笑顔ときたら！　それに着こなしもばっちり。彼ってどんな人？」

「手際のいい人よ。ここには自分の理論を披露するために来たんですって」

「やめてよ、エマ」誰かがさえぎった。「理論なんかどうでもいいの。彼って結婚しているの？　婚約は？　どんな声？　訛《なまり》はある？」

「私にきいてもだめよ。教授のことは本当になにも知らないもの。グリーンの瞳で声が低いってこと以外はね。さあ、もうやめましょう」

午後の手術は完璧《かんぺき》だった。おそらく、コックス看護主任もジェソップもいなかったせいだろう。リトル・ウィリーがエマに、今夜行けるかときいてきた。彼女はなぜか落ち着かなかったが、なんとか都合をつけると返事をした。二時間後、二人が病院を出ようとしたとき、ちょうどユスティンとすれ違った。「こんばんは」彼の声は普通だったが、グリーンの瞳はさぐるようにエマを見ていた。

翌日、ユスティンの手術はなかった。食事のとき、エマは看護師たちから、集中治療室でユスティンと話したと聞かされた。マッジも夢見るような目をしている。「しびれちゃったわ。ちょっと年上だけど、あの視線がたまらないのよ。彼はあなたにやさしいの、エマ？」

「教授のために働くのは楽しいわ」エマは平然と言った。「でも、教授はとても厳しいときがあるの。コックス看護主任は彼と全然合わなかったの。ちょうどいい具合に、彼女は明日から入院でしょう。帰ってくるころには、教授は帰国しているし」そう言いながら、胸に痛みを感じた。

夕方、エマが仕事から帰ると、妹のキティが寮のベッドに座って、姉が買ったばかりの看護に関する技術書を読んでいた。彼女は立ちあがってエマを抱きしめた。「姉さんは本当に勉強家なのね。この本は出たばかりじゃないの」

エマは帽子をベッドの上に投げて、きれいに編んだ髪からピンを抜いた。「そうよ。でも、技術はどんどん新しくなっていくから。元気、キティ？」

制服を脱いで、キティにほほえみかける。キティは四歳下の妹でエマとよく似ていたが、彼女のほうが美人だった。瞳は褐色で、まつげも長くカールしている。一方、エマの瞳ははしばみ色で、まつげは髪と同じ淡いブラウンだった。時間と気持ちが許すときだけ、マスカラをぬっている。キティの髪は輝くような褐色で、鼻は小さくて形もいいけれど、エマの鼻は少し曲がっていた。二人とも口は大きく、笑うとかわいらしい感じになった。

「試験はどうだったの？」エマは尋ねた。キティはロンドンの医科大学の二年生で、成績がよかった。

「終わったわ。ママには昨日電話したの。オランダ旅行は楽しかったらしいわね。ところで、ママが言っていた人って何者なの？」キティは鏡の前で化粧を直しはじめた。「事故を起こして、修理代を払わなくちゃいけないんでしょう。かわいそうに。ねえ、エマ、一、二カ月なら仕送りなしでも私はなんとかなるわ。少しは助かるでしょう」

「やさしいのね、キティ。修理代がいくらなのかはわからないけれど、なんとか払えると思うわ。そうだわ、金額をきかなくちゃ」

「どうやって？」

「本当に偶然なんだけど、事故の相手の人はうちの病院に二カ月間いることになってるの。心臓病と胸郭治療の専門医として、考案した技術を紹介するためにね。とても評判がいいのよ。手術室で一緒に働いてるの」

「へえ、そうなの。好都合じゃない？」

「それはまだわからないわ」

町に出かけて食事をしたあと、エマは病院の駐車場に車をとめた。新しい車の中で、おんぼろのフォードがめだっている。

「お願いだから気をつけてね」エマは妹に念を押した。「次の週末、家に帰るときに使うから、いつものように帰りがけに置いていって」

キティは車に乗りこんで去っていった。家へ帰るとき、妹は必ず車を使うのだった。

エマは病院に戻る途中で、ユスティンのロールスロイスに傷がないかどうか調べた。ふと振り向くと、彼が後ろから見つめている。エマは不意を突かれ、しどろもどろになった。「あっ、こんばんは。あの……私がぶつけた傷が残っていないかと思ったものですから」ユスティンの目をまっすぐに見つめ、できるだけさりげなく言った。「修理代を知りたいので、請求書をいただきたいのですが」冷ややかな視線を向けられ、それ以上は言葉が続かなかった。

「今は見当がつかないよ、ミス・ヘイスティングズ。そのうち届くと思うが」ユスティンは急に笑みを見せた。「君の車で出ていった美人は誰かな？」

いったいどこに隠れて見ていたのだろう？　エマは腹がたった。「妹です」

「やっぱり看護師なのかい？」

「いいえ、医学生です。美人なだけでなく、頭もとてもいいんです」

「妹さんは君の車を借りたのか？」

「ええ、そうです」エマは辛抱強く説明した。「ロンドンからここまで来て、それから車で家に帰るんです。帰りはここまで車で来て、列車に乗ります」

「どうしてだい？」ユスティンがきいた。

そのほうが安あがりだと答えようとしたものの、エマは彼の執拗《しつよう》さがいらだたしかった。「楽だからです。それに好きなところに行けるし、母親を連れ出すこともできますから」

「そうすると、車が戻ってくるまで、君は歩きなのか？」

「私はいい足を持っていますから」エマは強い口調で言った。

「そうだね、すてきだよ」すかさずユスティンに返され、エマは赤くなって口ごもった。彼はさりげなく言った。「これ以上引きとめるのはやめておこう」

エマはそっけなく別れの挨拶《あいさつ》をして看護師寮に戻り、テレビのまわりに集まっている仲間に加わってユスティンのことを考えないようにした。

翌日からユスティンと会う機会があっても、エマは仕事の話しかしなかった。少しでも違う会話をしていたら、彼をいろいろ知ることができていたはずだ。その点では、同僚のマーガレットとマッジのほうがかなりの情報を集めていた。だがそれでも、ユスティンの私生活は依然として闇《やみ》の中だった。そんなところが、かえってみんなの想像力をかきたてた。

ある日のこと、エマは午前中非番だったので、服を買いに行く決心をした。お金もなかったし、差し迫って服が必要でもなかったが、自分を元気づけたかったのだ。ユスティンが私なんかに興味を持ってくれるはずがない。話し相手としても特別おもしろい相手ではないし、それほど美人でもない。仕事仲間の男性と一緒に出かけても、話題の大半は彼らのガールフレンドのことだ。リトル・ウィリーと出かけても、兄弟と一緒にいるようで心がときめくことはない。前に出かけたとき、リトル・ウィリーは、〝君って容姿は平凡だけど、心は誰よりもすばらしいね〟と言ったことがあった。言い方がやさしかったのでそれほど傷つかなかったが、家に帰って鏡でよく見てみると、たしかに自分でも平凡だと思った。だけど大きな青い瞳や巻き毛じゃないからといって、平凡とはひどすぎる。エマは急に怒りがこみあげてきて、着ていた服を乱暴に脱いでベッドに倒れこんだが、ウィリーは好意を持ってくれているのだからと思い直して、怒るのをやめたのだった。

エマが服の色と予算を考えながら歩いていると、ロールスロイスが追い越してとまった。

「乗せてあげようか？」ユスティンのなにげない声には親しみが感じられたが、エマは断った。驚いたことに、彼はくいさがった。「どうしてだい？」

「だって、行き先もご存じないでしょう」エマは返事に困りながらも、なんとか答えた。

彼は車のドアを開けた。「もちろん知らないが、教えてくれればいい」

エマはためらった。「実は決まっていないんです。買い物ですから」

「そうか。それなら当然だな。とにかく町に行こう。好きなところで降ろしてあげるよ」丁寧な口調でつけ加える。「私と一緒に行くのがいやでなければだけどね」

普段は冷静なエマの顔に驚きの色が走った。「どうして私がいやがるんです？　そんなことあるはずありません」

「では、乗りなさい」

エマは観念して車に乗った。

町に入ると、ユスティンは言った。「コーヒーを飲む時間はあるかな？〈ドルフィン〉に行こうと思うんだが。車を置いておけるのでね」

断るのは無作法に思えたし、急に買い物のことなどどうでもよくなったので、エマはお礼を言った。

コーヒーを飲みながらなにを話していたのか、彼女はまるで覚えていなかった。ただ、返事をしなくてすむような話を、ユスティンがよどみなく続けていたことだけは覚えていた。しばらくして、エマはもごもごと言って立ちあがった。「そろそろ買い物に行きますので」

彼が言った。「正午まで町にいるつもりだから、ここで君を待っているよ」

「えっ？」エマは驚いた。「私はバスで帰れます。十分おきに出ていますから」

「そうだろうけど、とにかくここで待っている」

エマはなにも買わず、正午を五分過ぎて店に戻った。服をさがすことに集中できなかったのだ。

「遅くなりました」エマは息を切らせて言った。

「ショッピングに行った女性にしては、君はとても時間に正確だな。ランチはどこでとるんだい？」

エマはランチなど考えてもいなかった。いつもは寮で紅茶をいれて、ビスケットをつまむくらいだ。

「ランチは抜きかい？　次はちゃんと予定を立てなくてはね」ユスティンは横目でエマを見た。グリーンの瞳はきらめいている。「ところで、どこの店に行ったんだい？」

「新しい服が欲しかったんですが、気に入ったのがなくて」

「好みがうるさいのかな？」からかうような口調だ。

「そんなことありません。買いたいと思ったものはたくさんありました」

「でも、ついさっきは気に入ったものはなかったと言ったよ」彼の言い方は穏やかだった。

エマは辛抱強く説明した。「買う余裕がないものを気に入っても仕方がありませんから」哀れに思われるのはごめんなので、あわててつけ加えた。「どっちにしても、それほど欲しくなかったんです」

その言葉を聞いて、ユスティンは笑った。好感の持てる笑い方に、エマもつられて笑った。病院の前庭に入ろうとしたとき、彼がきいた。「妹さんが車を戻しに来るのはいつだい？」

「週末に家に帰りますから、土曜の朝です。あわただしいですが、妹は昼間のロンドン行きの列車に乗らなくてはいけないので」

「妹さんはここまで車で来るのか？」

「ええ。ここに持ってきて、私がいなければ、キーを寮に置いていくんです」

「交代で車を使っているわけだ」ユスティンはエマのためにドアを開け、にっこりした。

エマもにっこりした。「はい。それでうまくいっています。車に乗せてくださってありがとうございました」

午後の最初の手術に備えて手を洗っているとき、エマはキティのことを彼がきいたのはなぜだろう、と思った。彼はキティに会いたいのかもしれない。車をとりに来た彼女を見たのだろう。そう思うと心に鋭い痛みが走り、エマは手をとめた。手術室の準備ができ、ユスティンがリトル・ウィリーと一緒に入ってきても、痛みは消えなかった。彼はグリーンの瞳と特徴のある高い鼻梁《びりょう》以外をマスクでおおっている。

突然、エマは気づいた。目をつぶっていても、彼の顔はすべて思い出せる。手術や運転をするときや、コーヒーを飲むときの落ち着いた手の動き、声の抑揚まで。私は恋に落ちたのだ。まるで爆弾が破裂したようなショックを受け、エマは持っていた鉗子《かんし》をがちゃんとぶつけてしまった。そんなばかな。エマはひそかに自分を叱《しか》った。ユスティンには修理代という借りがあるというのに、そんな相手に恋するなんて。ユスティンが親しみのこもった会釈をしてきたので、エマは挨拶を返した。マスクのおかげで赤い頬を見られずにすんでほっとする。手術が始まると、よけいなことを考えるひまはなかった。午後の勤務が終わると、ユスティンはそっけなくさよならと言い、エマの方をろくに見もしないで帰っていった。

3

土曜日の午前中は手術がなかったので、エマは車が返ってきたか確かめるために、十一時半ごろ駐車場に行った。キティは車の脇《わき》でユスティンとリトル・ウィリーに囲まれ、まるで昔からの友達のように笑いながら話していた。エマに気がつき、妹がきれいな顔を輝かせて走ってきた。

「エマ、すごくいいことがあったの！　私がぼんやり待っていたら、このお二人が」彼らに笑顔を向ける。「通りかかったの。私、姉さんによく似ているから、誰だかすぐわかったんですって。忙しい？　ママが会うのを楽しみにしていたわ」

エマはほがらかな声で挨拶《あいさつ》した。「こんにちは、リトル・ウィリー、教授」

「まあ。〝教授〟って呼んでるのね？　私、ユスティンって呼んじゃった」キティは、ポケットに手を入れて笑っている彼の方を向いた。「失礼でした？　偉い方だとは知ってたんですけど」

「誰も偉いなんて思っていないよ。私はユスティンと呼ばれるほうが好きだな」彼は穏やかに言って、きらきら光るグリーンの目でエマを見つめた。

エマは頬を赤らめた。いつも堅苦しく〝教授〟と呼ぶのを、彼はおもしろがっているのだろうか。

「キティ、もう行かなくてはいけないんじゃない？　急がせるつもりはないけど、バスに遅れたら列車に乗れなくなるわ」

「いや、大丈夫。私が送っていくよ」ユスティンは時計を見た。「でもそろそろ出発したほうがいいな」

キティは彼にまぶしいほどの笑みを投げかけた。

「まあ、うれしい。そう言ってくれないかなと思っていたの。それじゃね、ウィリー。また会いましょう。エマ、この次の休みは長いのよね？　私がここまで来るから、一緒に家に帰りましょうよ」キティはエマと抱き合った。「キーを返すわね。車を貸してくれてありがとう」

ユスティンと一緒にロールスロイスに向かって走っていく妹を、エマはリトル・ウィリーと見送った。横目で見ると、リトル・ウィリーが今まで見たこともない表情をしているので驚いた。興奮と失望、決意の色が入りまじっている。

リトル・ウィリーはエマに向き直った。「知らなかったよ。妹さんってとてもきれいだね。あんな人には会ったことがない。君は別だけど」

エマは彼が言いたいことがよくわかった。「私たち、そんなに似ていないから。顔の輪郭と唇の形が似ているだけ。私はキティのぼやけたコピーみたいなものね。あの子はきれいだし、頭もいいの」

リトル・ウィリーと病院に戻りながら、彼女はキティの頭のよさについてあれこれと説明した。彼が妹のことを知りたそうだったからだ。

しかしキティのことを知りたがったのは、リトル・ウィリーだけではなかった。月曜の朝、エマが事務室にいると、ユスティンが入ってきていきなりキティのことを話しだした。エマは、キティがなにを彼に話したのか心配でたまらなかった。妹はおしゃべりなところがあるからだ。だがどうやらキティは軽い話ばかりして、暮らし向きについては黙っていたようだ。はっきりした理由はわからなかったけれど、エマはユスティンが自分の生活に立ち入ってくるのがいやだった。残高を数えながら生活していることなど知られたくない。とりわけ、母親や妹がエマの収入に頼っていることを知られるわけにはいかなかった。

エマが顔を上げると、ユスティンは目を細くして彼女を見つめていた。「医者になろうとは思わなかったのかい？」

「ありがたいことに、思いませんでした」エマは嘘《うそ》をついた。「それほど頭もよくありませんし」本当らしく聞こえることを願ったが、彼は曖昧《あいまい》な笑みを浮かべている。しかしキティがなにも話していなければ、本当のことがわかるはずはない。どちらにしても、過去の話だ。

「ところで、君は優秀な手術室づき看護師だね。コックス看護主任がいないせいで、働きすぎているだろう。休みはとれそうかい？」

エマは、週末休みには長いものと短いものがあるのを説明した。

「今日は短い週末休みだったわけだ。長い休みだとどれくらいなんだい？」

「いちばん長いので、木曜の夕方から月曜の午後までです。今日はコリンズだけで午前中の手術を担当し、むずかしい手術のうち差し支えないものを午後にまわして、私たちみんなでかかるつもりでいます。コックス看護主任はいませんが、コリンズが手伝ってくれますし、パートタイムの看護師もいます。むずかしい手術には、私とコリンズで立ち会うようにしています」

「でもコックス看護主任がいなくて、手が足りないのは確かだろう？」

「そうですが、長い間ではありませんし、みんな優秀ですから」

ユスティンはほほえんで立ちあがった。「君たちでなんとかできるかい？」

「もちろんです。お疑いなら……」

「誤解しないでほしい。君なら過酷な状況でもやっていけるさ。だが、スタッフはじゅうぶんいるべきだ」

「私たちのことを心配してくださってありがとうございます。対処できなくなったらお知らせします」

「そうしてくれ。さて、リトル・ウィリーと話をしなければならないので。またあとで」

エマはもの思いにふけった。私はどんどんユスティンに慣れ親しんでいる。毎日彼に会い、一緒にコーヒーを飲んだり、静かで深みのある声を聞いたり、笑ったときにできる目尻のしわや、心を見透かすようなグリーンの瞳を眺めたりしているから。だけど、長くは続かないだろう。一緒に働くようになったのはまったくの偶然だし、週末帰ったときに母親が言ったようなことなんてあるはずがない。キティが駐車場でユスティンに出会ったと話していたので、母親はなにか起こると期待したように、エマにいろいろと質問した。そのうえ、偶然の出会いが友情の始まりになるとでも思ったのか、週末に彼を家に招待したいとも言いだした。「そうすれば、田舎のよさをわかってもらえるでしょう。うちの卵と野菜で健康食を作ってあげるわ」母親は無邪気に言った。

「彼が食べ物に不満を持ってるとは思えないわ」エマはそっけなく言った。ロールスロイスを持つような人は、最高級のものしか食べないだろう。「ねえ、ママ、教授を誘うなんてとてもできないわ。彼のことはよく知らないし。たしかに一緒に働いて、毎日顔を合わせているけど、むずかしいわ……彼は顧問医師なのよ」

父親は田舎の開業医だったので、母親は微妙な病院の上下関係などわからなかった。エマはじっくりと説明して、やっと顧問医師というものは下の者と週末を過ごしたりしないと母親に理解させた。

「心配しないで、ママ。キティがきっとボーイフレンドを家に連れてくるわよ」彼女は母親をなぐさめた。

母親は言った。「そうね。でもときには、あなたもすてきな人を連れてきてほしいのよ」


エマは比較的忙しくない日を選んで、コックス看護主任の見舞いに行った。整形外科病棟の事務室をのぞいて、看護師に声をかける。「こんにちは、アンジー。調子はどう？」

「大変よ」机の向こう側に座っている看護師が顔を上げ、ほほえんで言った。「看護師が一人病気で休みなのに、代わりがいないの」

「運が悪いわね。コックス看護主任は元気？」

アンジーは青い瞳を天に向けた。「今までで最悪の患者だわ。全身を手術しなくちゃだめなんじゃない。一日じゅう、どなりっぱなしなんだもの。あと一週間はここにいるのよ。次に彼女を担当する人に同情するわ。よく一緒に仕事ができるわね、エマ」

エマはくすくす笑った。「哀れなコックス看護主任！　今、手術室は想像できないほど平和なの。ジエソップが洗浄しながら鼻歌を歌っているなんて考えられる？　しかも、ここ何日も物を落としていないのよ」

「そうでしょうね。コックス看護主任を見舞いに来たんでしょう？　十分だけならいいわよ」

コックス看護主任はなんの飾り気もない寝巻きを着て、ベッドでしかめっ面をしていた。

「来たのね。ちょうどよかったわ」

エマは持ってきた花を差し出した。「こんにちは、看護主任。休養が必要だから、今日まで見舞いに行ってはいけないと言われていたんです。経過が順調だそうでよかったですね。あまり痛みがなければいいんですが」

エマがベッドのそばに座ると、コックス看護主任は無愛想に言った。「痛みはまったくないわ。だけど、エメット看護師ったら。あなたたちみんな、看護主任になるには若すぎるわ。私たちのころは、少なくても五年は勤めたあとだったものよ……」話は延々と続き、エマはときどきなだめるように相づちを打った。彼女に時代が変わったのだと説明しても無駄だからだ。やがて、看護主任がきいた。「ところで、新しく来た男はどうしてる？　あの無礼な男よ。外国人はみんなそうだけど、ないものねだりをしているんじゃないの」

「いいえ、彼は全然無礼ではありません」エマは落ち着いて言った。「ないものねだりもしません。必要な器具はちゃんと持ってきているようです。彼とミスター・ソームズは有名人なんです。二人で何か手術の手本を見せましたから」

「ふん、私の手術室の研修医を踏みつけにしているわけね！」

二十年以上も手術室づきの看護師をしていると、そういう見方をするようになるのだろう。「まさか、そんなことしてませんよ」

コックス看護主任は疑うように言った。「あの男が気に入っているの？」

「ええ、本音を言えば好きですね。もう行きます。遅れると、コリンズが列車に乗れなくなってしまうので」エマは立ちあがった。

コックス看護主任の目が鋭くなった。「どういうこと？　今日の夕方、あなたは休みでしょう。金曜日だからかしら？」

「コリンズが休みをとるんです。私の夕方の休暇をあげたので」

コックス看護主任は顔をしかめた。「いいこと、ヘイスティングズ看護主任。私がいないからといって、仕事のやり方は変えさせないわ。あなたのするべきことは……」

「わかっています」エマはなだめるように言った。「でも、人手が足りないんです。コリンズは自分の仕事以外のこともしているんですよ。ちょっとしたご褒美をあげてもいいでしょう」

「ああ、そうね。あなたの言うとおりだわ」看護主任は折れた。「彼女はなかなかよく働くから」そして意外なことを言った。「また来てちょうだい、ヘイスティングズ看護主任。少し寂しいのよ」

エマはドアに近づいた。「ええ、もちろんです。なにか用はありませんか？　買い物とか本が読みたいとか」

「今のところはないわ。今度来るとき、あの男の理論についてのメモを持ってきてくれないかしら？　ミスター・ソームズは彼の新しい手法を使うつもりらしいけど、私にはなぜ必要なのかわからないの」

「明日来るときに持ってきますよ。それでは、失礼します、看護主任」

その日の夕方はあまり仕事がなかったので、エマは事務室でユスティンの新しい技術についてまとめることにした。慎重に隠しながらメモを書いていると、ドアを軽くたたく音がして彼が入ってきた。

「救急ですか？」エマは思わず尋ねた。ユスティンを見て赤くなり、気づかれないことを願う。

「いや、ミスター・ソームズと初めての患者を診に来たんだ」彼は机の向こう側に座った。「なにを書いているんだい？」エマが説明すると、やさしく言った。「私のせいで、よけいな仕事ができたというわけか。私がコックス看護主任に会いに行って、説明したほうがいいんじゃないかな」

エマは驚いた。「ええ、そのほうがいいとは思いますが……」

ユスティンはやわらかい口調で続けた。「彼女が私を嫌っているのは知っているよ。私が外国人だからだろう？　新しい発想を持っているだけではここにいる資格はない、と思われているんだな。彼女を訪ねることにしよう。君、次はいつ行くんだい？」

「明日、夕方の仕事が終わってから行きます」

「わかった。一緒に行ってもいいかな？」ユスティンが立ちあがり、エマは今さらのように彼の大きさを意識した。「働きすぎないようにね、ヘイスティングズ看護主任」そう言って、彼は出ていった。エマは座ったまま、今の会話を反芻《はんすう》した。彼は私への関心をほのめかすようなことは一言も言わなかった。興味さえないんだわ。エマはおもしろくなかったが、そう思うほうがおかしいのだと自分に言い聞かせた。だいいち、彼が関心を持つような魅力なんて私にはない。これまで人をうらやんだことはあまりなかったけれど、今だけは妹のように美しければいいのに、と思った。

やがて勤務が終わり、エマはほかの看護主任たちと一緒に夕食をとった。一時間ほどテレビを見てから、頭痛を口実に早めにベッドに入る。すぐ眠りについたものの、深夜一時になるころ、救急室につめていた研修中の看護師に起こされた。切羽つまった声で、すぐに救急手術の担当をしてほしいと言う。

「申し訳ありませんが、夜勤の手術室づきの看護師は本来の手術で手いっぱいで、ほかに人がいないんです。よろしいですね、主任？　手術室の準備はしておきますので、十分で来ていただけますか？」

「七分で行くわ。加圧殺菌器は二台とも動かして」

六分半後、エマは手術室のドアを開けた。事務室のドアの前を通りかかると、中からユスティンの声がした。「入りたまえ、主任」

彼はエマの椅子に座っていた。中に入ってきた彼女を、席をあけてやさしく座らせる。リトル・ウィリーはグレーのズボンに古びたセーターを着て、壁にもたれていた。だが、ユスティンは眠ってはいなかったようだ。エマは上品なディナージャケットを見つめ、どこで誰と一緒だったのだろうと思ったが、彼の穏やかな声を聞いて我にかえった。

「起こして申し訳ない、主任。だが、手術は待ってくれないんでね。患者は自殺しようとした男だ。港近くの建設中のアパートメントから飛びおりた。途中で手すりかなにかに引っかかって、奇跡的に軽い脳震盪《のうしんとう》ですんだが、胸にひどい傷が数箇所ある。診てみないと程度はわからない」ユスティンはエマにほほえみかけ、時間を確かめた。「患者は十五分ほどで運ばれてくる。大丈夫だね、主任？」

エマはすでにドアに向かって歩きはじめていた。患者の到着までに準備することが山ほどある。時間を無駄にしたくはなかった。「わかりました」

患者はひどい怪我《けが》を負っていたが、若くて強靭《きょうじん》な体をしていた。胸部に三つの刺傷があったが奇跡的に心臓をはずれていた。

二時間半後、患者は肋骨《ろっこつ》と肺の一部を失って、集中治療室に戻された。医師たちは伸びをして手袋をとり、手術着のひもを解いてもらっていた。エマは清掃で忙しかったが、出ていこうとする医師たちにきいた。「お茶にします？」

リトル・ウィリーが立ちどまった。「いいね。飲みたいな、エマ。準備ができたら声をかけるよ」

清掃が終わったとき、ユスティンが手術着のまま現れた。「お茶にしよう、エマ」楽しそうな声だった。初めて名前を呼ばれたので、エマは数えていた鉗子《かんし》を取り落としてしまった。マスクで顔が隠れていてよかった、と思った。それから彼について事務室に行くと、ウィリーが待っていた。

エマは座ってカップを受け取った。リトル・ウィリーが砂糖をたっぷりと入れてくれる。彼女は満たされた気持ちで紅茶を飲んでいたが、患者のことが気になった。「彼はよくなるでしょうか?」

「よくなるよ。肺炎や感染症を起こさなければ大丈夫だ。一日か二日は機械の厄介になるだろうがね」

「こんなことをした理由はわかっているのでしょうか?」エマは二杯目をついできいた。

ユスティンはグリーンの瞳でエマを見つめた。

「失恋だよ。心がぼろぼろになってしまったんだ。ジョン・ダンの詩にもあるだろう? 〝ひとたび恋の手に落ちれば、ああ、心はなんともろいものか〟」

エマは彼を見つめ返した。「かわいそうな人。その詩の最後はご存じですよね。〝しかしそのような恋のあとには、もはや愛することができなくなる〟彼はその人をそれほど愛していたんですね」

グリーンの瞳は揺るぎなかった。「男とはそういうものだ。ほとんどがね。特別な女性を自分の人生というタペストリーに織りこんで、ほどくことができなくしてしまう」

「問題は、まずどうすれば織りこめるかだな」リトル・ウィリーがそう言ったので、大笑いになった。

エマはカップを置いて立ちあがった。「失礼します。もう起きる時間ですが、少し眠っておこうと思います」

「それでは引きとめられないな。おやすみ。そしてありがとう、エマ」ユスティンの声はやさしかった。

二度もエマと呼ばれたのがうれしくて、彼女はおかしいほどうきうきした。

エマはわずかな間眠っただけで、普段どおりの時間に起きた。つらかったので、今夜は早く寝ようと決心した。午後五時には仕事を終わらせ、帰りがけにコックス看護主任を見舞い、帰ったら熱いお風呂につかってゆっくりと眠ろう。ユスティンが一緒にコックス看護主任を見舞うと言ったことを、彼女はすっかり忘れていた。

だが、ユスティンは忘れていなかった。長い一日が終わって、エマが整形外科病棟へ急いでいると、彼がこつぜんと現れた。

「忘れているようだな」彼はやんわりととがめた。

エマはあわてた。「そうでした。申し訳ありません」急いでつけ加える。「コックス看護主任に会えば、思い出したはずです」

「それを聞いて安心した」説明は手短にすますよ」

そのとおりだった。新しい技術の内容は濃いものだったが、説明が簡潔でわかりやすかったので、なんとかけちをつけてやろうと待ち構えていたコックス看護主任もなにも言えなかった。「よくわかりました」彼女は三十分もしないうちにそう言った。そして驚いたことに、笑顔まで見せて、一度だけ大声で笑った。帰るとき、看護主任は思いがけないことをユスティンに言った。「いらっしゃりたいときはいつでもどうぞ」

エマは階段の途中でとまった。「彼女は誰も好きにならない人なんです。今でも信じられません」

「そうかな？　まあ、いいさ。ところで、疲れていなければ食事に出かけないか？　このところ、ちゃんとした食事をしていないのでね。君もそうだろう？　三十分ほどしたら、外で待っている」

その強引さをわずらわしく思う半面、誘われたのがうれしくて、エマはためらった。「ありがとうございます。でも、早く寝るつもりなので」

「私もそうだが、まずは食べないとね」彼がほほえみ、エマも思わず笑った。

エマはピンク色のワンピースを着て、新しいサンダルをはき、二度も髪を直して、長い時間をかけて顔に化粧を施した。最初はしっかり化粧したのだが、濃いマスカラやアイライナーはしばしばみ色の瞳に合わなかった。顔を洗い直して、マスカラを薄くつけ、眉はいじらず、クリームと口紅をかすかにつけるだけにする。結局、普段となにも変わらなかった。この顔立ちでは入念に化粧してもそれほどよくはならないだろうし、どうせ彼は気づかないだろう。

エマが前庭に下りていくと、ユスティンはすでに待っていた。「ワンピースを着ている君はいいね。とてもよく似合うよ」

エマは車に乗りこみ、支離滅裂なことを口走った。

「あら、気づいていました？　こんなに暖かい夜だとは思ってなくて」

ユスティンは間の抜けた言葉にはわざと答えずに、穏やかな口調でとりとめもないことを独り言のように話した。エマに落ち着きを取り戻させようとするやさしい心づかいの表れだった。

町を出てしばらく南へ行ったところで、エマは思いきって尋ねた。「どこへ行くのですか？」

「〈ハンブル・マナー〉だ。君も知っているだろう。川のそばにあって、いい空気と食事が楽しめる。週末は家に帰って楽しかったかい？」

エマは驚きながら答えた。「ええ、ありがとうございます。小さな村ですけど、庭をのんびりと歩いたり、鶏や犬の世話をしたりするのは好きなので」

「楽しそうだな」本心のようだった。

「今のところにはそれほど長く住んでいるわけではないんです。母は同じ村の、別の家で結婚生活を送りました。私たち三人の子供は、その家で生まれたんです」

「三人？」

「キティと兄のグレゴリー、それに私です。兄は結婚して、ドーチェスターの近くの村で診療所を開いています。奥さんのスーザンとの間に、子供が生まれたばかりで。赤毛の男の子なんです」エマは言葉を切ってユスティンを見た。「私たちはみんな赤毛が好きなんです」

「幸運な環境だな。きっと同じ色の髪を持つ別の家族が現れるだろう」ユスティンはつぶやいた。

エマには意味がよくわからなかった。ヘイスティングズ家の人々を見ても、赤毛はそれほど多くない。

「兄と私は淡いブラウンですし、母もそうですが、キティは運よくすてきな髪の色に生まれつきました。あの子は私たちの誇りなんです」

「当然だろうな。彼女はとても魅力的だから。卒業しないうちに、さらわれて結婚しないでほしいな」

「ちゃんと卒業しますよ。約束したんです。先にあの子のほうが結婚したとしてもです。そうでなければ、無駄になりますから」

エマはなにが無駄になるのか説明しなかったし、ユスティンもきかなかった。エマはしばらくキティのことを話しつづけた。一瞬、彼にすべてを知ってもらいたいような気がしたのだ。少しして、ユスティンが静かに尋ねた。「どうして君も医者になろうとしなかったのか聞かせてくれないか？　兄さんは医者だし、妹さんもそのために勉強中だ。なぜ君だけが違う？」

自分のことは話さないと決心していたのに、エマはすっかり忘れていた。「兄は、父が亡くなる前に医師免許をとりました。私も医者になるつもりでしたが、そうすると母の生活は苦しくなりますし、奨学金をもらってもキティの教育費をまかなうことはむずかしかったでしょう。だから看護師になる決心をしたのです。今はそれを残念だとは思っていません。いい仕事をさせてもらっていますから」

「キティは医学部に行けたしね」彼が締めくくった。

エマはグラスを置いた。突然、しゃべりすぎたことに気づいた。「私、そんなつもりじゃ――」

「君はなにも言っていない。君に代わって言っただけだ。私がそう思っただけさ」理解のある言い方だったので、エマは不愉快さをこらえてほほえんだ。

「さあ、食事にしよう。腹がへったよ」

店は快適でそれほどこんでいなかった。ユスティンは気取った態度などまったくとらなかったが、ウエイターはすぐにやってきた。メニューを前にして、エマは迷った。相手がリトル・ウィリーだったら、ためらわずに予算をきくところだ。たとえ質問しなくても、彼のほうからあまり高くない料理を選ぶよう言いだしただろう。しかしユスティンは、ディナーの相手が予算をきくのを許すはずがない。

「初めは冷やしたメロンにしようか？　私は牡蠣《かき》をつめたステーキにするが、君はもう少し軽いものがいいんじゃないかな。チキンがいいなら、鶏の胸肉のリシュリュー風を勧めるよ。赤ワインならどちらにも合うから、シャンベルタンの五十二年ものがよさそうだ。デザートはあとで頼めばいいね？」

食事をしながら、ユスティンは話題をふたたびエマとその家族のことに持っていった。しかし、今度はエマのガードも堅かった。自分のことを話しすぎたと思って不安になったからだ。エマは質問に対して質問で返した。だが彼の答えはいやになるほど曖昧で、結局今までに知ったこと以上の情報は聞き出せなかった。それでもエマが話題を変えると話がはずみ、ユスティンは自分の国についてうれしそうに語った。話は上手だし、知識も豊富だった。

二人は時間をかけて食事を楽しんだ。そのあと、エマは残念そうに言った。「もう帰らなくてはなりません。明日は手術室の清掃の日ですし」

「バルブの交換をするんだったね」ユスティンがきいた。「いい子だ。なにかご褒美をあげないとね」

ますますユスティンに惹《ひ》かれているのを感じながら、エマは車に乗った。帰り道はとりとめのない話で楽しく終わった。病院に着くと、彼は寮の正面玄関まで一緒に来て、エマの手から鍵《かぎ》を取りあげてドアを開け、そのまましばらく手を放さなかった。胸ときめく一瞬、彼女はキスをされるのかと思った。

だが、ユスティンは手を放して言った。「楽しい夜だった。ぐっすりおやすみ、エマ」

エマは落ち着いてお礼を言った。「おやすみなさい。ありがとうございました」

彼女はベッドに座って、ユスティンと過ごした一瞬一瞬を思い出した。彼の言葉、笑顔、笑ったときにできる目尻のしわ、目の輝き。ベッドに入っても、すぐには眠れなかった。目をつぶるたびに、彼の姿が浮かんできてしまうから。

月曜日の午後、エマは時間どおりに仕事を終え、着替えてリトル・ウィリーが待つ中庭に行った。彼はいったん手術室を出たあと、ためらいがちにまた戻ってきて、懇願するように外で食事をしないかとエマを誘ってきたのだった。

ウィリーはすぐに車を出した。病院の門を出たところでユスティンのロールスロイスとすれ違い、彼が手を上げて挨拶した。エマはすぐにユスティンを追いかけていって、リトル・ウィリーと出かけるだけだと言い訳したい衝動に駆られた。というのも、ユスティンが寂しそうに見えたからだ。愚かな衝動だわ、とエマは自分をたしなめた。私が誰と出かけようと、彼が気にするはずがない。

リトル・ウィリーは町の中心に向かって車を走らせた。「さっき、僕が君を誘ったあとに教授が来て、今夜はデートかときかれたよ」彼は広場を横切ったところで車をとめた。「〈ピップス〉でいいかい？」

〈ピップス〉は手ごろな料金でたっぷり食べられる小さなレストランだ。「いいわよ」エマはそう答えたが、ユスティンにリトル・ウィリーとつき合っていると思われたのではと気になってしかたなかった。

レストランで向かいのテーブルに座ったリトル・ウィリーは、あまりにもおかしかった。

エマはきいた。「どうかした？　なにか話したいことでもあるの？」

「えっ、そんなことはないよ。どうしてそう思ったのかな？　ところで、今週末は休みだよね？」

「そうよ」エマは辛抱強く答えた。

「君の……その、キティはまた来るのかな？」

そういうことね。「ええ、来るわよ。木曜日の夕方五時ごろ着く予定だけれど、私は五時半まで仕事なの。彼女を見かけたら寮に連れていって、私の部屋でお茶でも飲んでいるように言ってくれない？」

案の定、リトル・ウィリーはとてもうれしそうな顔をした。彼は二十八歳だが、女性とつき合った経験はそれほど多くないようだ。エマのことが好きなのも、一緒にいておどおどせずにすむかららしい。そのときはエマも笑いそうになったけれど、だんだん彼が極端に人見知りをするのがわかってきた。それさえ克服すれば、なかなか好青年なのに。エマはさりげなくキティのことを話した。

やっと木曜の午後になった。最後の患者が運び出されると、エマは時間どおりに仕事を終えようとばたばたと片づけをした。五時半を五分過ぎたころ、手術室を出て、バッグをとりに事務室に行く。すると机に座って書き物をしていたユスティンが、顔も上げずに静かに言った。「ああ、エマ、ちょっとそこに座ってくれないか？」

エマはしぶしぶ座った。キティは今ごろ、寮で待っているだろう。一分も無駄にできないのに。

「落ち着いて、エマ」彼はまだ顔を上げない。「時間はたっぷりある。私も一緒に行くんだから」

エマは驚いて口をぽかんと開けた。「それはだめです。長い休暇で家に帰るんですから。キティが来て待っているんです」

「知っているよ。お母さんが週末に私を招待してくださった。手紙をいただいたんだが、どういうわけか君に言う機会を逃してしまってね。忙しかったので、つい忘れてしまったんだ。君たち二人とも、私の車に乗ればいい」

エマは目をまるくしたままうなずき、顔をしかめた。「いくら忙しいからって、教授が忘れるなんて考えられませんけど」

「実は、君が喜んでくれるかどうか不安だったんだ。だが、私は君のお母さんにとても会いたかった。だから、言わないほうがいい気がしたんだ」

その言葉を聞いて、エマは警戒心を解いた。「どうして私が……」適当な言葉が出てこない。「君は喜んでくれない人じゃない。よくわかっているよ。許してほしい」ユスティンはなだめるように言った。

「週末にいらっしゃるのをですか？」

「いやいや、君に言わなかったことをさ」彼が柄にもなく謙虚なので、エマは吹き出した。

「おかしなことを言わないでください。寮で着替えてきます。出発は何時でしょうか？」

「キティはもう来ているんだね？　そうだな、三十分後かな。君さえよければ、もっと早くてもいい。私は車で待っている」

部屋にキティの姿はなかった。ベッドの上に〈リトル・ウィリーとお茶を飲みに行く〉というメモがあった。エマがブルーの麻のワンピースに着替え、髪を直して荷物をつめおわっても、妹は戻ってこない。時間を忘れてしまったのだろうと思ってさがしに行くと、キティはユスティンやリトル・ウィリーと一緒にロールスロイスのそばにいた。

妹はうれしそうに叫んだ。「ねえ、いいことを考えついたわ。ウィリーは日曜の十時から夜まで休みなんですって。私たちと一緒に過ごしたらどうかしら。ユスティンもいい考えだって言ってくれたわ。来るでしょう、ウィリー？」

リトル・ウィリーはためらうようにエマの方を見た。「すてきじゃない。いらっしゃいよ、ウィリー」エマはすぐに言って、うれしそうなリトル・ウィリーからユスティンに視線を移した。平静にふるまっているけれど、彼はキティを独占できなくて迷惑がっているのではないだろうか。でも、私には関係ない。キティといられてうれしそうなリトル・ウィリーを見られたのだから。

キティは車に乗るとき、リトル・ウィリーの腕に手を置いて、紅茶のお礼を言った。「ウィリーが小さくてかわいいカフェを見つけてくれたのよ。楽しい話ができたわ」リトル・ウィリーに輝くような笑みを送る。「それじゃ日曜日にね、ウィリー。忘れないで」

キティが前に乗るほうがいいと思って、エマは革張りの豪華な後部座席に座り、ユスティンがバッグをトランクに入れてくれるのを眺めた。助手席に座りたかったけれど、彼は断る機会さえ与えてくれなかった。ユスティンはリトル・ウィリーと立ち話をしている。彼が一瞬振り返ったので、エマはあわてて目をそらした。

いつものフォードで行くのに比べて、家まで着くのが短く感じられた。エマは静かに座り、前の二人が昔からの知り合いのように笑いながら話す姿を見ていた。ユスティンの運転は巧みで、無理なスピードなど出さなかったが、時間も無駄にしなかった。ドーチェスターを過ぎると、エマたちの指示に従って田舎道を走らせる。けれどムッチェリー・マグナに近づくと、景色を見るためにゆっくりと進んだ。かわいらしい村は、ほとんどの家が教会の前の緑地を囲むようにして立っている。谷間にあるので、訪れる人もあまりいなかった。

「左手の最初の道です。私たちの家は右側にあります」エマはそう言って、庭の門に寄りかかりながらこちらを見ているミセス・ビーチに手を振った。ミセス・ビーチは昼の間だけ、郵便局と雑貨屋を経営している老婦人だ。明日までには、ヘイスティングズ家の娘たちが休暇で男性を連れて帰ってきた、というニュースが村じゅうに広がることだろう。ミセス・ビーチは細かいところまで目が届く人だから、ユスティンの髪の色や車のナンバーまで記憶したに違いない。車がロールスロイスだということも。エマはほほえんだ。しばらく、ユスティンはみんなの噂《うわさ》の種になるだろう。

4

藁葺《わらぶ》き屋根の家は小さいながらもしっかりしていた。整えられた垣根が、道路と家を隔てている。小さな庭に続く門の向こうには、色鮮やかに咲き乱れた花が見えた。ユスティンはロールスロイスを巧みに運転して木の門柱の間を抜け、家の重厚なドアの前で静かにとめた。そのとたんドアがぱっと開いて、エマの母親とスパニエル犬と二匹の猫が飛び出してきた。動物たちは訪問者が誰なのか調べるつもりだろう。ミセス・ヘイスティングズはうれしそうに歓迎した。「いらっしゃい。その門を通れるなんて運転がお上手なのね。エマはいつも、二回は切り返さないとだめなのよ」

ポーチに立ったまま、母親は二人の娘を抱きしめ、ユスティンの方に手を差し伸べた。彼はその手をとって言った。「ご招待ありがとうございます、ミセス・ヘイスティングズ」

「あなたが病院にいらしたとエマから聞いて以来、この日をずっと待っていたの。エマは、お医者さまと看護師はつき合わないものだって言ったけど、そんなの絶対おかしいと思うわ。エマ、あなたのことじゃなくて、そういう考えがね。どうしてうまくやっていこうとしないの？」

ユスティンは母親にほほえみかけた。「そうですとも。そのご意見に賛成です、ミセス・ヘイスティングズ。それでは手始めに、私のことはユスティンと呼んでください」

「もちろん、そうするわ。さあ、どうぞ中へ。荷物は降ろして、車をガレージに入れてね。少し狭いけど、あなたなら大丈夫でしょう」

母親は小石を敷きつめた廊下を通り、居間へとユスティンを案内した。

彼は興味津々でまわりを見まわしてから、やさしく言った。「すてきなお部屋ですね」

母親は言った。「そうでしょう。狭いけど、私一人しかいませんからね。さあ、お座りになって」そう言って、安楽椅子を示す。「シェリー酒をお持ちしましょう。エマがオランダから持ち帰ったものなの」彼女は座って、どんな旅行だったか話しはじめた。その間、エマはシェリー酒をみんなにつぎ、少し離れたところにある開け放たれた窓のそばに座った。そして会話には加わりながらも、自分に注意が向かないようにした。やがて母親が叫んだ。「あら、夕食がどんな具合か見てこなくちゃ」

エマも立ちあがった。「私が見てくるわ、ママ。なにか特別な料理を作ったの？」

「いいえ、オーブンでチキンを焼いて、トライフルを用意しただけよ。じゃあ、私はユスティンを二階へ案内して、車をガレージに入れてもらうわね」

エマはいったんキッチンにこもると、そこから動かなかった。料理の準備はすべて整い、することがないのはわかっていたけれど、ユスティンがキティと一緒にいたくて家に来たのなら、もっと機会を作ってあげなければ。リトル・ウィリーがキティに熱を上げるのも無理はない。キティはきれいで陽気だし、一緒にいて楽しい。エマは心から妹を愛していたので、張り合おうという気にもならなかった。それに、ユスティンやウィリーが目移りすることなどないだろう。エマはため息をついて、母親のエプロンをつけ、料理を皿に盛りつけた。

オーブンの前にひざまずき、手に持った皿に慎重にチキンを取り分けていると、ドアが開いてユスティンが入ってきた。「どうして隠れているんだい？」

「隠れてなんかいません。料理を盛りつけているだけです」

ユスティンはエマの隣にひざまずいてフォークを取りあげ、チキンに突き刺して丁寧に皿に置いた。皿を保温器の上に置き、オーブンを閉める。

「ありがとうございます、教授」エマは丁寧に言った。

「ユスティンと呼んでくれ」彼が促した。

「ユスティン」二人はまだ並んでひざまずいていた。

「でも、意味がありませんよ。また月曜日には、教授とお呼びしますから」

「それは公の場だけでいい」彼はやさしく言って立ちあがり、エマに手を貸した。「でも、僕は君をエマと呼ぶよ。パスポートを見たときからずっと考えていた。そう呼んでいけない理由なんてないだろう？」

エマはエプロンのひもと格闘していた。「いいえ。あなたがそう呼びたくてもいけません」声を平静に保ちながら、がんじがらめになってしまったエプロンのひもを不器用にいじくりまわす。彼はエマを後ろに向かせてひもを解き、ふたたび前を向かせて唇にすばやくキスをした。「まあ、だめです！」

「だめ？　じゃあ、もう一度するのはどうだい？」うまい言い方に、思わずエマは期待した。

「そんなつもりありませんから」エマは喜びと不安が複雑にからみ合った感情を押し隠した。「ただ、驚いただけです」それから、あわててつけ加える。「私だって、キスくらいされたことはあります」

彼はからかうような笑みをかすかに浮かべた。「だが、男のほうからキスするものだといっても、すべての女性がキスされるわけじゃない」

エマは本音をもらした。「人よりたくさんキスを受ける女性もいます。私が男だったら、きれいな女性にしかキスしないわ」

ユスティンは体を震わせて笑った。「だけど君は男じゃないだろう、かわいいエマ。ことわざではなんと言ったかな？　〝蓼《たで》食う虫も好き好き〟だ。男の趣味だってそれぞれ違うさ。わかるだろう」

「いいえ、わかりません。サラダを盛りつけないと」エマはぴしゃりと言って、鍋《なべ》を持ちあげた。

ありがたいことに、そのとき、母親が入ってきた。「ユスティン、ここにいたのね。お肉を切り分けてくれないかしら？　その手のことは専門でしょう」

エマはキティの寝室へ逃げ出した。ユスティンがエマの部屋を使うからだ。髪を整え、化粧を直して、頬の赤みがおさまったころ、階下へ下りて三人に穏やかな顔で接する。彼女はなんとか平静を装い、残りの夜を楽しく過ごした。

翌日、エマは朝早く起きて、庭の小さな鶏小屋へ向かった。鶏の一羽一羽に、彼女は名前をつけていた。犬や猫と同じく家族も同然なので、鶏を絞めて食料にしようなどという気はまったくなかった。その代わり、定期的に産む卵を母親が村の人々に売り、ささやかな収入の足しにしていた。

エマは腕まくりをして鶏を追い出し、小屋を掃除した。この仕事は嫌いだったが、自分でやればお金の節約になる。そのとき、ユスティンがそばにいるのに気づいた。スラックスに開襟シャツ、目を引くスカーフをつけている、彼は陽気に声をかけてきた。

「おはよう、エマ」

まさか彼がこんなに早く起きてくるとは思わなかった。エマは彼のことを考えながら夢中で掃除していたので、いきなり目の前に現れたのを見て、会いたいと願っていた自分の心の内が見透かされたような気がした。まるで間抜けになったみたいな気持ちで、彼女はぎごちなく答えた。「よく眠れなかったんですか？　まだ朝も早いですから」

ユスティンは眉を上げたが、穏やかな声で言った。

「よく眠れたよ。君が庭に出ていくのが見えたから、なんだろうと思って出てきたんだ。かまわないだろう？　次はどうするんだ？」

「卵を集めるんです。でも私がしますから、お茶でも飲んでいてください」

「いや、先に卵を集めよう。お茶ならいつでも飲める」

エマはキッチンから持ってきた籠《かご》をユスティンに渡し、ゆっくりと小屋のまわりを歩いて茶色の卵を集めた。十二個ほどたまると、家に戻って食料貯蔵庫《パントリー》に置いてある大きな籠の中に加えた。

「全部食べるわけじゃないんだろう」ユスティンが自分のとった卵を加えて言った。

「ええ。売るんです。茶色の卵は喜ばれるので」彼の方を見ずに続ける。「さあ、お茶にしましょう。ママとキティにも持っていかないと」

エマが二階から下りてきたとき、ユスティンはキッチンの戸口に座って紅茶を飲み、パイプをふかしていた。「かまわなかったかな？」エマがうなずいたので続ける。「君はとても穏やかだね。癇癪《かんしゃく》を起こしたのを見たのは、初めて会ったときだけだ」

「あなたがバンパーを蹴飛《けと》ばしたからですよ」エマは思い出した。「まだ車の修理代をきいていませんでした」

「いいんだ。信じないかもしれないが、気にしなくていい」反論する隙《すき》も与えずに言った。「お父さんが亡くなってからどれくらいになるんだ？」

「八年です」

「君は十八歳だったのか。もう看護師の訓練を始めていた？」

「ええ」

「キティはまだ高校にも行っていなかった？」彼の口調はやさしかったが、有無を言わさない響きがあった。

「ええ。今、彼女は二十二歳です。当時は中等国家試験の勉強中でした」

ユスティンがさぐるような視線を向けるので、エマは落ち着かなくなった。「だから楽しみも、外国旅行も、パーティもきれいな服もなしだったのか」

エマは真っ赤になった。「鶏小屋を掃除するときは、いつも古い服を着るんです」さらに弁解しようとしたが、ユスティンが笑いだしたのでやめた。

「いや、エマ。そんなつもりで言ったんじゃないんだ。君はなにを着ても似合うよ。そっけない手術着だってね。でも君は、多くの楽しみをふいにしてきたに違いない。女の子が大人になって仕事や結婚に落ち着くまでに体験する楽しみをね。エマ、君は結婚したいと思ったことはないのかい？」彼は意外なことを礼儀正しくきいた。

エマは顔を見られないよう流しの方を向き、あくまで淡々と答えた。「もちろんあります。たいていの女の子と同じことを考えました。でも……」

そのとき、キティが陽気なおしゃべりをしにやってきたので、エマはひそかに感謝した。

朝食のあと、ユスティンは芝刈りをした。キティはベッドを整えてから、たくさんの本をかかえて芝生に出てきた。日だまりの中で寝転がり、彼から胸の結節手術について説明を受ける。エマはみんなでコーヒーを飲んだあと、卵の籠を持って村へ出かけた。

訪ねる家が最後の一軒になったときだった。エマは牧師館で牧師の妻と三十分ほどおしゃべりしてから草地を横切り、教会を通り過ぎて丘をのぼった。バドガーズ・クロスと呼ばれる道は狭く曲がりくねっており、丘から二キロほど離れた主要道路へと続いている。そこには三軒の家があった。二軒は村に近いのだが、ミセス・コフィンの小さな家だけはさらに八百メートルほど行った先の、道からはずれたいちばん険しい場所にあった。ミセス・コフィンは七十歳を過ぎていて、十年ほど一人暮らしをしている。村へは週に二度しか下りてこない。一度は食料品を注文するためで、もう一度は教会に行くためだ。

暑くなってきたので、エマは道をゆっくりと進み、通りすがりに二軒の家の住人と挨拶《あいさつ》を交わした。ミセス・コフィンの家のドアは開いていた。ムッチェリー・マグナの人たちは、ドアを閉める習慣がない。エマは真鍮《しんちゆう》のノッカーを鳴らして呼んだ。「エマです、ミセス・コフィン」返事がなかったので、エマは中へ入り、もう一度声をかけた。だが今度も返事がなく、彼女は卵の籠を下に置いて家を調べた。明らかに、ミセス・コフィンはついさっきまで居間の椅子に座っていたようだ。冷えたコーヒーカップが置いてあり、こんろではやかんが湯気をたてている。エマは慎重にやかんを火から下ろすと、二階へ行ってみた。やはり誰もいない。裏口から外へ出て、ミセス・コフィンが野菜を栽培している畑の垣根のところへ行った。

少し心配になって、エマはミセス・コフィンの名を何度か呼んだが、鳥の声と子牛の泣き声しか聞こえない。家の方へ戻り、もう一度呼んでみた。今度は、野原の方からかすかにくぐもった声が聞こえた。エマは走りだしたが、近くのどこかからミセス・コフィンの声がしたので、立ちどまった。

「ミセス・コフィン、どこにいるの？」エマはあわてて叫んであたりを見まわした。また声がした。使われていない井戸のほとりに、腐った木の蓋《ふた》が粉々になって散乱している。

哀れなことに、ミセス・コフィンは年老いた腕で懸命に井戸の縁につかまっていた。

エマは膝をついて中をのぞきこんだ。「どれくらい前からここに？」答えを待たずに続ける。「もう少しがんばって」

ミセス・コフィンの手首をつかんで引っぱりあげようとしたが、小柄で華奢《きゃしゃ》な彼女は疲れはてているうえに怖がっていて、どうすることもできなかった。

「に……二十分くらいつかまっていたかしら。よくわからない。つまずいて井戸に落ちてしまったの。なんとか縁につかまったけど、これ以上は持ちこたえられない」ミセス・コフィンは蒼白《そうはく》な顔をこわばらせてエマを見あげた。

「心配しないで」エマは元気づけたが、たまらなく不安だった。「負担を軽くしてあげるわ。引っぱりあげられるかどうかわからないけど、このまま持ちこたえていれば、きっと誰かが来てくれる」

とてつもなく楽観的な考えなのはわかっていた。金曜日にバドガーズ・クロスに来る人がいるとは思えない。肉屋もパン屋も来るのは土曜日だ。あと二十四時間こうやってミセス・コフィンを支えていると想像すると、エマは思わずヒステリックな笑い声をあげそうになった。あわてて我にかえり、ずっと家に戻らなかったらきっと母親が奇妙に思うだろうと自分に言い聞かせる。でも、牧師館のキャロルに引きとめられるかもしれないから、お昼に戻らなくても心配しないで、と言ってきてしまった。キャロルは昔からの友達で、物心ついたころから互いの家を行き来している。お昼を過ぎて戻らなくても、母親はなにも不審に思わないだろう。まだ昼をそんなに過ぎていないはずだ。

エマはミセス・コフィンをしっかり支えながら、やかんは火から下ろしたことを話した。ミセス・コフィンは丁寧にお礼を言ったが、その声はか細くうつろで、なにを言っているのかわからないほどだった。エマは仕事のこと、休暇のこと、村の噂《うわさ》話など、ミセス・コフィンの気をそらせるたわいもない話をあれこれしゃべった。「ミセス・コフィン、私がトムの家まで走って助けを呼んでくるまで、つかまっていられないかしら？　ここに来る途中で彼と話したから、家にいることはわかっているの」

ミセス・コフィンの声が井戸の壁に響いた。「あなたが行ってしまったら、落ちてしまうわ。深い井戸なのよ。私はきっと……」

「大丈夫よ」エマはあわてて言った。「ここにいるわ。心配しないで。今にきっと助かるわよ」

空元気だとはよくわかっていたが、ほかにどう言えばいいのだろう？

太陽が照りつけ、力を入れている手首ももう限界だった。膝や背中が痛くなっても、エマは会話を続けて、ミセス・コフィンを元気づけた。だが、ぽつりぽつりと返ってくる返事はいっそう少なく弱々しくなってきた。エマはときどきおしゃべりをやめては耳をすました。けれど、静かな中で聞こえるのは鳥や子牛の鳴き声や木々のかすかな音だけ。しかし教会の時計が二時を打ったとき、別の音が聞こえた。足音と門を開け閉めするきしんだ音。エマは大きく息を吸って甲高く口笛を吹き、もう一度息を吸いこんで叫び声をあげた。ユスティンがそばにひざまずいて無言でミセス・コフィンの手首をつかむまで、エマは叫びつづけていた。

「さあ、エマ。僕がつかんだから手を離して。どれくらいこうしていた？」

「二時間くらいです」エマは手首をさすった。彼に会えたのがうれしくて、手が痛いのも気にならなかった。「私が来る二十分くらい前に、ミセス・コフィンは落ちてしまったんです。出っぱりにつまずいてしまったらしくて。井戸はかれているけど深いんです」分別が戻ってきて、エマは続けた。「彼女は小柄で、五十キロくらいあると思うんですが、疲れているので上がることができなかったんです」

ユスティンは静かにミセス・コフィンに話しかけた。「すぐに引っぱりあげてあげますよ。しっかりつかまって。怖がらなくても大丈夫。すぐに外に出してあげますから」

「ユスティン、できますか？　大丈夫？」

一瞬、ユスティンがエマの方を振り返った。「いいかい、エマ。こうして君を見つけられたんだ。山だって動かせるさ」自分の力を信じて疑わない彼は、静かな自信をみなぎらせて笑った。

「私はほかになにをすればいいでしょうか？」

「とりあえず今はない」ユスティンは井戸に向き直った。「いいですか、ミセス・コフィン」そして、力強く彼女を引っぱりあげた。

ユスティンはミセス・コフィンを家に運んだ。エマは先まわりしてドアを開け、大きなソファにそっと彼女を寝かせた。ミセス・コフィンが目を開けて二人にほほえみ、か細い声でつぶやく。「なんて親切なのかしら」だが二人の手当てにもかかわらず、少しすると、ミセス・コフィンの意識がなくなった。ただでさえ悪かった顔色が土気色になっている。彼はかたわらにひざまずいてもう一度脈をとった。

「彼女の病歴はわかるかい？」

エマは首を振った。「いいえ。ドクター・ハレットが主治医ですが、ずいぶん前に本人から血圧が高いと聞いたことがあるだけです」

「村まで走るんだ、かわいい人。ドクター・ハレットに電話して、すぐ来てくれるよう頼んでくれ。ミセス・コフィンには病院での治療が必要かもしれない。僕の持っている医療器具だけではじゅうぶんじゃないだろう。急げ、エマ」

エマは走った。坂道だったので加速がつき、あっという間に郵便局に着いた。ミセス・コフィンの命は、まさに私にかかっている。それに、ユスティンは私を〝かわいい人〟と呼んでくれた。「ドクター・ハレットに」息を切らしながら言うエマの顔をひと目見るなり、ミセス・ビーチは裏にある電話を貸して医師の番号を教えてくれた。ドクターの声を聞くと、エマはほっと胸を撫《な》でおろした。

「十分以内に行くよ、エマ。いつかこんなことが起こるんじゃないかと思っていた。彼女は入院しなくてはならないだろう。救急車に必要な器具を乗せてきてくれるよう頼んでくれないか？」

ドクター・ハレットが到着したとき、エマは郵便局の外で待っていた。助手席でドクターに要点を話し、ミセス・コフィンの庭の門に着くと車から飛び出して家の中へ入る。ミセス・コフィンの容態は思わしくなく、ユスティンが人工呼吸をしていた。二人の医者が処置をしている間、エマは二階へ上がって入院に必要なものを荷造りした。階下へ戻ると、ミセス・コフィンの頬にかすかに赤みが戻っていた。

「私は救急車のあとについていくよ」ドクター・ハレットが言った。「エマ、君は救急車に乗ってくれるか？　そうすれば、私と一緒に戻ってこられる。それほど長くかからないはずだ。せっかくの休みの日をだいなしにしてすまないが」ドクターは分厚い眼鏡越しに、抜け目のない視線でエマとユスティンを眺めた。「お二人さんが気まずくならないといいんだがね」

「もちろん、そんなことはありません」エマはあわてて言った。ユスティンもそう思ってくれるといいんだけど。「うちでだらだらしていただけですから」

救急車が到着してミセス・コフィンを運んだ。エマもドーチェスターまでつき添い、辛抱強く待った。その間にミセス・コフィンは病棟へ運ばれ、ドクター・ハレットは医師と話した。ふたたび車に乗りこんでムッチェリー・マグナに向かったときは、すでに午後四時になっていた。

「君の友達はいい人だ」ドクター・ハレットは北をめざしながら言った。「お互い惹《ひ》かれているようだね？」

エマは赤くなったが、ドクター・ハレットのことは子供のころから知っているので、彼が遠慮なくものを言うのには慣れていた。

「彼は一時的にサザンプトンにいるだけですよ。医療技術を指導するためなんです。彼は胸部の外科医で、オランダ人なんですよ」

「まったく私の質問の答えにはなっていないが、どのみちそれが答えなんだろう。エマ、グローブボックスの中にチョコレートがある。昼食を食べていないんだろう」

エマは感謝してドクターを見た。ばつの悪い質問に答えずにすんだことと、チョコレートをもらったことがありがたかった。家に着いたとき、エマはお礼を言った。「乗せていただいてありがとうございます。中でお茶でもいかがですか？　きっと母が用意していると思います」

二人は家の中に入り、廊下を抜けて裏庭に出た。みんなは、そこで紅茶を飲んでくつろいでいた。母親とキティが歓迎の声をあげる。ユスティンは立ちあがってほほえんだが、エマにかけた言葉は少なかった。「夕方ミセス・コフィンの家に戻って、戸締まりをして全部大丈夫かどうか見てくると約束したから、お茶を飲んだら行ってくるわ」エマは言った。「だめよ、私が行くわ」キティが言った。「午後を無駄にしてしまったんだから、ここで一時間くらいのんびりしていなさいよ。お昼を食べていないと思って、たくさんサンドイッチを作っておいたの」キティはユスティンににこやかなまなざしを向け、声をかけた。「ねえ、ユスティン、ミセス・コフィンの家の戸締まりに行ってくるわ。エマが頼まれたらしいけど、少しゆっくりするべきだもの。私と一緒に行く?」

ユスティンはキティに笑いかけた。「もちろん、いいよ。でも、遅くならないようにしよう。ディナーに出かけようと思っているんだ。サーン・アバスにこぢんまりしたいいところがあってね。みんなが行きたければ、だけど」

彼が問いかけるように眉を上げると、母親とキティは即座に賛同の声をあげた。「すてきね」少ししで、エマもそう言った。彼女はむしろユスティンと一緒にミセス・コフィンのところへ行って、あとは家にいたかった。けれど、ユスティンはキティと行きたいようだし、なにもしないでしばらく芝生の上に寝転がっているのもいいだろうと思い直した。なにもしていないとき、エマはユスティンのことばかり考えるようになっていた。

ドクター・ハレットが帰ったあと、夕方の太陽が穏やかに降り注ぐ中で、エマは犬と一緒に眠りに落ちた。キティが戻ってきて庭にやってくるまで、彼女が目覚めることはなかった。

「エマ、よく眠れた? ユスティンが病院に電話したら、ミセス・コフィンは大丈夫だそうよ。よかったわね。戸締まりして、鍵《かぎ》をドアの庇《ひさし》のところにぶらさげてきたわ。着替える?」

エマは立ちあがった。「ええ、もちろん」

二人は二階へ上がった。エマが髪を整えていると、キティが服を着ながら言った。「ユスティンってすてきね、エマ!　とても四十には見えないわ。男の人って、あれくらいの年齢になると少し堅苦しいじゃない。だけど、彼は違うわね。無理に若者ぶらないし、女性の扱い方もよく知っているわ」

エマは髪をくしけずっていたが、胸がちくりと痛んだ。「私にはわからないわ」心とは裏腹のことを穏やかに答える。「私たちは手術室では女性として扱われないから。ただのロボットなのよ」

キティは見たこともないような鋭い視線を姉に向けた。「エマ、そんなことはわかっているけど、あなただって四六時中手術室にいるわけじゃないでしょう。コーヒーを飲んだりおしゃべりするときはどうなのよ?　彼は誘ってくれたりしないの?」

エマは鏡台の前から立ちあがった。「一回だけ誘ってくれたわ。たまたまでくわしたときにね。でも、彼はおなかがすいていただけだったのよ」さらりと言った。「この服、どうかしら?」

彼女が選んだのは、茶色と白の袖《そで》がふくらんだ刺《し》繍《しゅう》入りドレスだった。

「すてきよ。私よりずっと美人に見えるわ」キティは妹らしい屈託のなさで言った。

エマも笑った。「うれしいけど、悲しいくらい真実じゃないわね。さあ、後ろのジッパーを上げてあげる。そのワンピース、好きだわ」

キティは自分のワンピースを見て言った。「私もよ。リトル・ウィリーってどんな人、エマ?」

鏡をのぞきこんで口紅をぬっている妹を、エマはじっと見つめた。「すばらしい男性よ。でも、ちょっとおとなしいわね。優秀な外科医だけど」

キティはうなずいた。「おとなしいのはわかっているわ」彼女は思い出し笑いをした。「この時代にむしろ新鮮よね。彼は姉さんのことが好きなんだわ」

「飾らない間柄なだけよ。彼に思わせぶりな態度をとったことはないわ」

キティはくすくす笑った。「姉さんは誰にも思わせぶりな態度なんてとらないじゃない。だからいい人と思われるのよ。さあ、階下《した》へ行きましょう」

母親はモノトーンのシルクのドレス姿だった。ユスティンは見事な仕立ての上品なグレーのスーツとネクタイという、洗練された最新の装いに身を包んでいた。

「やっと来たわ！」母親が言った。「出かけるのを忘れていたんじゃないの？」

キティは母親にキスした。「ママったら、まさか。おしゃべりしていただけよ」それから、ユスティンに腕をからめる。「私より美人だってエマに言ったんだけど、信じようとしないのよ」

エマは赤くなった。「キティったら、なにをばかなことを言ってるの。私が美しさであなたにかなうわけがないでしょう」そして、母親の方を向く。「ごめんなさい。準備できたわ」エマはユスティンに曖昧《あいまい》な笑みを投げかけてドアの方へ向かった。

彼が静かに言った。「エマがキティにかなわないのなら、誰もエマにはかなわないと言えばいいんじゃないかな？」

キティが笑った。「まあ、うまいことを言うのね、ユスティン。女性を両方とも立ててくれる男性を信じることにしましょう。さあ、行きましょうよ。おなかがぺこぺこだわ」

こぢんまりした居心地のいい田舎の宿屋のレストランで、夕食が始まった。夕方の太陽が温かな光を投げかけ、キャンドルがやわらかな光を放っている。

すばらしい食事の間、ユスティンは料理をことさら自慢することもなく、気軽な話題で次々と会話を進めたが、自分のプライベートな生活には触れなかった。コーヒーを飲むころになって、エマは初めて、いつの間にかユスティンにずいぶん自分たちのことを聞き出されたのに気づいた。とくに、母親とキティはそうだった。エマはときどき口をはさむ程度で、おしゃべりはほとんど母親と妹の二人に任せて満足していた。そして、ユスティンの高い鼻や動く口をこっそりと見つめて楽しんだ。一度か二度、顔をそむける間もなく、彼とまともに目が合った。そんなときのユスティンは、ほほえみを浮かべてはいないのだった。

春の明るい夕方、みんなは車で静かな田舎道を戻った。家に着くと、母親が言った。「すてきなディナーのあとだけど、コーヒーを飲まない？」

「私がいれるわ」エマは率先して言った。キッチンに行って豆をひき、やかんを火にかける。前かがみになって冷蔵庫の中のクリーム入れをさがしていたとき、ユスティンが入ってきた。

「コーヒーを運びに来たんだ」楽しそうにあたりを見まわし、腰を下ろしてエマをじっと見つめる。その視線に、エマは居心地が悪くなって、なにか言わずにはいられなくなった。

「ディナーは楽しかったです」エマはやっと口を開いた。「どうもありがとうございました」

「どういたしまして」ユスティンはかすかにおもしろがっているような口調で返事をした。「礼を言うのはこちらのほうだ」

「まあ。あの……ここの生活はかなり静かですから、退屈じゃありませんか？」

ユスティンは目を細くした。「いいや。退屈なんかじゃないよ。どうしてそんなふうに思う？」

エマは正直に答えた。「あなたがこんな生活をしているとは思えないからです」

「それじゃ、僕がどんな生活をしていると思っているんだ？」

エマは音をたててティースプーンを皿に置いた。「質問が多すぎるわ」ぴしゃりと言う。「私にわかるわけないでしょう。オランダの、立派な家での生活なんか」立ち寄った家を思い出した。「アウデワーテル郊外の家みたいに」彼にというより、自分自身に言い聞かせるように続けた。「天井が高くて煉瓦《れんが》造りで、装飾の見事な大きな二重の鉄の門があって、正面玄関のドアも大きくて。窓がずらりと並んでいて、母がすごく長いカーテンねって言ってた」

ユスティンは理解できないという目をした。「ほとんどはきれいなのと取り替えたり、繕ったりしているんだよ。色あせてくるからね。だけど、僕はそんなところが好きだ」口をぽかんと開けているエマに答える。「あそこは僕の家なんだよ」突然、笑い出す。「君も気に入ったかい、エマ？」

たまらなく家の中が見たかったことを思い出して、エマはうなずいた。

彼女の考えを見透かしたように、ユスティンは言った。「とても美しい家だよ。外から見ると少し地味だけど、中もいつか見られるさ、エマ」

「でも、そんなことはないでしょう。あなたの仕事の拠点はユトレヒトだと聞きましたし」

「そのとおりだが、アウデワーテルはユトレヒトから十六キロしか離れていない。講義に出たり外国に行ったりしなければ、毎日だって行き来できる」

エマはこんろからミルクの入った鍋を下ろした。

「外国へはよく行くんですか？」

「ときどきね。昔ほどじゃない。落ち着こうと思うから、それほど旅に出たくないんだ」

もっと突っこんできいてみたかったけれど、彼の口から結婚するつもりだという言葉を聞くのが怖くて、エマはあえて陽気に言った。「それはいいですね。トレイを運んでもらえますか？　私はコーヒーを持っていきます」

ベッドに入ったとき、エマは本当に知りたかったただ一つの質問をする勇気がなかったのを悔やんだ。彼は自分の恋愛についてはあまり話さない。私から質問する勇気をふるい起こさないと、永遠にわからないような気がする。

次の日目を覚ますと、「おはよう。お茶よ。」キティが紅茶を持ってそばに立っていた。「おはよう。お茶よ。鶏小屋を掃除してきたわ。といっても、卵を集めている間にユスティンがしてくれたんだけど。彼は今、外で庭のフェンスを直しているわ。とても器用なのね。お天気がいいから、ブルバロウにピクニックに行こうと思っているの。彼はドーセットを知らないでしょう。ブランフォードへ行って……」妹がまくしたててる間、エマは紅茶を飲みながらうわの空だった。

一日じゅう、みんなはドーセットの田舎をあちこち歩きまわり、ランチや母親のお手製のケーキを食べて家に帰った。

リトル・ウィリーは日曜の朝十一時過ぎにやってきた。裏庭でみんながなんとかリラックスさせようと骨を折ったのに、彼は恥ずかしがってぎごちなくコーヒーに口をつけた。しかしやがて努力が効を奏し、リトル・ウィリーはエマ以外の全員とも昔からの知り合いのようににこやかにしゃべったり、教授のことをユスティンと呼んだりした。

「どこかに泳ぎに行くというのはどうかな？　静かないい場所はないかい？」ユスティンが言った。

エマとキティは同時に答えた。「ラルワースがいいわ」

海に着くと、みんなはさっそく着替えて飛びこんだ。エマはそれほど泳ぎが得意ではないので、あまり岸から離れずにいた。そんな彼女を見て、ユステインが近づいてきた。「うまく泳げるじゃないか、エマ。一緒に泳ごう。疲れたら助けてあげるから」

「でも、あなたは楽しくないでしょう。私なら平気ですから」彼から離れ、落ち着いて泳ぎだす。

ユスティンの声が近くでした。振り向くと、エマが水をかく速度に合わせて、彼がのんびり泳いでいる。「僕がついているよ。君は信じていればいい」

エマはふたたび泳ぎだした。やがて、ユスティンがささやいた。

「少し休もうか。仰向けになってごらん」

「まさか。疲れているから沈んでしまいます」

ユスティンがくすくす笑った。「大丈夫だよ」そう言うと、腕をまわしてエマを仰向けにする。「力を抜いて。すごく硬くなっているよ。頭を上にして僕を見るんだ、エマ」

彼女はおそるおそる言われたとおりにした。驚いたことに、怖くはなかった。

「いいかい？　クロールを見せてあげよう。きっと君にもできる」

「岸からずいぶん離れていませんか？」

「そうでもないけど、じゃあ、戻ろうか」ユスティンはまだエマを支えていた。「さあ、僕の言うようにやってごらん」

エマは言われるまま水をかいた。不思議なことに、沈みそうにもパニックにもならなかった。

「わかっただろう。君は泳ぎがうまいんだ。気づいていないだけでね。クロールも練習するべきだよ」

穏やかな声は元気づけているようだった。

エマは神妙にユスティンにお礼を言った。帰り道、彼女は静かに助手席に座っていた。彼のことを考えないようにしていたが、だめだった。

母親が用意した紅茶を飲んだあと、みんなは芝生で日光浴をしながら、おしゃべりに興じた。

「まったく、朝一番でロンドンに帰らなくちゃならないなんて！　気が滅入《めい》るわ」キティが言った。

「今夜、リトル・ウィリーに送っていってもらったらどうかな？」ユスティンがやさしく提案した。キティが声をかけた。「ウィリー、一緒に来てもらってもいいかしら？」

彼は即座に返事をした。「ああ、いいよ。そう言おうと思ってたんだけど、いいのかどうかわからなくて。喜んで行くよ。出発は八時半ごろでどう？」

「決まりね」キティはとてもうれしそうだ。

エマはリトル・ウィリーと母親の間に座っていた。うつ伏せに寝転がったままのユスティンに、ちらりと目をやる。彼は目を閉じ、ハンサムな顔を夕日に向けている。どこか満足しているように見えた。

次の朝、車でサザンプトンへ戻るときも、ユスティンはどこか変だった。いつになく饒舌《じょうぜつ》で、始終しゃべっている。渋滞に差しかかったころ、エマは言った。「リトル・ウィリーは本当にロンドンへ行く必要があったんでしょうか？　私に一言も相談しなかったなんて変ですよ」

「リトル・ウィリーが君に話さなきゃいけない理由でもあるのかい？」その声は穏やかだったが、かすかにおもしろがっているようだ。

「ただ、おかしな感じがしただけです。どうして彼がロンドンに行きたがるんでしょう？」

「君には関係ないだろう、エマ」ユスティンの声はやわらかく、エマは赤くなった。

「そうですけど」彼女は口をつぐんだ。頭に浮かぶぼんやりした思いを言葉にすることができない。

「なにか疑っているね？　そうさ、エマ。僕が提案するまで、リトル・ウィリーはロンドンに行くなんて考えてもいなかった」

「じゃあ、いったいどうしてです？」エマはすっかり困惑していた。

「ウィリーがキティに夢中なのがわからないかい？

恋の手助けをするいいチャンスじゃないか」

ユスティンにとっては、ライバルが愛の告白をする手助けをしたことになるのに？　エマはしばらく考えこみ、ユスティンは気にしないのだろうと結論づけた。「まあ、そうだったんですか。リトル・ウィリーは妹に興味があるだけで、夢中だなんて思っていませんでした。とてもおとなしい人だから」

ユスティンは表情を変えなかった。「人の恋愛に干渉するのがいいことじゃないのはわかってるよ。僕が誰かにそんなことをされたら、我慢できなかったに違いない」

エマは笑うのをやめた。「まあ。ちょっと傲慢《ごうまん》すぎるんじゃありませんか？　あなたみたいな男性にはそんな手助けは必要ないんでしょうけど」

「僕が経験豊富な女たらしだって言ってるのか？」

ユスティンはなめらかな声で笑った。「恋愛なんてお手のものだと」

エマはユスティンの顔をのぞきこんだ。笑ってはいるけれど、怖いほど眉をひそめている。「違います」彼女はなだめるように言った。「そういう意味じゃありません。あなたは年上ですから、人生経験が豊富だと言おうとしたんです」

いきなりユスティンが吹き出したので、エマは言葉を切った。「今度は年寄り扱いか！　まったく、君にはまいったよ」

エマはびっくりした。それから数時間がたち、ひどくご機嫌なリトル・ウィリーやスタッフたちと手術室に集まったときも、彼女はそのことを考えないようにしていた。

手術台のそばに立っていると、ユスティンがマスク越しに冷徹な視線を投げかけ、冷ややかな声で言った。「準備はいいかな、主任？」

エマは感情を殺した声で静かに答えた。

「準備完了です、教授」

5

手術のあと、エマ、ユスティン、ミスター・ボーン、リトル・ウィリー、そしてピーター・ムーアがコーヒーを飲んでいるところに、電話が鳴った。エマが出ると、キティの明るい声が聞こえた。「男の人たちに囲まれているでしょう」

「ええ、ちょうど手術が終わったところよ」

「よかったわ。ウィリーと話したいんだけど」

エマはリトル・ウィリーに受話器を渡した。「あなたによ、ウィリー」

リトル・ウィリーはキティと話しながら、いかつい顔をうれしそうにほころばせていた。だが突然にやりとして、受話器をユスティンに渡した。ユスティンは表情を変えずに、無言でキティの言うことを長々と聞いていた。やがて、エマに受話器がまわってきた。

「どうかしたの、キティ？」

「別に。ただ、ききたいことがあったの」

「手術のこと？」エマはなぜかほっとした。

「そんなところよ。それじゃね」

エマが受話器を置いたとき、ユスティンが口を開いた。「調整してもらえるなら、明日の最初の手術を二番目に変えたいんだが、主任」

「はい」エマが返事をすると、ユスティンはほかの男性と立ちあがって出ていった。

同じような日々が続いていた。エマは毎日ユスティンの姿を目にしたが、彼の冷静な態度に週末を楽しく過ごした仲間のような雰囲気はなかった。

数日後、二人で次の手術のために手を洗っていたとき、ユスティンが尋ねた。「週末は家に帰る予定かい、エマ？」

エマと呼ばれたので、彼女は心が躍った。「はい。でも、土曜の朝まで病院にいます。朝早く出発しようと思って。道がすいていますから」

金曜日はエマの誕生日だったが、忙しい日だった。最初は寮に帰って母親に電話しようと思ったが、一日の手術リストを見て考え直した。時間どおりに仕事は終わらないだろうし、そのころにはくたくたになっているだろう。その代わり、土曜日に実家に帰ったとき、ドーチェスターかヨーヴィルまで足を伸ばして、母親とランチをとるか紅茶を飲もう。家族や友達が送ってくれたカードや贈り物を見ながら、エマはたくさんの人が誕生日を覚えていてくれて幸せだと思った。一瞬、ユスティンがなぜか彼女の誕生日を知っていて、なにかプレゼントしてくれたら最高なのにと想像する。そして、そのとんでもない空想に吹き出した。

金曜日の仕事が終わると、教授は約束がどうのと言って、そそくさと帰ってしまった。リトル・ウィリーも出ていったが、三十分ほどして戻ってきて、出かけないかとエマを誘った。

エマはけげんそうに彼を見た。「まだ六時半だもの。スタッフに仕事を押しつけられないわ」

「わかっているよ、エマ。長い間連れ出すつもりはないから、来てくれないか？」

彼はキティのことを話したいのだろう。「わかった。行くわ。どこ？〈ピップス〉？」

「いや」リトル・ウィリーはあわてて答えた。「とにかく茶色と白のドレスを着てきてくれ」

エマは驚いた。「茶色と白のドレスですって？あなたには見せたことはないはずだけど」

リトル・ウィリーはエマの視線を避けた。「キティが話してくれたんだ」

「だけど、あの服を着てくれなんて変なの。たしかに、いちばんいい服だけど」エマはちらりと時計を見た。「七時半なら出られるかもしれないわ」

しかし二十分後、エマは茶色と白の刺繍《ししゅう》入りドレスを着て、リトル・ウィリーの車に乗りこんでいた。「すてきだよ、エマ」彼はそれだけ言って、車を飛ばした。

「どこへ行くの？〈ピップス〉だと思っていたんだけど」

「どこか別の店にしようと思うんだ」

エマはうなずいた。「いいわね」

誕生日だと知ってのことなのかもしれないという思いが脳裏をよぎったが、彼女はすぐに打ち消した。たとえ知っていても、彼がそういう特別な日に出かけるとは思えない。やっぱり、キティのことを話したいだけだろう。その証拠に、エマが妹の名前を出すと、リトル・ウィリーは〈ハンブル・マナー〉というホテルに着くまで延々とキティの話をした。

エマはまわりを見て言った。「ねえ、すてきなディナーは大歓迎だけど、ここは〈ピップス〉のようなところじゃないのよ」彼をちらりと見る。「食事に連れてきてくれただけなんでしょう？」

リトル・ウィリーが笑った。だが、エマにではない。彼女の肩越し、窓の向こうの誰かに笑いかけている。誰かが車のドアを開けて、エマに手を差し出した。なんとユスティンだ。

「誕生日おめでとう、エマ」腕をとって車から下ろすと、彼女に笑いかける。彼を前よりも好きになった気がして、エマもほほえみ返した。けれど、彼は急いでいるようだ。「お母さんとキティが来ているんだ。君が疲れているのはわかるが……」

「そんなにひどい顔をしてますか？」

ユスティンは首を振った。「すてきだよ。さあ、行こう。疲れは眠ってとればいいさ」

明日は早朝に出発するつもりだったけれど、ユスティンにそう言うのは興ざめだろう。エマは笑みを浮かべ、彼のやさしい手に導かれてホテルの中に入った。母親とキティは飲み物を飲んでいた。驚いたことに、ミスター・ボーンもいる。

ユスティンが口を開いた。「奇数でテーブルにつくのは好きじゃなくてね。六人のほうがいいと思ったんだ」

落ち着いたところで、エマはキティに尋ねた。

「どうやって都合をつけたの？　誰のアイデア？」

キティは笑って言った。「私よ。ウィリーに迎えに来てもらいたかったんだけど、病院を出られなかったから、ユスティンがウィンチェスターの駅で私を拾ってくれたの。すばらしい連係プレーだったわよ。姉さんよりあとに着くかと思ったんだけど。ミスター・ボーンがママを迎えに行ってくれたわ。これもユスティンのアイデアよ」

「だから、前に電話してきたのね」

「そう。すばらしいアイデアでしょう？」

「すてきだわ。でもあなたはどうやって帰るの？」

「ウィリーが送ってくれるって」

「それじゃ、ママは？」エマはユスティンやミスター・ボーンと話している母親の方を見た。

「ミスター・ボーンにお任せするつもり」

「そう。でも……」そのとき、エマがもらったカードや贈り物のことを母親が尋ねたので、話は途中で終わった。ウエイターがやってきてユスティンに耳打ちし、ディナーが始まった。

料理はあらかじめ頼んであり、おいしかった。エマはおなかがすいていたので、シャンパンを飲んでいい気分になった。チョコレートスフレを半分食べたところで、彼女はどうやって病院に帰ろうかと思った。リトル・ウィリーとキティがロンドンに帰る途中で、降ろしてもらおうか。身を乗り出してそう切り出そうとしたとき、ウエイターが二十七本のキャンドルを立てたバースデイケーキを持ってきた。

火がともされ、エマのために乾杯してから、ユスティンが陽気に言った。「勢いよく吹き消すんだ、エマ。キャンドルに願いをこめるのを忘れるなよ」

エマは深く息を吸いこんで火を吹き消したが、全部は消えなかった。それを見て、ユスティンがそばからやさしく残りを消した。

「これじゃ、願いごとはかなわないわね」エマは寂しく言った。私の願いはやっぱりかなわないのだ。

「いや、かなうよ」ユスティンはやけに自信満々で言った。「僕と同じ願いだといいんだが」

「無理ですよ。ありえないことですもの」

「今にわかるさ」ユスティンはそう言って笑った。

パーティがお開きになり、母親はエマにキスして明るくおやすみを言った。「明日の朝ね」そして、ミスター・ボーンと帰っていった。キティはエマを軽く抱きしめ、計画してよかったと言って、リトル・ウィリーと去っていった。

「それほど疲れていないなら、のんびり帰ろうか」ユスティンの声がして、エマははっとして振り向いた。うれしくて、明日の朝早いことは黙っていた。

楽しいひととき、ユスティンはたわいもないことをしゃべり、静かな道に車を走らせた。車が町を抜けて郊外に入ったころ、エマは行き先を聞いてびっくりした。

「ニューフォーレストだよ」ユスティンは穏やかに笑った。「心配しなくていい、エマ。町の周辺を走るだけさ。ビューリーに行ったら帰る」

暖かな夜だった。青白い月はほぼ満月だ。ニューフォーレストに入ると、ユスティンはゆっくりと車を道路脇《わき》の草地にとめ、エンジンを切った。

「君の誕生日がもうすぐ終わってしまうね」

エマはユスティンを見つめた。月の光のせいで髪の色がよく見えず、鼻だけが際立っている。彼の顔立ちはまるで鋼の彫刻のようだった。

「ええ、でもすてきな夜でした。思いがけないパーティっていつもそうですけど。あんなふうに家族が集まることなんて、しばらくなかったので」父親が亡くなる前にはよく開いていた楽しいパーティを思い出す。「あなたもお誕生日のときには、家族で盛大なパーティをするんでしょう。オランダ人はそういうことが好きだそうですから」

「僕に家族はいない。近しい家族は、という意味だが」ユスティンはエマの方を向き、彼女に触れないようにして腕を背中にまわした。「父は十年前に、母もその二年後に死んだよ。十歳上の兄と八歳上の姉も亡くなってしまった。僕が十一のときにね」

「まあ、ユスティン、ごめんなさい。なんてひどい話なの。どんなに寂しかったことか」エマは思わず続けた。「結婚するべきですよ」そこで言葉を切る。

「ああ、そうだね」ユスティンはそっけなく賛成した。「だが、僕は自分から女性をさがすのが苦手なんだ。結婚したいと思う女性が僕を受け入れてくれるまで待ちたいんだよ」

思いを寄せる女性がいるのね。エマはサスキアのことを思い出した。夢心地だったので忘れていたが、急に現実に引き戻される。強い失望感をのみこんで、彼女はやさしく言った。「待たなくてはならなくても、誰かすてきな人がいるのはいいですね」

「君も誰かを待っているのかい、エマ？」

「いいえ」エマは寂しそうに言った。

「だけど、これまで結婚するチャンスはあっただろう？」

「どうしてそんなことをきくんですか？」

ユスティンは無視した。「図星かい？」

「ええ。でも、二回だけです。一人は中年で奥さんを亡くした人だったわ」

「僕も中年だよ。それに、妻を亡くしているかもしれない」

　エマは即座に否定した。「まさか、違うでしょう」

　ユスティンの顔を見ようとしたが、月の光がいたずらするせいで、きらきらしている瞳がおもしろがっているのか怒っているのか判断できなかった。

「もし僕が妻を亡くした男だったら、なにか違うだろうか、エマ？」

　エマはユスティンの表情を読むのをやめて、窓の外を見つめた。しばらくして、これ以上ないほど正直に答える。「違わないわ」

「僕は結婚したことがない。さっきも言ったが、僕は辛抱強く待っているんだ。ずっと待っていた甲斐《かい》はあると思う」

　エマは彼の答えにおおいに胸を撫《な》でおろした。その言葉をじっくり考える。

　ユスティンが質問した。「ウィリーはキティにぞっこんなのに、君は気にならないのか？」

　エマはぽかんと口を開けた。「気になる？　どうしてですか？　私たち、そんな仲じゃありません。彼だってびっくりしますよ」ぎごちなく言った。

「ああ、まったくそうだろうな」

　エマは落ちこんだ。つまり、ユスティンも自分のことをそんなふうにしか見ていないということだ。恋愛感情を抱く危険のない、安全な時間つぶしのための仲間としか。一瞬、サスキアが憎らしくなり、エマは考えるより先に口を開いた。「サスキアってどんな人なんですか？」

　その口調に妙な響きを感じても、ユスティンはなにも言わなかった。「すてきな女性だろう？　それに美人だし。いとこなんだ」

　いとこですって？　いとこなら、三親等かそれ以上離れているはずだから、結婚できるじゃないの。

「そろそろ戻らないと」エマは言った。

　サザンプトンに帰る間、二人はおしゃべりに興じたが、エマは個人的なことには触れない安全な話題ばかり選んだ。寮に着いたとき、笑いながらユスティンが言った。「君がこんなにおしゃべり好きだとは思わなかったな。それとも、僕が自分のことを話しはじめるのを恐れているのかい？」

暗闇《くらやみ》の中で、エマは赤くなった。「退屈だったでしょうか？」

「逆だよ。君のおかげでとても楽しかった」

思いがけない言葉だった。エマは今夜のお礼を言って、部屋へ上がった。

翌日、朝早く起きると天気が悪かった。エマは手早く着替えて紅茶を飲み、荷物をつめて前庭に出た。自分のフォードの隣にロールスロイスがとまっており、運転席でユスティンがパイプをくゆらせている。早朝にもかかわらず、彼はよく休んだようで、元気いっぱいだ。エマが通り過ぎようとすると、ユスティンは驚くほどすばやく車から降りてきて、エマの手から荷物をとった。「おはよう。僕が君を実家まで送っていくつもりでいるのを、ゆうべ言っておくべきだったね。さあ、乗って」

ユスティンは荷物を後部座席にほうりこみ、ドアを開けてエマを誘った。彼と一緒に出かけたいのはやまやまだったけれど、エマはこんな横柄な申し出に黙って従う女性ではなかった。「おはようございます。申し訳ありませんが、自分の車で行くつもりですので」冷ややかにそう言った。

「聞き分けのないことを言わずに乗りたまえ。一台でじゅうぶんなのに、二台使うなんてばかげているだろう」

ユスティンはうっとりするような笑顔を見せた。有無を言わさないというように大きな手を肩にまわされ、エマはそれ以上逆らうのをあきらめた。けれど出発する前、彼女ははっきり告げた。「とてもありがたいことですけど、明日の夜には戻ってこなくてはならないんです」

「ちゃんとわかっているよ。朝食はまだだろう？　それなら、ドーチェスターに寄ってみようかと思っているんだが」ユスティンは病院の門から人の往来のまばらな通りへ出た。

「どうしてムッチェリー・マグナへ行くんですか？　そんなこと、あなたは一言も言わなかったし、母もなにも言っていませんでした。私になにも言わずに決めないでほしいんです」

ユスティンは速度を落として車を脇にとめ、エマの方を向いた。「すまない。僕と一緒に行くのがいやだとは思わなかったんだ。戻るよ」

彼がイグニションキーに手を伸ばしたので、エマは手を出して腕を揺さぶった。「違うの、そうじゃあないんです。あなたが考えているような意味じゃありません。あなたと一緒なのはうれしいんです」彼女はあわてて言った。

なんとも言えないほほえみがエマに向けられた。「すばらしい」ユスティンはやさしく言った。「僕も君と一緒にいるのが好きだよ、エマ。これで問題解決だな」

ユスティンは車をゆっくり出した。道中、二人はずっといい雰囲気で、まるで昔からの知り合いのようにくつろいで過ごした。家に着くと、母親も古い友人のようにユスティンを迎えた。だがまだ十分とたたないうちに、彼は立ちあがって、約束があるからすぐに戻らなくてはならないと言った。車に乗りこみながら、エマに告げる。

「明日の夜、八時ごろに迎えに来るよ」

母親と一緒に彼を見送っていたエマはかっとなった。ユスティンが出発しようとしたとき、窓から首を突っこんできつい言葉を投げつけた。「私のために来てもらう必要はありません。自分で帰れます」

彼の目が細くなったのがわかった。「ばかなことを言うんじゃないよ、エマ。君のためなら、僕はいつだって時間を作る」

　車は静かに道を下りていき、やがて見えなくなった。残されたエマはユスティンの言葉を繰り返し思い起こし、その意味を考えた。言葉どおりならうれしいけれど、そんなことはありそうもない。彼女の心には、サスキアの存在がはっきりと影を落としていたのだった。

　日曜の夕方になるまでがとても長く思えた。朝、エマは母親と一緒に教会へ行き、ランチを作って気まぐれに庭の手入れを始めた。母親が庭にある椅子に座って、にこやかに話しかける。エマはものすごい勢いで雑草を抜きながら、さっきからユスティンのことばかりしゃべっていることに気づいた。彼を気にしているのを、母親に悟られただろうか。世の中の美しいものをたくさん見て目が肥えている母親は、彼はまだ独身に違いないとおもしろいことを言った。「たぶん彼は離婚しているか、奥さんを亡くしているのよ」

　エマは考えずに言った。「いいえ、違うわ」

「どうして知っているの？」

「彼がそう言ったもの」

「婚約したこともないの？」

「女性を待っていると言っていたけど、どういう意味かよくわからないわ」

「オランダで会ったあのきれいな人のこと？」そのとき、村に住むミセス・マーシャルが現れた。鋭い母親の質問に答えずにすんで、エマはほっとした。

「こんにちは。ちょっといいかしら？　来週のコーヒーパーティのことなの。あら、エマ。昨日の朝だったかしら、またあのハンサムな男の人と一緒だったのを見かけたわよ。先週末も来ていたわね」ミセス・マーシャルはエマに向かって指を振った。「ウエディングベルを聞くことになるのかしら？」

エマは言葉につまった。「そんなんじゃありませんよ、ミセス・マーシャル。彼は外科医で、たまたま車で送ってくれただけです」

「でも先週は？」

「母のお客として来たんです」

「まあ、恥ずかしがっちゃって。彼を見かけたとき、夫のジェームズに思わず言ったの。エマがボーイフレンドを連れてきたわって」〝ついに〟とつけるのは控えたらしい。「あなたったら、まだ仕事の虫なのね。彼もとても忙しいの？」

「ええ、とても」足音が近づいてきて、エマは助かったと思った。しかしその主がユスティンだったので、顔を赤くして立ちあがった。

ユスティンは母親に向かってにこやかに言った。「早く来すぎてしまいましたが、かまいませんでしたか？」それから手を差し出して、茶目っ気たっぷりに笑っているミセス・マーシャルに自己紹介した。

「お目にかかれて光栄だわ、教授。エマとあなたのことを話していたところなの。お話しできてうれしいわ」ミセス・マーシャルはいたずらっぽく二人を交互に見た。「私は古い友人だけど、エマはあなたのことを私にあまり話したくないみたい」

エマは黙って突っ立っていた。なにか取りつくろうとしたが、いい言葉が出てこない。ユスティンがあたり障りのない返答をしたので、彼女はほっとした。ミセス・マーシャルはいろいろとききたそうだったが十分ほどで帰り、母親が送っていった。

ミセス・マーシャルの声がしなくなると、ユスティンが言った。「僕についてミセス……マーシャルに話したくないことがなんなのか、教えてもらいたいものだね」

「いいえ」エマははっきり断った。「どうでもいいことですから。村の人がどんな人たちか、わかったでしょう」エマは暗い表情を向けた。

「いや、わからないね。話してくれないか？」

エマは答えないほうがいいと思い、話題を変えた。

「ずいぶん早いんですね」

そのとき、母親が戻ってきた。「よかったわ、ユスティン。また十分で帰るなんて言わないでね。ミセス・マーシャルにはうんざりだわ。質問攻めなんだもの。お茶でもいかが？」

「ええ。手術を頼まれたので、今夜ポーツマスへ行く準備をしていたのですが、結局昼過ぎに終わったので時間があいたんです」ユスティンは笑った。

「これくらいの規模の村では、よそ者はいろいろ言われるんですね。お茶をいただきましょう」

「どうぞ」母親はキッチンに入ろうとするエマに手を振った。「あなたはここにいなさい。もう用意はできているの。ここで飲みましょう。呼んだら、トレイを運んでちょうだい」

エマはユスティンと二人で残された。「座っていてください。私はお茶を運んできます」ぎごちなく言った。

「僕に会えて、うれしいと思っていてくれたらいいんだが」

やさしく言われ、エマはユスティンから目をそらすのも忘れた。声と同じくらいやさしい笑顔に、鼓動が速まる。「うれしいですよ。どうして手術のことを言ってくれなかったんですか？　私、てっきり……」自分が勘ぐったことを思うと顔が赤くなった。

ユスティンのグリーンの瞳がきらめいた。「僕がかわいい女性と一緒に過ごすと思ったんだね。そうだろう、エマ？」

ユスティンの楽しそうなまなざしに、エマは真っ赤になった。

彼は穏やかな口調で続けた。「からかっているわけじゃないんだ。君のお母さんは、僕も夕食に招待してくれるだろうか？」

「ええ、もちろんです」

ユスティンが話を盛りあげてくれたおかげで、お茶の時間は陽気なものになった。父親が生きていたころのように母親が若々しく楽しそうなので、エマはあらためてユスティンに感謝した。後片づけをしているとき、彼はミセス・コフィンのようすをきいた。「あら、忘れていたわ。家へ行って、すぐりの実がつみごろかどうか見てきてほしいと言われていたのよ。それでジャムを作ってあげるって言ったのに。そうしないと腐っちゃうわ」母親が答えた。

「エマと僕とで見てきましょうか」ユスティンが申し出た。「まだ熟してなくて待たなければならないようなら、行っても無駄でしょうから」

「それがいいわ」母親はエマをちらりと見た。「二人で行ってらっしゃい」口を開こうとするエマを制する。「夕食の支度なら私がするわ。みんな冷たいものだから、切って並べるだけだし」

そこそこ天気のいい夕方だった。二人は村の中心まで歩き、教会を通り過ぎてバドガーズ・クロスをのぼりはじめた。ユスティンはエマの手をしっかり握っていたが、彼女は振り払おうとはしなかった。

人の姿はなく、あたりは静かで、道の脇にある木の葉がかすかに揺れる音だけが聞こえる。ミセス・コフィンの家は無人で寂しげだった。エマは隠してあった鍵《かぎ》をとって中へ入った。「確認しましょう」ユスティンが見てまわっている間、彼女は窓辺にあったゼラニウムを流しに持っていった。「水をあげないと。ミセス・コフィンご自慢の花ですから」そして、水道の蛇口をひねった。

ユスティンはキッチンの椅子に座って、パイプをふかしている。無言で見つめられて、エマは居心地が悪くなり、さっさと仕事を片づけた。

「これで大丈夫です。すぐりを見に行きましょう」

相変わらず黙ったまま、彼はエマのあとから庭を通って畑に出た。井戸は頑丈な板で蓋《ふた》をされ、まわりにフェンスが張りめぐらされている。そばを通るとき、まるでエマが落ちるのを恐れているように、ユスティンは彼女の肩を抱き寄せた。

　彼の腕を意識しながら、エマはすぐりの茂みに近づき、努めて明るい声で言った。「私もすごく怖かったんですから、きっとミセス・コフィンはもっと恐ろしかったでしょうね」ユスティンから離れて、実をつつく。「熟しているみたいです。明日、母が来てたっぷりつむでしょう」

　ユスティンはなにか考えこむように実を食べていた。「お母さんのために実をつんであげられないのは残念だな」

　エマは鋭い視線を投げかけた。「明日の手術をお忘れですか？　時間がかかる手術ですし、コリンズは半休をとる予定になっているんですよ」

「スケジュール管理がなってなかったかな？」彼はからかうように言い、てのひらの実を差し出した。

「そんなことはありません。コリンズだって、ほかの人と同じように休みをとらなくてはと思っただけです。この週末は、たった二人だけの勤務だったんですから」

「君の来週末の休みはどうなってる？」

「水曜日にある病院のバザーの手伝いをしなくてはならないんです。それで一日つぶれるでしょうね。運がよければ、半日ですむかもしれませんが。しかも、制服でしなければならないんです」

「君の制服姿はすてきだよ、エマ」

　エマは胸の奥に喜びがこみあげるのを感じた。

「そうでしょうか？　もう戻りましょう。母が夕食を用意しています。あなたが何時に帰りたいのかは知りませんけれど」

「明日は時間がないから、できるだけ遅くまでいてから帰るよ」ユスティンは寂しそうに言って、エマの腕をとり、家に向かった。「サザンプトンへ戻るのは気が進まないが、君のおかげで気晴らしができた。本当に君は気の合う相手だよ」

門を閉めるユスティンを見つめながら、エマは癇《かん》癪《しゃく》を抑えた。彼は私の心をヨーヨーのように舞いあがらせたり落ちこませたりしてもてあそぶ、本当に腹立たしい男性だ。サザンプトンへ戻るのがいやなのはサスキアと離れているからで、私のことは独り身の退屈をまぎらす一時的な穴うめとして見ているだけだろう。〝気の合う相手〟だなんて呼ばれたくない。どんな間柄でも、どの年代でも使われる言葉だ。ほめ言葉でもなんでもない。エマは丘の坂道を駆け出した。ユスティンは大股に歩いて追いつくと、逃れようとするエマの手をかまわず握り、不思議そうにじっと見つめた。

「〝気の合う相手〟と言われたのが気に入らないようだな。なぜだい？」彼は足をとめ、エマの顔を自分の方に向けた。「いや、説明しなくてもいい」笑って身をかがめ、エマの唇にやさしくキスをする。たまらなくすてきなキスだったけれど、エマの疑いが消えることはなかった。

家の小さなダイニングルームで、三人は夕食をとった。ユスティンが食欲旺盛《おうせい》なのを見て、母親は言った。「かわいそうに。お昼を食べそこなったのね」

「ええ」彼はエマをじっと見つめながら答えた。エマはちくりと胸が痛んだ。彼は八時に迎えに来ると言っていた。早くやってきたのは、ただ仕事が早くすんだだけではないのかもしれない。しかし、彼女はその考えを振り払った。

ユスティンが皿を片づけてからと言い張ったので、二人が出発したのは午後九時過ぎだった。空は濃い青に染まっており、道路もすいていた。ほとんど会話もないまま、ユスティンは車を走らせた。

サザンプトンに近づいたとき、エマはおずおずと切り出した。「こんな忙しい日に送ってくださるなんて、親切なんですね」そして、少しすねたように言った。「最初に私を家まで送るなんて言わなければ、迎えに来る必要もなかったのに」

ユスティンの声は穏やかだった。「なあ、エマ。ときどき思うんだが、君は僕と会っていて本当に楽しいんだろうか？　そうだと思いたいが」彼は車のスピードを落とし、リラックスしてシートに寄りかかると、かすかにほほえんだ。

エマは淡々とした言い方でごまかした。「ええ、楽しいです」もっと続けたかったが、無関心を装えそうな言葉が出てこなかったのでやめた。

いい言葉が次々と思い浮かんだのは、何時間もたって、ベッドに入ったころのことだった。もう遅すぎて意味はない。次こそちゃんと言おう。エマは心に決めて目を閉じた。

6

水曜日の朝は手術があったが、突然コリンズが激しい歯痛を訴え、歯医者に行かなければならなくなったので、エマは代わりに半日勤務についた。つまり、夕食までは病院の中庭でほかの看護主任たちとボトル類の売店を担当しなければならないから、口紅をぬり直したり髪を直したりするひまはないということだ。朝の手術は簡単ですぐにおわり、ユスティンはご機嫌だった。だが、バザーのことにはなにも触れず、参加するとも言わなかった。売店に向かいながら、エマは彼が偶然現れないかとひそかに期待していた。ほとんどの顧問医師は、たとえわずかな時間でも顔を出してくれる。だが、ユスティンがそうしなければならない理由はなかった。

売店はまだ開店できる状態ではなく、エマはみんなと一緒になって、たくさんのボトルに一生懸命ラベルをつけて陳列した。やがてバザーが始まる時間になり、ウイスキーやシェリー酒を狙《ねら》う人たちが集まってきた。くじつきのチケットを買って品物をもらうのだが、ほとんどは酢、バスオイル、料理油、ペプシコーラばかりで、ウイスキーやシェリー酒はごくわずかしかない。

ある女優の合図によって、バザーの幕が切って落とされた。彼女はスクリーンより生身のほうがきれいだと言われていて、売店から売店を歩きまわっては、売り上げに貢献するのが役割だった。エマはボトルをきちんと並べながら、美人で有名でしかもお金があるというのはどんな感じなのだろうと思った。ハンサムで有名でお金持ち――たとえばユスティンのような男性を魅了し手に入れるには、たしかにそのほうがいいだろう。

女優は高級ファッション雑誌から抜け出てきたようにきれいだった。間近で見ると、彼女が長い時間をかけて化粧を完璧《かんぺき》に仕上げ、明らかにかつらをかぶっていることがわかる。けれど、じゅうぶん魅力的な女性だった。

売り物がほぼ完売したころ、エマは花屋でユスティンの姿を見かけたが、彼が女優をエスコートしていても驚かなかった。当然といえば当然だと思いながら、品物に注意を戻す。しかし人目を引く二人についての同僚の言葉が耳に入ると、心穏やかではいられなかった。「お似合いの二人じゃない」マッジが言った。「彼女には二度の離婚歴があるのが玉にきずだけど、当然三度目の結婚だって考えているわよ。教授って結婚しているんだったかしら？」

「していないわよ」エマは手短に言った。

「婚約は？」救急救命室づきの看護師シビルが口を

はさんだ。「知らないなんて言わないでね、エマ。教授からなにか聞いているでしょう。彼はあなたの家へ行ったことがあるし、一緒に出かけたりもしているものね。あなたたち、見られているのよ。教授はあなたに気があるのかしら？」

「いいえ、ないわ」エマはさらりと言った。「教授は自分のことは話さないのよ。だけど、オランダに女性がいるわ。休暇のときに会ったもの。とてもきれいな人だった」

「なるほど」マッジが得意そうに声をあげた。「女性がいるのは知ってたわ。どうして知ったかはきかないでね。教授にはなにかありそう。魅力的だし、親しみやすいし、礼儀正しいけど、あなたは全然関心がないのね。だけど、関心を寄せたらどうなるかしら？」興味深い問いかけに誰かが答える前に、マッジがあわてて言った。「二人が来るわ」

「もう売り切れかな」ユスティンはにこやかにきいた。ポケットから小銭を出して女優にほほえみかける。「僕たちも運試しをしてみようか」彼女はユスティンにほほえみ返し、つけまつげを本物のように巧みにしばたたかせた。彼は小銭をマッジに渡すと、女優はくすくす笑って手をたたいた。

「ウイスキーがあたるといいわね。飲むのを手伝ってくれなくちゃ、ユスティン」

ユスティンですって？　エマはかっとしたが、酢や家具用オイルや消毒液しかあたらないのを見て、笑いを押し隠した。そのうち、エマがほかの人にチケットを渡している間に、二人は行ってしまった。商品も少なくなり、客も減っていた。「お茶が飲みたいわ。それに、七時に出かけるつもりなの。終わったらどうする？」マッジが言った。

話していると、ユスティンが一人で戻ってきた。

「チケットを全部売ってくれないかな。あとどれくらいある？」

　エマは金額を計算し、ユスティンにチケットを渡した。差し出された二ポンド紙幣のおつりを渡そうとしたが、彼は受け取らなかった。お礼を言おうとするエマに、なにがもらえるのかきく。

「僕はウイスキーがいいな」ユスティンは冷ややかに言った。エマは腸《はらわた》が煮えくり返る思いで、彼にウイスキーを手渡した。夜、これを持って女優のところへ行くのだろう。「残りも分けよう」ユスティンはにこやかに言って、エマにソーダ水を渡した。彼女の友人たちにも次々と商品を振り分け、愛想よく手を振って去っていった。

　六時半になるころ、エマたちは手早く店を片づけて談話室に戻り、紅茶を飲みながら午後のことをしばらく話した。そして、エマは温かいお風呂だけを楽しみに部屋へ上がった。五分ほどお風呂につかっていたとき、あわただしいノックの音が聞こえ、マッジに呼ばれた。「エマ、出てきてくれる？　呼び出しよ」

「誰が？」

「テイリンゲン教授よ。階下《した》のロビーに来ていて、動こうとしないの。話があるんですって」

「まさか手術じゃないでしょうね。まったく。私、今日は半日勤務だったのに」

「知らないわ。彼って看護師寮で大声出すような人じゃないから」

　エマはぶつぶつ文句を言いながら、お風呂から出て体にタオルを巻いた。「十分で行くって伝えてくれる？　制服で戻るつもりはないから、手術の件ならほかの人をさがしてくださいって」

　エマはわざと急がなかった。二十分後に頬をピンク色にほてらせたまま、十歳は若く見えるグリーンと白のチェックのワンピースを着て下りていった。

　マッジが言ったとおり、ユスティンはいらいらしたようすも見せずにロビーにいた。手術室を開けるようあわてた口調で言われると思っていたのに、彼はゆったりと構えて言った。「やあ、エマ。ソーダ水は持ってきたかい？」

エマは階段の下でじっとユスティンを見つめた。

「なんですか？」まだ緊急事態について考えていた。

「ソーダ水だよ」彼は繰り返した。「僕がウイスキーを持っているだろう。お母さんのところにはソーダ水はないかもしれない」

「ソーダ水？　ママ？」エマはわけがわからなかった。

「僕がほかの誰にこんなことを言うんだい？」突然、ユスティンは笑いだした。「そうか、エマ、君は僕があの美女と夜を過ごすつもりだと思ったんだな。そういえば、彼女がそんなことを言っていた。図星だろう？」

エマはなにも答えず、階段を一段上がった。

「そうなんだろう？」彼は一歩も動かなかったが、のしかかってくるような圧迫感があった。

「そうです。たしかにそう思いました。ウイスキーをもらったら、彼女があなたを招待するんじゃないかって。結果的にもらったわけですし」

エマはもう一段階段を上がった。

「ソーダ水を持ってきます」真っ赤になって、猛然と部屋へ戻った。

ふたたび階下へ戻ると、彼女は無愛想に言った。

「はい、どうぞ。あなたが呼んでいると聞いたとき、お風呂に入っていたんです。てっきり手術だと思いました」

「ああ、髪がまだ湿っているね。さあ、急がなくては。今、出発しないと往復できない」

「往復する？」

ユスティンはウイスキーのボトルをかかえた。

「今週、君はいつ休みなのかわからないから、今夜お母さんのところへひとっ走りするのはどうかなと思ったんだ。お風呂の中で過ごすほうがいいというなら、話は別だけどね」

心が浮きたったものの、エマは慎重に答えた。

「いいですね」

「そうだろう。もう階上《うえ》に戻ってはだめだよ。ハンドバッグなんかいらないから」

ユスティンにドアの外へと促され、エマはいつの間にか、なにも言わずに助手席に座っていた。車は門を出て西へ向かった。

「母がびっくりしますよ」

「うれしい驚きだと思わないか？〈コンプトン・アームズ〉で軽く食事をしていこう」

エマはうなずいて丁寧に答えた。「こんなことをしてくださるのはうれしいんですけれど、どうして……」

「ドライブしたいだけさ。誰かを乗せるいい口実になるからね。バザーの売り上げはどれくらいになったんだい？」

私は口実にすぎないのね。「明日になるまでわからないけど、みんなとても喜んでいました。女優さんはとてもきれいだったし」

「そうかな？　彼女のまつげはつけまつげだったし、きっとかつらをかぶっていたよ。哀れだね。たしかに、君の言うとおり魅力的な女性だが。あんなに飾りたてなくても、じゅうぶんきれいなのに」

ロールスロイスはホテルの前に静かにとまった。

「君はどうかわからないけれど、休憩できてうれしいよ」

ユスティンの言葉の意味を考えながら、エマはホテルの裏のバーへ向かい、外のテラスへ出た。外は暖かくて心地よく、エマが椅子に座っていると、ユスティンがビールを持ち、サンドイッチの皿を持ったウエイトレスとともに戻ってきた。最初は二人ともほとんどしゃべらずに食べ、空腹を満たしてから、とりとめのない会話を始めた。自分たちのことや将来の夢などを。彼との共通点をたくさん見つけたエマは、車に戻ってからも話しつづけ、おおいに盛りあがった。

ロールスロイスが門をゆっくり入ったとき、エマの母親は勢いよくドアを開けて出てきた。「まあ！」彼女はうれしそうだ。「バザーはどうだったのかしら、と思っていたところだったのよ。さあ、入って話を聞かせてちょうだい。コーヒーをいれるわ」母親はエマを抱きしめ、ユスティンに手を差し出して居間へ招き入れた。彼がウイスキーを取り出す。

「バザーにいらっしゃらなかったあなたには、戦利品を持ち帰るのが筋だと思いましてね」

「なんてうれしい！　冬に備えて大切にするわ。親切な方ね」母親はユスティンにキスし、彼も温かいキスを返した。そのようすに、エマは心打たれた。

「すてきだわ。座って。コーヒーをいれてくるわね。エマも座っていなさい。すぐすむから」

だがエマは腰を下ろさず、部屋を歩きまわってはそわそわしていた。ユスティンも庭に続くドアの脇《わき》に立ったまま、エマを見つめていた。

「落ち着かない？」彼がさりげなくきいた。

「私がですか？　いいえ。でも、どうして今夜ここへ来たかったんですか？」ちらりとユスティンを見ると、楽しそうに目を細めている。彼女はさらに辛《しん》辣《らつ》な口調で続けた。「私がいなくたって来られたでしょう」

「ああ、そうだよ、エマ。でも、連れが欲しかったんだ。君を簡単に連れ出せるのに、お風呂の中に一人置いていくのも身勝手だろう」

「理解できません」エマはいらいらした声で答えた。

「理解してもらうつもりはない。さあ、いい子だから座って。僕がコーヒーを運ぶから」

エマは座って、二人がキッチンで話しているのを聞いていた。戻ってきた二人はとても打ち解けていて、ユスティンはコーヒーを飲みながらエマの母親にバザーの模様を話した。

話が女優のことになったとき、母親に観察眼の鋭さを指摘されて、彼は目を輝かせた。「美女がそばにいるなら当然ですよ」

どっとみんなで笑ったが、エマの笑いはどこかうつろだった。「あなたもそろそろ身を固める年ね」母親がずばりと言った。なにか言いたげな視線を送るエマに反論する。「そんな目で見ないでちょうだい、エマ。この十年の間に、ユスティンは結婚して子供がいたかもしれないのよ」

その言葉に、ユスティンはエマほど驚いていないようだ。「その問題は近い将来、なんとかするつもりです」彼は穏やかに言った。

「すばらしいわ」ミセス・ヘイスティングズは彼にほほえんだ。「お相手は誰かしら？　きいちゃいけない？」

「だめですよ」ユスティンもほほえみ返した。「でも近々、きっとお話しします」

「じゃあ、私が真っ先にお祝いをするわね」

十時になろうとしていたので、エマは残念そうに口を開いた。「明日の朝の手術は大変だから、もう帰らないと」

ユスティンも立ちあがった。「そうだね。二件手術があるのをすっかり忘れていた。すまなかった、エマ。睡眠時間を奪ってしまって」エマと母親が抱き合う間、彼は待った。ミセス・ヘイスティングズにキスして静かに言う。「楽しい習慣に夢中になりそうですよ。またすぐお会いしたいですね」

「ぜひ」ミセス・ヘイスティングズはうきうきして言った。「エマ、毎週末に帰ってきたら？　ユスティンと一緒でもいいし。彼一人でも歓迎するわ」

帰りの車の中で、ユスティンが言った。「君のお母さんは楽しい人だね、エマ。一人暮らしなのに幸せそうだ」

エマは薄暗い外に向かってうなずいた。「ええ、すばらしい人です。両親はとても幸せでしたから、母はいまだに父をしのんでいますけど。あの家に引っ越したのは正解でした。母が悲しいことを思い出さずにすみますもの」少し向きを変えて、彼の横顔を眺める。「今夜、連れてきてくれてありがとうございました。母にとって、いいことでした」

「僕にもいいことだった。お母さんと話せて楽しかったよ。君も一緒にいて楽しい人だ、エマ。君は僕の人生の隙間《すきま》をうめてくれる」

どうせそうでしょうね。エマは暗い気持ちになった。彼がサスキアから離れている間の、ただの穴うめの材料。不愉快な思いにとらわれていたので、彼女は車がスピードを落としてとまったのに気づかなかった。ドーチェスターまではまだ数キロある。

ユスティンはエンジンを切ってエマの方を向いた。「僕を信じていないね、エマ？」やさしくたずねた。

「ええ」本当は〝いいえ〟と答えたかった。そのとき、ユスティンがエマを抱き寄せて、深く口づけした。エマははっとして言葉もなかった。

「今なら信じる？」

エマはすぐには答えなかった。だいいち、口を開いたら平静を保てなかっただろう。心臓が喉から飛び出しそうで、ほかの音が聞こえないほど激しく打っている。エマは沈黙を続けた。

しばらくしてユスティンはエマから離れ、やさしく言った。「わかったよ、エマ。きくのはやめておこう。とりあえず今はね」

彼はもう一度エマにキスをした。今度は先ほどの声と同じくらいやさしかった。エマはこらえきれなくなり、混乱しながらもキスを返した。引き寄せられても抵抗せず、穏やかに話す彼の声を静かに聞いていた。彼は家のこと、もういない家族のことを話したが、エマが思いきってサスキアの名を出すと、さりげなくはぐらかした。

三十分はそのままだったに違いない。ユスティンはエマから体を離して車を出し、静かな夜をドーチエスターまで走った。病院に着いたころには、エマも頭の中に渦巻いていた愚かな思いを打ち消していた。ユスティンに気さくにおやすみなさいと言って、自分の部屋へ戻る。彼女は手早く服を脱いで、今夜のことを考えながらベッドに入ったが、一時間たっても目は冴《さ》えたままだった。ユスティンのことをこれほど好きでなかったら、今夜はもっと楽しめたのかもしれない。これまでのような気軽なキスなら受け入れることもできたかもしれないけれど、悪いことに、今夜のキスはまったく違っていた。

翌日のユスティンは、エマのそんな思いなどどこ吹く風だった。彼はなんの屈託もなく、親しげに挨《あい》拶《さつ》してきた。エマは彼の姿を見かけてかすかに赤くなったが、分別のある声で挨拶を返した。ざわめく胸の内は決して見せまいとした。

「よく眠れた？」手を洗っていたとき、ユスティンが隣に来てきいた。エマがうなずくと続ける。「僕もだよ。もっと頻繁にああいうことをするべきだね。次に夜があいているのはいつだい？」

「今夜です」考えるより先に答えていた。

「いいね。あけておいてくれよ、エマ」彼は笑い、低い声で言った。

忙しい日だったが、エマはうきうきしていた。仕事をこなすユスティンを見つめながら、彼がいなくなってしまったらどうなるのだろうと思う。寂しさのせいか、おなかに痛みが走った。刺すような痛みは何度もやってきて、数時間後にやってくる彼との楽しい時間を考えても振り払うことはできなかった。

ちゃんとした食事をとらず、エマは紅茶を何杯か飲んでから、午後の手術に入った。食べたサンドイッチが古かったのかもしれない。だけど誰も具合は悪くなっていないので、私の気が高ぶっているだけだろう。だが手術が終わるころ、またおなかが痛くなった。ユスティンとリトル・ウィリーは手術室を出ていった。エマもあとに続くと、ユスティンは廊下の途中で立ちどまった。「すぐに行くよ」気軽にリトル・ウィリーに声をかけ、彼はエマのところに戻ってきた。

青白い顔をして、エマは言った。「すみませんが、今夜はだめです。なにかよくないものを食べたみたいで」すがるような目を向けた瞬間、エマは気分が悪いというのに、彼の心配そうなまなざしに胸がときめいた。

「どうしてもっと早く言わなかったんだ？　僕のことは気にしなくていい。すぐ帰ってベッドに入りなさい」

エマはか細い声で言った。「ええ、ありがとうございます」

「朝、気分が悪いようなら病院には出なくていいから」ユスティンはきびすを返し、リトル・ウィリーのところへ戻っていった。

翌朝、気分はだいぶよくなったが、吐き気がして夜中に何度か目が覚めたせいで、朝食は食べられなかった。エマが病院で手術リストをまとめていると、いつもよりかなり早く出てきたユスティンが近づいてきた。

「よくなったかい？」彼は目を細くしてエマを見つめた。「それほど悪いようには見えないが」

エマはユスティンに笑いかけた。「気分はいいです。なにが原因だったのかはわかりませんが」

グリーンの瞳がさらに細くなった。「おそらく、冷たい風に気をつけなくてはいけなかったんだな」

午前中の手術は肺葉切除、第二段階の胸郭成形、何件かの気管支鏡検査が入っていた。慣れた手術だが、エマはユスティンの穏やかな声に返答するのも一苦労で、そっけない受け答えしかできなかった。休憩のときも聞いているだけで話には加わらず、そのまま手の洗浄に行った。ユスティンはそんなエマを追いかけ、壁に寄りかかってじっと見ていた。

「ご機嫌ななめだね、エマ」あざけるような彼の笑顔に傷ついても、エマには反論する元気もなかった。

「いえ、違うんです」彼女は手術室へ逃げた。

手術が終わると、コリンズが片づけをしてくれたので、エマは感謝して事務室に戻った。どうにもだるくて腰を下ろし、コリンズに残ってもらって午後の手術を代わってもらおうかと考えた。けれど、急に彼女の休みを変えるなんてとてもできないし、そのうち調子もよくなるだろう。

午後の手術は一つだけだったが、看護師にも熟練した技術が求められるむずかしい手術だった。少し気分がよくなったので、エマは大丈夫だろうと思い、きちんと手術室の準備がすんでいるか確認した。

手術が半分ほど終わったころ、また痛みが始まった。最初は鈍い痛みだったので我慢していたが、ゆっくりと痛みはひどくなり、耐えられないほどになった。それでもエマは完璧なタイミングで器具を渡し、いつものように慎重に綿球を数え、器具を整え直し、針に糸を通して最後まで集中した。ちょっとしたことでも医師の作業を妨げ、むずかしい手術の失敗につながる危険性がある。それに初めての看護師もいたので、器具の手違いを犯してユスティンの集中を乱さないかと不安だった。

ユスティンが縫合を始めたのを見て、エマはほっとして次の器具を渡し、そばのワゴンにしがみついた。額に汗が吹き出るのを感じたが、彼が正確に縫っていくようすを忍耐強く見つめる。作業が終わってもユスティンはしばらく縫合の跡をチェックしていたので、エマはなにか要求されたときに備えておかなくてはならなかった。やっとユスティンが器具を戻したとき、彼女は限界にきていた。ちらりと時計を見る。あと十分持ちこたえれば、手術は一段落するだろう。要求した器具を渡すエマの手が震えているのを見て、ユスティンが一瞬手をとめ、鋭い視線を向けた。エマの顔色は真っ青で、痛みに目を見開いている。

彼は静かに、だがすばやく言った。「エマ」作業をしながら、慎重に命令する。「誰か、手を洗って主任と交代してくれ。ジェソップ、君は寄りかかれるように主任を支えてやってくれ。万が一、気を失うようなことがあったら、ワゴンから遠ざけて。それと誰か、ミスター・フィリップに電話をして、ここに呼んでほしい。都合がつきしだい、すぐに来てもらうように。緊急だぞ。主任は病気だ!」もう一度エマをさぐるように見る。「急いでくれ!」

ユスティンは作業を続けた。あせっているそぶりも心配するようすもなく、エマの方などまったく見ようとしない。エマは痛みで朦朧《もうろう》としながらも、リトル・ウィリーが開創器を受け取るのを見つめた。

「がんばれるか、エマ?」ユスティンの声はとてもやさしかった。「あともう少しだ」

わずかに痛みが引き、エマははっきりと答えた。

「はい、それほどひどくはありません」

新人の看護師ベッツが脇で励ましてくれた。「主任、私なら大丈夫ですから」

エマはうなずいてなにか言おうとしたが、また痛みに襲われ、うめき声しか出なかった。

作業は手早く進められた。エマはジェソップにしっかり支えられながら、歯をくいしばってユスティンの手元をじっと見つめていた。ほんの短い間だったが、何時間も立っているような気がした。「よし、リトル・ウィリー。代わってくれ」ユスティンは手術台から離れ、手袋をとってエマを抱きとめた。

「ドアを開けてくれ」そう言うと、ゆっくり慎重にエマを運ぶ。彼は麻酔室の寝台にエマを寝かせた。

エマは彼の腕に支えられているのを感じた。冷たくてしっかりした指が彼女のキャップやマスクをとり、ジェソップが黙って手術着のひもを切っているのがわかった。

「心配しないで、主任。すべて任せてください」

エマは痛みの中でかすかな満足に興奮した。ジェソップは緊急事態にとてもよく対処している。エマは目を開けてユスティンの顔を見た。「彼女はいい看護師だと言ったでしょう」

ミスター・フィリップがやってきて、エマを診察した。また痛みが激しくなり、彼女は声をあげた。ユスティンがエマの手を握り、ジェソップが顔をふいた。「エマ」彼の声はいつものように穏やかで落ち着いていて、なぜか安心できた。「今、処置するからね」そう言われて、エマは腕にちくりと痛みを感じた。まもなく痛みが遠のき、静かな忘却の彼方《かなた》へ意識が漂いはじめてなにも考えられなくなる。だが、ユスティンが手をしっかりと握っているのはわかった。

それからの数時間は永遠のようにも思われた。エマはどこかへ運ばれて服を脱がされ、誰かが話しているのにぼんやり気づいた。疲れきっていて、頭上を飛び交う会話が理解できない。誰かが同意書にサインするよう言い、誰かが虫垂を摘出するのだと説明したが、エマは丁寧に二言三言つぶやくことしかできなかった。ユスティンが手を握ってくれていないのが悲しくて、彼がどこへ行ってしまったのかききたかったが、口を開く元気がなかった。

やがて手術室へ運ばれたとき、エマはミスター・フィリップの顔を見た。麻酔で意識がなくなる直前に考えたのは、ユスティンのことだった。

7

誰のことを言ったのか、アンはわかったようだ。「お母さんを連れてきて、ちょうど三十分ほど前に出ていったところよ。夜だから、ホテルへ送っていったの」

「夜？」どれくらい時間がたっているのかわからず、エマは困惑した。「今、何時なの？」

「夜中の二時半くらいかしら。眠りなさい、エマ。なにもかも大丈夫よ。朝には元気になってるわ」

三度目に目覚めたときは、母親がそばに座っていた。エマは頭がすっきりしているのに気づいた。驚いたことにおなかがすいていたが、少し痛みを感じる。動くとよけいに痛みが増した。「ママ」

母親は立ちあがってやさしくエマを抱きしめた。「よかったわ。もう大丈夫ですって。でも、ずいぶん眠っていたわね。とても静かで、あなたじゃないみたいだったわ」ほっとした笑みを浮かべる。「痛むの？　すごく苦しかったでしょうね。ユスティン

うつらうつらしながら、エマはユスティンの声を聞いた気がして目を覚ました。その声は頼もしく安心できた。頭が混乱していたので、なにを言っているのかわからないのが残念だ。彼女は無理やり目を開けたが、見おろしている顔はユスティンではなく、ミスター・フィリップのいかつい顔だった。その顔が霞《かすみ》の中で大きくなったかと思うと消え、エマはすぐにまた眠りに落ちた。次に目覚めたとき、エマは婦人科のはずれの看護師用病室にいることに気づいた。友達のアンや夜勤の看護師が彼女の脈をとっている。エマはぼんやりした声で話しかけた。「ねえ、アン。彼は行ってしまったのね」

が、あなたはとても立派だったって話してたわ」

「ユスティンはいつ……」

　母親は娘の言葉をさえぎった。「あなたが目覚めたら、すぐに知らせることになっているわ」母親がエマにキスして出ていくのと入れ違いに、友達のブレンダや婦人科の看護師たちが入ってきた。ブレンダは背の高い色黒の美人で、仕事でも優秀だった。そして、病院の半径二十キロ以内のハンサムな男性全員とデートしたことがあるという噂《うわさ》があった。

「どうして結婚しないの？」ブレンダがベッドのそばに来たとき、エマはきいた。

　ブレンダは美しい顔をほころばせた。「私のプライバシーを詮索《せんさく》しないでちょうだい」彼女はエマの小さくてきれいな傷跡を調べ、満足そうに言った。「六週間もしたらめだたなくなるわ。老フィリップの手際はさすがね。お茶でも飲む？　ほかの看護師に持ってきてもらうけど」

「ぜひ飲みたいわ」エマは言った。「どうしてママがここにいるのかしら？」

「テイリンゲン教授が連れてきたのよ」ブレンダは表情豊かな黒い瞳をくるりとさせた。「自分の車で迎えに行ったに違いないわ。老フィリップがメスを取りあげる前に、行って戻ってきたもの。あなたが手術室を出るときも、ようすを見に来たわよ」

「まあ」エマは努めて感情をこめずに言った。「今、教授はどこかしら？」

「もちろん手術室よ。もう朝の十時だもの。あなたは一晩じゅう、ぐうぐう寝ていたのよ」

　一見きつい言い方にも、エマは自然な反応を返した。「私、ひどい顔をしている？」

　ブレンダはやさしい目でじっと見た。「いいえ、ちっとも。具合は悪そうだけど、かわいいわよ」

　エマはため息をついた。〝かわいい〟という言葉は、生まれて一日目の赤ん坊から九十歳の年寄りにまで使える便利な言葉だ。

「さあ、さあ」ブレンダが明るく言った。「お茶が来たわ。飲みおわったら連絡して。体をふいて、椅子に座らせてあげる。いつまでも寝てちゃだめよ」

エマは用心深く紅茶を飲んだ。すると、急に眠気に襲われた。三十分後に目覚めると、さらに気分がよくなっていた。そばに母親がいて、うれしそうにほほえんでいた。

「ブレンダが眠らせておくといいって言ってたわ。すてきな人ね。美人だし。あなたはお風呂も入れてもらえるし起きあがれるみたいだから、午後になったら私は帰るわね。ユスティンの手術が終わるまでは待つけど」

エマはうなずいた。「それがいいわ。ごめんなさい、ママ。ぐっすり眠っている私のそばにいてもらって、時間を無駄にさせちゃって」今日はユスティンには会えそうにない。彼は少なくとも五時、あるいはもっと遅くまで仕事だろう。母親を家まで送って戻ってくるころ、私はもう眠っているはずだ。

「ママを連れてきてくれるなんて、ユスティンは親切ね。来てくれてありがとう」

母親は驚いたような顔をした。「でもエマ、私はどちらにしても来ないといけなかったのよ。ユスティンが気をきかせてくれたから、楽になっただけ」そう言うと、立ちあがってエマにキスした。「あのすてきなブレンダに追い出される前に行くわね」

エマはブレンダを呼んだ。ベッドにいるだけでも、体をきれいにしてもらうのは気持ちがよかった。

ブレンダが元気づけるように言った。「気分はどう？」

「なんだかぼんやりしてる」

「そのうちすっきりするわよ。新聞を持ってきてあげる。誰かを呼びたかったら、ベルを鳴らして。もう少ししたら、軽い食事を持ってくるわ。じゃあ、またね」

　エマはゆっくり新聞を読んだが、ユスティンのことばかり考えていて、なにも頭に入らなかった。手術が始まる前、彼はたしかに私を見つめていた。なにか言いたかったのかしら？　エマはわっと泣きだしたいのを我慢した。そして、そんなのはひどく気弱になっているせいよ、と自分に言い聞かせた。

　食欲はなかったが、彼女は出されたものを少しだけつついた。看護師がトレイを下げに来たあと、またドアが開いて、ミスター・フィリップとユスティン、ブレンダが入ってきた。ミスター・フィリップはエマの脈をとり、眼鏡越しに顔をのぞきこんで、いくつか質問をすると満足して出ていった。

　エマはブレンダにも出ていってほしかった。だが彼女は、エマの体の具合をきいただけで黙って立っているユスティンのそばで陽気にしゃべっている。ブレンダの前だと、自分が見劣りするつまらない女だという気がして、エマは不機嫌そうに黙りこんでいた。やっと二人が出ていこうとしたとき、彼女は口を開いた。「ご親切に母を連れてきてくださって、ありがとうございました、テイリンゲン教授」

　ユスティンは今にも笑いだしそうだった。「私にできるのはそれくらいだからね。罪ほろぼしもしなくてはならなかったし。君の言葉が心からのものなら、私もいさぎよく謝るよ。〝テイリンゲン教授〟なんていう、恐れ多い呼び方をされないためにもね」彼は笑みを消し、ひどく心配そうな表情を浮かべた。「君はとても立派だった、エマ。あのまま立っているのはとてもつらかったに違いない。患者たちにも希望を与えただろう。君のおかげだよ」

　ユスティンはにっこりした。短い別れを告げてドアへ向かう彼を、エマは泣きだしたいのをこらえながら、言葉もなく見つめていた。

　五時にユスティンがまたやってきたとき、エマは母親のとりとめもない話をうわの空で聞いていた。彼は今度は一人で、片腕に雑誌をかかえ、もう一方の手に高価な薔薇《ばら》の花束を持っていた。二つをベッドに置いて、むずかしい手術があったので遅くなったんだ、とすまなそうに言う。その声は明るかったが、疲れているのがわかった。大変な一日だったことを忘れていたのを申し訳なく思い、エマはやさしく言った。「ありがとう、ユスティン。なんてやさしいの」ぎごちない笑みを投げかける。ほほえみ返す彼の顔からは、疲れがいくらか消えていた。

「気分はいいかい?」ユスティンはエマの手を握りしめたが、声は平静なままだった。その手はしっかりしていて、彼女の心をなぐさめるようだった。

エマは突然、すべてがしっくりきた気がして明るく言った。「ええ、とても」

「よかった。じゃあ、お母さんを送っていくよ」ユスティンはミセス・ヘイスティングズをちらりと見たものの、まだエマの手を握っている。「ここでもう一泊なさりたければ別ですが」

ミセス・ヘイスティングズは首を振った。「エマはもう大丈夫なんでしょう？　迎えに来てくださってお礼の言いようもないわ。きつい一日だったのに、送っていただいたりしていいのかしら?」

「大丈夫ですよ」その声は平然としていた。「何時間も手術室に立ったあとで運転すると、リラックスできるんです」

「それじゃ、私はブレンダに挨拶《あいさつ》して、この花をいけてくるわね」ミセス・ヘイスティングズは薔薇をかかえ、ユスティンとエマにほほえんで出ていった。

「まだ怒っているのかい?」彼がベッドに腰かけた。

「私、不愉快な態度をとってたかしら？　そんなつもりはなかったの。あなたはすごく親切だったし」

「だが、午前の手術がすむまで、僕は来られなかったからね」ユスティンの目は輝いている。

エマは顔を赤らめた。「来る必要なんかなかったわ。期待していなかったし」

「そうかい？　残念だな」

からかわれているのだと思って、エマはそっと彼を見つめた。ユスティンが彼女の手をとって、やさしくキスをする。エマはどきどきしながら言った。

「意識が戻る前、あなたの声が聞こえたと思ったの。でも目を開けたとき、あなたはいなかったわ」

「君を病室へ運んだあとで、ミスター・フィリップと一緒にようすを見に来たんだ。君は人に囲まれていたし、僕にも患者がいたから時間がなくて」

また同じ言葉しか出てこなかった。「なんてやさしいの」頬を流れる涙を、エマは手の甲でぬぐった。

「泣くことはないだろう」

エマは嗚咽《おえつ》をこらえて口ごもった。「どうして泣いているのか、自分でもわからないの」母親が戻ってきたので、無理に笑顔を作る。

母親が花をベッド脇《わき》のテーブルに置いた。「きれいでしょう。ちゃんとお礼を言うのよ、エマ」

「言おうとしていたところ……」そう口にしかけたが、ユスティンにさえぎられた。

「ええ、今、言われていたんです。そうだね、エマ？」ユスティンの目はいたずらっぽく輝いている。

にこにこする母親の前で、エマは彼が差し出した頬におとなしくキスをして、しっかりと体に腕をまわした。二人が出ていくのを見送りながらも、彼女は泣いていいのか笑っていいのかわからなかった。

それからエマは、夜勤の准看護師が朝の紅茶を持ってきてくれるまでぐっすり眠った。歩くのはまだ少しぎごちなく、かすかに痛みも走ったが、それほど問題はなかった。彼女はユスティンが持ってきてくれた雑誌を読むことにした。八時にブレンダが入ってきたときも、まだ読んでいた。

「おはよう」エマは言った。「すっかりよくなったわ。ぐっすり眠って、洗面台まで歩いてみたの」

「とてもいい傾向ね」ブレンダは明るく言った。「だけど、あなたは問答無用で八日間入院してなくちゃいけないの。それに、少なくとも三週間は静養に努めること。長すぎるなんて言わないでね。仕事に復帰したら、すぐに一日じゅう立ちっぱなしで働かなくちゃならないんだから。そうなったら疲れたと言っても、誰も聞いてくれないわよ」雑誌を顎で指し示す。「そんな気前のいい見舞客って誰？　教授かしら。薔薇も？　そうだと思ったわ。なかなかやるわね。彼はあなたをとても買っているのね」

エマは唇を噛《か》んだ。「手術室づき看護師としてね。仕事しているときの教授ってすてきだわ」

ブレンダはくすくす笑った。「仕事をしていないときもすてきよ。彼を誘ってみようかと思うの。楽しいかもしれないし。かまわないかしら？」

「かまわないですって？」途方もなく気になったが、エマはさらりと言った。「どうして私が気にしなくちゃならないの？　どうぞ、ご自由に。ベッドからあなたのお手並みを拝見させていただくわ。私に実践できるかどうかはわからないけど」出ていくブレンダに、彼女は無理やり笑みを投げかけた。

お茶の時間のあと、ユスティンがブレンダとやってきた。エマは嫉妬《しっと》をこめたまなざしで、二人の表情や仕草をあますところなく見つめ、一言一句に聞き入った。平凡な言葉の裏に、別の意味が隠されているかもしれない。しかし、そんな疑いはユスティンの次の一言で吹き飛んだ。「引きとめちゃいけないな、ブレンダ。病棟に戻るんだろうから」

二人がドアの方へ行き、エマは目をつぶった。ふたたび目を開けたとき、ユスティンがベッドに座ろうとしていた。

「気分が悪いのかい？」彼はやさしくきいた。

「とてもいいわ。ありがとう」声が少し硬かった。

考えこみながらエマを見つめ、彼がかすかに笑う。

「君の友達はとてもすてきだね。怖いくらいだ」

たいしたことじゃないわ。「ブレンダはすごくきれいだから」

「そのとおりだね。ところで、気分はどうだい？」

エマはユスティンを盗み見た。下を向いて自分の手を見ている。彼が顔を上げたので、エマはあわてた。「さっきも言ったけど、すばらしい気分よ」

「それはよかった。美人のブレンダは、今夜また僕がここに来るのを許してくれるかな？　ほかに二人連れがいるんだが」

「二人？　誰が来るの？」

「そう、二人だ。誰かは言わないでおこう」彼は立ちあがった。「じゃあ、行くよ」

ユスティンが出ていくと、エマはさっきの会話を反芻《はんすう》した。ブレンダのことで、私をからかっているのかしら。けれど一時間後、ブレンダがやってきて言った。「私じゃだめだったわ。教授は魅力的だけど、彼の穏やかな仮面をはがせなかったの」

エマはほっとした。ブレンダのことは好きだったので、なだめるように声をかける。「あなたが失敗したんじゃ、ほかの誰でもだめね」

ブレンダが楽しそうな目をした。「あなたが挑戦してみれば？」

エマは首を振った。「やり方がわからないもの」

「それが答えなのね」ブレンダはつぶやいた。「『ヴォーグ』を借りていってもいい？」雑誌を一冊かかえて、彼女は出ていった。

午後八時にユスティンが戻ってきたとき、そのかたわらにはリトル・ウィリーとキティがいた。キティは駆け寄ってきてエマを抱きしめた。

「エマ、かわいそうに。虫垂炎ですって？　ユスティンがとても立派だったって言ってたわ」薔薇に目をとめる。「ボーイフレンドって誰なの？　これを見たら、誰でもあなたが映画スターだと思うわね」

エマは妹の言葉を無視した。「キティ、あなた、試験があったんじゃ……」

「今日一つ、明日も一つあるわ。でも、ウィリーが送ってくれるから大丈夫。週末は家に帰るつもりよ。ママと二人で姉さんを甘やかしてあげるわね。どれくらいでよくなるの？」ユスティンにきく。

「三週間くらいさ」彼は気さくに答えた。

リトル・ウィリーがベッドに近づいてきて、たどたどしく言った。「エマ、大変だったね。でも、元気そうでよかったよ」

エマはお礼を言った。

ユスティンはドアのところへ行き、椅子に置いた包みを取りあげた。「たぶん、これは君の回復を早めてくれるだろう」

包みは、飽きがこないほどおもしろそうな四冊の本だった。エマはうれしそうに言った。「ありがとう、ユスティン。一日がとても長いと思っていたの。やさしいのね」彼女は唇を噛んだ。また同じことを言ってしまった。ユスティンは楽しそうだったがなにも言わず、寝る時間までにはちゃんとリトル・ウィリーに送ってもらうよう、キティに言った。

キティはもう一度エマを抱きしめると、体をいたわるよう言ってからリトル・ウィリーと出ていこうとした。しかし、戻ってきてユスティンの首に腕を巻きつけ、音をたててキスをした。「私たちのエマから目を離さないでね」そう言って出ていった。

二人がいなくなると、病室は静かになった。エマはちらりとユスティンを見て、夢中で本をめくっているふりをした。

「光栄だな。キティの奴隷になって、なんでも言うことを聞くのは」

「なにをするつもりなの？」

「君から目を離さないのさ。今日はどうだった？」

話すことはあまりなかった。「なにもないわ。明日はもっと長く起きていて、あさってはちゃんと服を着るつもり」

「それから、三週間の休暇に入るんだね。君が復帰する前に、僕は病院からいなくなっているかもしれないな」

考えてもみなかった。「だめよ……そんなこと」あわてて言い直す。「そんなにすぐだったかしら。時間がたつのはなんて早いの！」彼に答えるつもりがなさそうなので、エマは黙った。「オランダに帰るの？」無表情のユスティンを見て、彼女はショックで気分が悪くなった。

「ああ、僕の家や仕事の拠点はオランダだから」

「もうあなたの手術を担当できないのね」

「たぶんね。この病院にすぐ戻ってくることはないだろう。絶対とは言えないが」

ユスティンはエマをじっと見つめている。彼女は一言口にするのがやっとだった。「そうなの？」

「僕は結婚するつもりなんだ、エマ」

顔から血の気が引くのがわかった。手術したばかりでまだ青白い顔をしているので、それほど顔色は変わらなかっただろうが。どんなことをしてでも、取り乱さないようにしなくては。心の中は悲しみでいっぱいだけど、見苦しくないようにふるまって、一人になってから泣けばいい。エマは無理に明るい声で言った。「よかったわね。幸せになってほしいわ」こらえきれずに尋ねる。「お相手は私の知ってる人？」

ユスティンはほほえんだ。「とてもね、エマ」

彼が先を続けようとしたとき、ミスター・フィリップがふらりと入ってきて言った。「ここにいたのか、教授。手術が……」

エマはミスター・フィリップに出ていってほしかった。ユスティンはなにか言おうとしていた。今を逃したら、もう聞くことはないかもしれない。

「エマ・ヘイスティングズ」ミスター・フィリップが言った。「元気かね？」ベッドに近づき、やさしくエマを見つめる。「あまり顔色がよくないな。病理学研究室へ行って、君のヘモグロビンの値を調べてこよう。少し貧血かもしれん。三週間の休暇をとるんだそうだな。抜糸したら、家へも帰れる。我々のいちばん優秀な看護師をいたわらなくては」彼はエマに笑いかけて肩をたたき、ユスティンに言った。「X線で胸に影の見える女性がいる。はっきりとはわからないので、君にも見てほしいんだが」

失望を押し隠して、エマはミスター・フィリップと一緒に去っていくユスティンをじっと見つめた。彼はドアを出るときにちらりとエマに目をやっただけで、気軽に言った〝おやすみ〟の言葉にも意味はなさそうだった。ドアが閉まると、エマはわっと泣きだした。


翌日、ユスティンはまったく姿を見せなかったが、ブレンダに回復を願う伝言を託していた。コリンズが見舞いに来てくれたので、エマはひとしきり楽しく話をした。部屋をあとにするとき、コリンズはユスティンが三時で手術を終えたと言った。

「そう。どうして？」エマはきいた。

「わかりません。あえてうかがいませんでした」

「明日の予定は？」

コリンズによると、彼は一日じゅう手術だということだった。明日もユスティンは来ないだろう。エマは自分に厳しく言い聞かせた。どうして彼が来ないといけないの？　彼は本や雑誌や花を持ってきて、私の回復を願ってくれた。また会いに来る必要なんてない。おそらく三日以内に私が実家に帰ることも、私が復帰するころには帰国してしまうことも忘れてしまったのだ。でも、かえっていいのかもしれない。さよならを言わなくてすむから。

ブレンダが正看護師のフォスターと談笑しながらやってきたとき、エマはうつらうつらしていた。

「ところで、ボーイフレンドはどうしてるの？」

ブレンダの唐突な問いに、半分寝ぼけていたエマはうろたえた。「ボーイフレンドなんていないわ」

「ばかね。教授のことをきいているの」

「違うわ。私は彼のために働いているだけよ」

「そうだったわ。前に言ったように、彼はあなたの仕事ぶりだけを買っているのよね」

「ええ。私って働き者だから」エマは少し横柄に言った。

「思い出したわ。私、病棟に戻らなくちゃ。それじゃまたね、エマ」

翌日は時間がたつのが遅く感じられ、本や雑誌を読んだり友達が来てくれたりしても退屈だった。三週間の休暇の確認をしに看護師長が来ても、エマの心は浮きたたなかった。六時になっても機嫌は直らず、彼女は夕食をベッドで食べようと決めて、いらいらと靴を脱ぎ捨て、服を脱ごうと背中のジッパーを引っぱった。最初は順調だったのに途中で引っかかってしまい、強く引っぱってもジッパーは動かなくなってしまった。一日ちっとも楽しくなかったというのに、また一つ腹立たしい出来事が重なった。

すっかり機嫌が悪くなったエマは、ノックの音がしてドアが開いたとき、大人げない癇癪《かんしゃく》を起こした。

「誰でもいいから入ってきて、このいまいましい服から解放してちょうだい。まったくもう、ジッパーがうまく下りないの」

エマはろくに顔も上げずにジッパーと格闘していたが、ユスティンの明るい声が聞こえてきたので凍りついた。「指をどけてくれないか。見えないから。そのまま動かないで」彼がジッパーを下ろすまで、エマはじっとしていた。「このピンクのが部屋着かな？　さあ、早く着て。話があるんだ」

エマは言われたとおり、部屋着に袖《そで》を通した。

「ベッドに上がって」

エマはなにも言わずにベッドに上がった。

「昨日は元気がなかったようだね。君のために、シャンパンを持ってきたんだ。元気が出るよ」

エマはユスティンを見つめた。癇癪を起こしていたことも忘れ、恥ずかしそうにほほえむ。「あの……」また〝やさしいのね〟と言いそうになって黙りこんだ。「すごく驚いたわ。ありがとう」

ユスティンは椅子に腰を下ろし、鋭い視線を向けてぶっきらぼうにきいた。「休暇はどうするんだ？」

エマは首を振った。計画を立てるどころか、ここ数日というもの彼のことばかり考えていたのだ。

「家に帰ってぶらぶらするわ。キティもいるから、母にそれほど負担をかけないでしょうし」

ユスティンは足を組んだ。「近いうちにオランダへ行くことになった。数日だけだが、仕事があるんだ。君とキティも一緒にオランダへ来て、二、三週間うちで過ごさないか？　君たちが来てくれると、おばも喜ぶだろう。話し相手を欲しがっていたし、君のことをよく話していたから」

エマはぽかんと口を開けた。すぐにでもイエスと言いたかった。心臓がどきどきしている。「ありがとう。キティはなんて言ってるの？」

「キティもお母さんも、すばらしいアイデアだと思っている」まるでエマが反対しているかのような言い方だ。彼にとっては、エマの意見など重要ではないのだろう。エマが眉をひそめると、彼は立ちあがってドアの方へ行った。「僕の考えが気に入ったかどうか、時間はたっぷりあるから考えておいてくれ。出発は金曜だ」ユスティンはドアに手をかけた。

エマは言った。「すてきな計画だわ。ごめんなさい。ぼうっとしていたの。ひどい一日だったから」

彼は納得したのか、戻ってきてベッドに腰を下ろし、楽しそうに言った。「君も気分転換できると思うよ。とても静かなところだから、疲れることもない。庭はゆっくりするのに最高だし、すばらしい散歩道もある。その気になれば、僕たちには友達もたくさんいるんだから、相手に事欠くことはないよ」

　友達に事欠かないのはあなただけでしょう。三週間も休んでいたら、彼は病院からいなくなってしまう。エマは考えるのをやめた。三週間は長いから、私にだってなにか奇跡が起こるかも。彼女は急にほほえんだ。「すごく行きたいわ、ユスティン。でもあなたのおばさまは……」

「大丈夫さ。金曜の夕方に発《た》つ。ゼーブリュッへ行きの夜行フェリーがあるんだ。家に着いたら僕は仕事を片づけ、日曜に数時間ゆっくりしてから、ここに帰ってくる」

「とても短いのね」

　ユスティンはエマから視線をそらして、窓の向こうのサザンプトンの町並みを眺めた。「したいことをするにはじゅうぶんだろう。どうかな？」

　ちっともよくなかったが、そうは言わなかった。

「金曜の夕方、私たちがここに来たほうがいい？」

「そうしてほしい。きつい手術があるので、午後まで身動きがとれないんだ。キティに君の車を運転してもらえるかな？」

「もちろんよ。水曜日に、あの子が迎えに来てくれるの。一日あれば、荷造りはできるわ」

　彼はうなずいてもう一度立ちあがった。「行かなくては。すぐに手術なんだ」

　エマはベッドに身を起こした。「緊急の手術？」彼がうなずく。「誰が担当かしら？　メアリー・ワース？　友達で、夜勤の手術室づき看護師なの」

「ああ。まだ会ったことはないが、とてもすてきな女性らしいね。でも君がいなくて寂しいよ、エマ」

　ユスティンがドアを閉める前に、エマはすばやく言った。「それはあなたが私に慣れているからでしょう。メアリーは優秀よ。それにコリンズも……」

ユスティンはエマに最後まで言わせなかった。「違うな、エマ。僕は決して君に慣れてなんかいない」ドアは静かに閉まった。

水曜日にエマを迎えに来たキティは、驚いたことに、ユスティンの招待に対して冷静だった。

「急に招待するなんてやりすぎよね」エマは遠慮がちに言った。

キティはげんなりしたように答えた。「彼が招待しちゃいけない理由はないでしょう。私たちをもてなしたいのよ。休暇をとれば元気になると思っているのね。みんなのためにも、できるだけ早く手術室へ戻ってほしいし。私も一緒に、と言ったのは姉さんが一人にならなくてすむからだわ。彼は途中で帰るんでしょう」

エマはそれ以上言葉が続かなかった。

実家に帰っている間、エマはなぜか元気がなく、荷造りがはかどらなかった。最後は、キティが代わりに衣類をつめてくれた。「パーティに招待されるかもしれないから、なにも着るものがなかったらみじめよ」そう言って、エマが持っていかないつもりでいた服も入れた。「茶色と白の刺繍《ししゅう》入りドレスを入れたから。三週間近くも滞在するんだから、毎日同じ服を着てどうするの。途中で、ユスティンが外へ連れ出してくれるかもしれないじゃない？」

「そんなのありえないわ。時間がないもの」

「そうなの？　ウィリーは来てくれるのに」

「ウィリーが？　なぜ彼が私たちに会いに来るの？ずっと行きっぱなしってわけじゃないのよ」

「私たちじゃないわ。私によ」キティはうっとりした。「彼は私が好きだし、私も彼が好きよ」スーツケースを閉める。「さあ、用意できた。ランチをとったら、出発しましょう」

店の前に着いて十分後、ユスティンとリトル・ウィリーがやってきた。

キティは車から飛びおりた。「こんにちは、お二人さん。荷物はトランクの中よ」

「荷物を降ろす前にキーをくれないか。車をまっすぐとめ直すよ」リトル・ウィリーが言った。

エマも車から降りた。ユスティンと目が合って、ほんのり顔を赤らめる。キティがユスティンと前に座ることになり、エマは後部座席を一人で使った。ロールスロイスの豪華な後部座席は驚くほど快適で、すぐ眠くなりそうだったが、実際には癇癪をこらえながらずっと起きていた。後ろの席でいいと言って、〝前に座ったら〟というユスティンの申し出をきっぱり断ってしまったのだ。ランチをとっても、気分は晴れなかった。ユスティンがまったく気にせずにキティと談笑しているのが悲しくて、エマは窓の外を見つめながら、彼のことが憎らしくてたまらなくなった。

夕方も遅かったが外は晴れて暖かかった。フェリー待ちの列のいちばん前に並んだ三人は、船に乗るまでの間、車を降りてあたりを歩きまわった。穏やかに話しつづけるユスティンに、エマも機嫌を直し、十分後に船のバーで落ち合うことにして、キティと一緒に船室へ向かった。船室はエマと母親が帰ってきたときより、明らかにずっと豪華だった。

「キティ、船室は誰が予約したの？　とても高そうだわ……」

「大丈夫よ、エマ」キティはハンドバッグを上の寝台にほうって、鏡で顔をチェックした。「ママが心配するなって言ってたでしょう。予想外のお金が入ったからって。あとでママに払いましょう」

もっともな話だった。

ユスティンが二人を待っていた窓際のテーブルからは、明かりのともる波止場がよく見えた。カンパリを飲みながら、彼は穏やかな会話で楽しませてくれた。エマはすっかりくつろいでいた。いろいろ質問されたくなくて、ユスティンはわざと会話の主導権をとっているのではという気がしたけれど。

ユスティンにききたいことがたくさんあった。家のこと、彼のおばやサスキアのことなどなど。休暇が終わったら、私とキティはどうやって帰ればいいのだろう？　謎《なぞ》めいた今回の招待について、彼は詳しく説明する気などないようだ。カンパリのせいで大胆な気分になり、エマは会話がとぎれたときに尋ねた。「どうして私たちを家に招待してくれたの、ユスティン？」

彼が鋭い視線を向けた。だが、声は気さくで親しみやすかった。「どうしてだって？　好都合じゃないか。たまたま僕はオランダへ行くし、君はしばらく時間がある。おばは客をもてなせるし、サスキアは英語力を磨ける」

やさしい笑みを浮かべるユスティンを見て、エマはそれ以上きけなくなった。やがて彼女は立ちあがり、おやすみを言って船室へ引きあげた。

翌朝の四時半ごろ、ユスティンはゼーブリュッヘからオランダの国境に向かって、ロールスロイスを走らせた。エマは数時間しか眠れず、トーストと紅茶で気をまぎらせていたところを彼に誘われて、車に乗った。ユスティンは雨になりそうな朝靄《あさもや》に目を向けている。

「よく眠れた？」エマはきいた。

「ぐっすりね。君は？」

「私もよ。短い時間だったけどすっきりしているわ」まだ静かな通りの家並みを見つめる。「見るところがたくさんあるのね。本当なら、キティがここに座っているべきだったんじゃない？」

「いや」ユスティンが言った。「君がここにいるべきなんだ。いるべきところなんだから」エマは道路をじっと見つめた。どういう意味だろう？　ユスティンを盗み見ると、彼はエマをちらりと見て笑った。

「なにか言わないのかい、エマ？」

エマは首を振った。「意味がわからないわ」

「わからない？　あとで説明するよ」ユスティンは時計を見た。「コーヒーを飲んでいれば、ブレスケンズに着いているんじゃないかな」

港で別のフェリーに乗り換えたあと、ユスティンはコーヒーを飲みながら、二人のちょっとしたドライブについてキティから質問攻めにあった。フェリーが動きだすと、彼はエマに謝った。かつて来たことがあるので、もう一度同じことを聞くのは少し退屈かもしれないと。エマはほほえんでうなずき、ユスティンがキティに説明している間、彼が指さす方とは反対側を眺めていた。

ふたたび車に乗ったとき、エマが後ろに座ると申し出ると、ユスティンが即座に言った。「いや、エマ、前に座ってくれ。キティは眠そうだから、起きて僕の話を聞いてもらうのはかわいそうだ」

車は大きな土手道を走り、ブライネッセを経由してオーファーフラッケ島へ向かった。ロッテルダムまで高速道路に乗り、朝の渋滞をかいくぐってゴーダへ向かう道を通り、アウデワーテルに着いた。

ユスティンがゆっくり車を走らせたので、エマはキティに、母親と二人で滞在したところを教えた。

「あなたの家ってどこなの、ユスティン？」キティは知りたがった。

「町から二キロほど離れたところさ」

町をはずれてエマがよく覚えている田舎道をずっと行くと、木々や山荘や農場が現れ、やがて重厚なユスティンの家が見えてきた。見事な装飾の鉄の門が、歓迎するように開いている。

ユスティンは正面玄関に続く階段の前に車をとめた。「ようこそ、僕の家へ、エマ」

8

ぽっちゃりした中年の女性が、満面の笑みをたたえてドアを開けてくれた。ユスティンの大切な家族らしい。彼は女性と握手をして、気さくに挨拶《あいさつ》した。

「こちらはヤネケだ。僕が幼いころから、ずっと家にいてくれている。彼女なしでは生きられないよ」

ユスティンの笑みは握手と同じくらい温かかった。

　ヤネケはエマとキティに笑みを向け、大きく有能そうな手で家の中へ招き入れた。そのとき、左手のドアからミセス・テイリンゲンがやってくるのが見えた。やさしい笑顔で親しげに挨拶した彼女は、二人に会えて心から喜んでいるようだった。温かく歓迎されて、エマは内心ほっとした。ユスティンのおばはエマやキティのことなどほとんど知らないから、たとえここが彼の家でも、二人に冷淡なそぶりを見せたかもしれないのだ。

　ミセス・テイリンゲンは快活に話しながら、居心地のいい家具がしつらえられた居間へと案内してくれた。安楽椅子は洗練された中にも年代を感じさせた。プロイセン風のブルーのベルベットが、優雅なひだをとった大きな窓のカーテンによく合っている。

　エマはユスティンに勧められた椅子に座って、ヤネケが運んでくれたコーヒーを飲んだ。彼と楽しそうに話をしているキティをうらやましく思いつつ、ミセス・テイリンゲンとぎこちなく話をする。

　少しして、ユスティンがおばにきいた。「ベスとシーザーはどこですか？　サスキアと一緒でしょうか？」

　ミセス・テイリンゲンはすまなそうに笑った。

「言わなかったかしら、ユスティン。サスキアはいないのよ。犬は小屋に入れさせたの。とても興奮していたから」

ユスティンはかすかに眉をひそめて立ちあがった。

「僕が連れてこよう」そう言って部屋を出ていき、すぐに二匹の犬を連れて戻ってきた。

「ゴードンセッターね」エマは声をあげた。「あまり見かけないけど、美しい犬だわ」

ユスティンはうれしそうだ。「この品種を知っているのかい？　今はそれほど人気がないから、名前を知っている人は少ないのに」

一時間半ほどミセス・テイリンゲンと楽しく話をしたあと、エマは彼女について二階へ向かった。狭い階段だったが、曲線を描く手すりには果物や花、鳥などの凝った装飾が施され、エマは途中で足をとめて見入ってしまったほどだった。寝室にはそれぞれバスルームがついていて、立派だけれど広すぎない。しかし、自分たちの家の寝室などとは比べものにならなかった。丁寧に手入れされた重厚な家具が、インド更紗《サラサ》のカーテンや濃いクリーム色のベッドカバーや絨毯《じゅうたん》の中で際立っていた。

ほどよい広さのダイニングルームには、有名な家具職人が作った楕円《だえん》のテーブルが置かれていた。窓と窓の間には蒔絵《まきえ》が施された棚があり、赤いダマスク模様の壁の向こうにはフード型の暖炉がある。壁には等間隔に真鍮《しんちゅう》の燭台《しょくだい》が取りつけられ、たくさんの絵がかかっていた。目にとまった花の絵をエマがこっそり見つめていると、ユスティンが言った。

「ファン・ホイスムに気づいたんだね。本物の、自慢の絵なんだ。先祖が借金までして手に入れたものだが、この先価値が下がるかもしれない。絵は好きかい？」エマが答える前に続ける。「好きなら、ランチのあとで案内しよう。興味深い肖像画が何枚かあるんだ」

「うれしいけれど、時間はあるの？」

「君のためなら、僕はいつだって時間を作るよ、エマ」その声はさりげなかったが、目はきらきらしていた。エマはかすかに赤くなった。

十分後、おしゃべりをしているキティとミセス・テイリンゲンを残して、二人は連れだって廊下を歩いた。しばらくして、ユスティンはある部屋のドアに手をかけた。

「ここは家でいちばん美しい部屋なんだ。君に最初に見てほしくて」

彼の言うとおりだった。家のほぼ片側を占める部屋は、窓から手入れの行き届いた庭が見渡せ、床から天井まである三つの窓は花が咲き乱れる中庭に面している。床にはシルクのペルシア絨毯が敷きつめられ、カーテンは赤紫色のたっぷりしたブロケード織で、椅子のカバーと合っている。隅には陶器を陳列した胡桃《くるみ》材の棚、上品な作業机もいくつかあった。

エマが興味津々で室内を見まわしている間、ユスティンは黙っていた。

「この部屋は今はあまり使っていない。家族が集まるときや、ディナーパーティで使うくらいかな。僕が子供のころは、家族みんなが毎晩ここで過ごしていた。たいてい客がいたし、おじやおば、いとこや友達もいた」

「お母さまは気になさらなかったの？　あなたがここにいても」すばらしい調度を示して言った。

「ああ。用心するよう言われていたからね。僕たちはみんなここが好きで、なにもしたいとは思わないくらいだった」

エマはやさしく言った。「幸せだったのね」

「子供のときかい？　ああ、とてもね」

「今は幸せじゃないの？」

「ああ」ユスティンはなにか言いたいことがあるようだった。エマの腕をつかみ、暖炉の方へ連れていく。その上に大きな絵がかかっている。家族の肖像画だ。一家のあるじの隣に妻が座り、まわりを照れくさそうに子供たちが囲んでいる。長ズボンに上着を着た小さな男の子や、ハイウエストのドレスに身を包んだ巻き毛の女の子たちを、エマは数えた。

「八人ね」彼女はシルクのドレスに宝石をつけ、夫に手をゆだねている中央の婦人に尊敬のまなざしを向けた。画家の筆致が正確なら、彼女は幸せで満足しているように見えた。隣にいるのがユスティンだったら、私だって同じくらい幸せかもしれない。

「あなたはこの方にとてもよく似ているわ」

「僕の曽々祖父《そうそう》だ。仲むつまじい夫婦で、幸せな結婚生活を送った」

「そしてたくさんの子供をつくったのね。八人よ！　大変だったでしょうね」

「子守りや使用人がいたんじゃないかな？　大変なんてことはなかっただろう」

「でも今は、子守りや使用人はいないわ」

ユスティンは無意識のうちに尊大なまなざしをエマに向けた。「ついていることに、僕らにはそんな問題はない。僕の年取った養育係《ナニー》には娘がいて、僕が結婚するのを辛抱強く待っている。そうすれば引っ越してこられるからね」

ユスティンがいたずらっぽく笑った。エマは少し赤くなり、顔をそらしてサイドテーブルの花瓶を見つめた。

「悪くないだろう？　故ルイス・シーズ・ゴウテレの作品だ。暖炉の時計とセットだよ。僕らは普通に使っていたけど、初めてこれを見た人は驚くんだ」

「燭台がすてきね」花瓶についてはなにも知らないので、エマは話題をそらした。

「ルイス・クインゼだ。退屈してるのかい？」

ユスティンがすぐそばに来ているのに気づかず、エマは振り向いてびっくりした。

「逃すにはもったいないチャンスだ」エマにキスす

る。彼女が荒い息をついていると、ユスティンはいつもと同じ調子で言った。「さあ、次は小さな居間を見せてあげよう。僕のお気に入りなんだ」フレンチドアから中庭に出て、別のドアから目的の部屋に入った。色の濃いがっしりした家具が居心地よく配置されて、明るいブラウンの絨毯が敷いてあり、カーテンや椅子の深い琥珀《こはく》色が白い壁に映えている。壁一面の大きな本棚にはぎっしりと本がつまっていた。「気に入った?」

エマはため息をついてうなずいた。「家のどこも好きだわ。この部屋でしばらく座っていられたらどれほど……」言葉を切って赤くなったが、ユスティンは窓の外を眺めていて気づかなかった。

「僕もそう思う。庭を見ようか」

まさにオランダらしい庭だった。格調高く色鮮やかで、雑草が一本もない。エマは実家の乱雑な庭を思った。「まあ、完璧《かんぺき》ね。うちの庭なんて……」

「あそこもすばらしい庭だよ。さあ、みんなのところへ戻ろう。僕はユトレヒトへ行かなくてはならない。サスキアがここにいない理由は、おばから聞いただろう。彼女はユトレヒトに泊まるから、会いたいんだ」

部屋の光が消えたように、エマの心の光も冷酷な現実にかき消された。つかの間、自分で勝手に作りあげた愚かな見せかけの世界の中で生きていただけだった。ユスティンが家を見せて、キスまでしてくれたから。エマは自分の声が思いのほか明るかったのでほっとした。「あら、もちろんよ。引きとめてはいけないわね。あなたには時間がないのだから。明日も出かけるんでしょう?」

「ああ。だが、数週間以内にはここに落ち着くよ。オランダにいることになるからね」

その言い方には有無を言わせないものがあり、エマはなにも言えなかった。二人はミセス・テイリンゲンとキティのいる居間へ戻った。彼女たちは会話に夢中で、驚いたように顔を上げた。

「早かったのね？」ミセス・テイリンゲンが言った。

「サスキアのことがありますから」

エマは、ユスティンのおばの口元に満足そうな笑みが浮かぶのを見た。

「あの子が待ちくたびれているわよ」ミセス・テイリンゲンは喜びを分かち合おうとほほえみかけたが、ユスティンは無表情だった。エマもキティも笑う理由がわからず、ただ礼儀正しく神妙にしていた。

ユスティンが行ってしまうと、ミセス・テイリンゲンは三時半にお茶の時間にするので、散歩に行ってきたらどうかと提案した。

一時間後に二人が戻ってきたとき、ミセス・テイリンゲンは居間で紅茶の用意をしていた。楽しく時間が過ぎていったが、エマは話をしながらも、ユスティンは夕方戻ってくるのかどうかと、それればかり考えていた。おそらく彼はユトレヒトでディナーをとり、夜までいるつもりだろう。しばらくサスキアに会っていないのだから、つもる話もあるだろう。

やがてエマは二階へ上がって着替えたが、ユスティンが戻ってくる気配はなかった。「三人じゃ意味がないわ」気乗りしないまま化粧を始めたが、ロールスロイスが門を入ってくる音が聞こえたので手をとめた。窓へ駆け寄ると、木立に隠れているガレージに、優雅な車がすべりこむところが見えた。エマは急いで茶色と白の刺繍《ししゅう》入りドレスをさがした。

彼は楽しそうにユトレヒトの交通状態や昔の友達のことなど、あれこれと話をした。エマはあまり食欲はなかったものの、豪華な夕食を食べながら、こわばった笑顔で明るく対応した。

居間に戻り、小さく繊細なカップでコーヒーを飲んでいたとき、ミセス・テイリンゲンが言った。

「サスキアがいないと静かね。ビリヤードの相手がいないのは残念でしょう、ユスティン」

エマはカップを慎重に置いた。静かだと言われたのが気に障った。キティと私はまったく存在感がないというのだろうか。

「私、ビリヤードをするんです。楽しいと思うわ」

ユスティンは好奇心に満ちた笑みをゆっくりと浮かべた。「いいね、意外だけど」エマとゲームをしてもかまいませんか？」彼はおばにそう言って立ちあがった。

キティが笑った。「笑っていられないわよ、ユスティン。エマは強いんだから」

結果はエマの完敗だったが、ユスティンはいくぶん驚いたように彼女の腕を認めた。「誰に教わったんだ？」二人は家の裏にある遊戯室の開け放たれた窓のそばに立っていた。

「父よ。小さいころにね。家族全員、ビリヤードができるの。兄は学校へ行くために家を出たから、私がいちばん上手なの。アウデワーテルでもプレーしたわ」

「へえ。その話を聞きたいな」彼が腕をエマの肩にまわした。「気持ちのいい夕方だ。庭へ出よう」

「ほかの人たちは……」エマは彼の腕を意識したくなくてそう言ったが、ユスティンは無言でテラスに出ていき、階段を下りて芝生に向かった。外は心地よく、静まり返っている。エマは思わず言った。

「ユスティン、明日はずっと家にいないなんて。家にはいたくないの？」

「世の中にはなによりも優先させることがあるんだ」彼の声は落ち着いていた。「だけど、僕は戻ってくるよ。そして、ずっと幸せに暮らしたい。長い間待ったんだ。これ以上は待てない」

二人は芝生の端まで行き、茂みの中を歩いて庭のはずれまで来た。ユスティンとサスキアが一緒に暮らし、この道を歩くかもしれないと思うと、エマは苦しかった。やがて彼らはふたたびテラスを通り、キティたちのところへ戻って、何事もなかったように話をして夜を過ごした。

翌日はすばらしい天気だった。朝食のあと、ユスティンはドライブに行かないかと言った。「スホーンホーヘンへ行ってコーヒーを飲もう」

車にはキティが前に座り、道を曲がるたびに質問してはユスティンを笑わせた。三人はコーヒーを飲んで、エイセルステインにある城に寄り、ランチまでには家に戻った。それから、高級雑誌に出てくるような座り心地のいい椅子を庭に出して、鉄製の白いテーブルを囲んだ。しばらくして、ユスティンはサスキアを迎えにユトレヒトへ向かった。

一時間ほどで車が戻ってくる音が聞こえ、まもなくユスティンとサスキアが庭に現れた。ちらりと見たサスキアは、記憶にあるよりずっときれいだった。サスキアはにこにこと親しげに二人に挨拶した。彼女は自然と話の中心になるような女性だった。ユスティンがしばしば笑みを浮かべるのを見て、エマは、彼が華やかなサスキアと平凡な自分を比べているに違いないと思った。新しい客たちがやってきたとき、エマはなんとなくほっとした。英語を見事にあやつる、天文学に詳しい年上の男性と話しながら、完璧に主人役をこなしているユスティンの方を盗み見る。彼は落ち着いていてほがらかそうだったが、笑顔の裏に思いつめた表情が見え隠れしている気がした。やがてユスティンはおばのところへ行って二言、三言話したあと、客の間を歩きまわってそれぞれと談笑しはじめた。彼がみんなに別れを告げているのだと気づいて、エマは心が沈んだ。キティにキスして笑わせたあと、彼が芝生を横切ってエマの方へやってきた。

「そろそろ行くよ、エマ。休暇を楽しむんだよ。サスキアが君たちの相手をしてくれるから、楽しめると思う。僕はいつ戻れるかわからない」

　エマはちらりとユスティンを見て、視線をそらした。「きっとあなたは戻ってこないでしょうから、さよならを言っておくわ。私が仕事に戻るころ、もうあなたは病院にいないでしょうし。ご招待ありがとう。楽しかった。とても感謝して……」

　彼女は口をつぐんだ。こんなにおおぜい知らない人がいる前で、彼にさよならを言いたくなかった。でも、それでいいのだろう。

　エマは唐突に言った。「さよなら、ユスティン」手を差し出して顔を上げると、グリーンの瞳がじっと彼女を見つめていた。彼はほほえみながらも、なにか考えこんでいるようだ。

　ユスティンはエマの手をとって、頬に軽くキスをした。その声は小さく、やっと聞き取れるほどだった。「いとしいエマ、僕が決してさよならを言わないと、君はわかっているんじゃないのか？」

　言葉を返す間もなく、ユスティンは去っていった。一度も振り返らずに、ゆっくりと芝生を横切って家へ向かっている。そのあとにサスキアがついていくのを見て、エマはみじめな気持ちになり、天文学に詳しい男性との会話に集中した。さっぱりわからなかったが、少なくとも気をそらすことはできた。

　それでも散歩やドライブや庭でくつろいだりして、日々は楽しく過ぎていった。サスキアのところにはひっきりなしに来客があって、ランチやディナーをともにした。サスキアは彼らをエマやキティにも会わせ、完璧な女主人役を務めたが、姉妹と単なる知り合い以上の仲になるつもりはなさそうだった。だが母親のほうは、答えにくいことを根掘り葉掘りきいた。キティはいやそうだったが、エマはミセス・テイリンゲンの詮索《せんさく》に目をつぶった。「きっと寂しいのよ。サスキアが長い間家から離れていたからじゃない？　とても親切な人だわ」

「親切にもするわよ。彼の好意で、ここに住んでいられるんですもの」キティはぴしゃりと言った。

ユスティンがサスキアと結婚したら、ミセス・テイリンゲンはずっと今のままでいられるだろう。

ユスティンからはなんの連絡もなく、ミセス・テイリンゲンもサスキアも彼のことは口にしなかった。エマは尋ねたくてしかたなかったけれど、できなかった。私じゃなく、キティにだけでも手紙をくれたらいいのに。そんなかすかな望みも日を追うごとに薄れていった。家のなにもかもがユスティンを思い出させるようで、エマはここにいたくないと考えるようになった。なるべく早く彼のことを忘れてしまったほうがいい。エマはキティと、ミセス・テイリンゲンが勧めてくれたユトレヒトの美術館や、アルンヘムの野外博物館を訪ね、ドイツ皇帝が住んでいたというドールンの城を散策したりした。

「あと少ししたら帰りましょう、キティ」あるとき、エマはおそるおそる切り出した。「名残惜しいでしょうけど。ずっと楽しいことがなかったものね」

「楽しかったわ。サスキアとあちこち訪ねたり、レストランへ行ったり、人に会ったり。でも、姉さんはあまり楽しくなかったみたいね。出不精だからかしら？　こんなすてきな古い家に住んで、庭を眺めながら暮らせたらすばらしいでしょうね。もちろん、ユスティンがいればの話だけど」

「ユスティンとここに住みたいの？　あなたの相手はリトル・ウィリーだと思っていたわ。今だって、毎日手紙をくれるじゃないの」

「ばかね。もちろん、私の相手はウィリーよ。だからここに来たかったの。会えないと、思いってつのるから」キティはエマを見た。「おかしいんだけど、ウィリーはユスティンのことを絶対話そうとしないの」そして、曖昧《あいまい》な言い方をした。「あなたにはかなわないわ、エマ。手術室でも有能なのに」エマが妹に意味を尋ねようとしたとき、ノックの音がしてサスキアが入ってきた。

ディナーのあと、居間でほかの三人がサスキアの冬服について夢中でおしゃべりしているので、エマはこっそり抜け出して、ビリヤード室で一人なんとなく玉を突いた。ユスティンからはなんの連絡もない。サスキアには電話をするか手紙を書くかしただろう。サスキアがそれを私に言う義理はない。おそらく彼は、私とキティが帰ってから戻ってくるか、よくても病院でつかの間会えるくらいだろう。エマは目を閉じて懸命に涙をこらえた。そのとき、後ろのドアからユスティンの声が聞こえた。「こんばんは、エマ」彼女は思わずキューを取り落とした。部屋が薄暗いのに感謝して、彼の方へ顔を向ける。だが口を開く前に、ユスティンがテーブルの方へやってきた。「すばらしいショットだね。対戦したら、負けそうだな」

「あさって、家に帰ります」エマは言ってから、しまったと思った。

ユスティンは笑った。「ああ、忘れていないよ。だから戻ってきたんだ」

エマは彼の顔をさぐるように見た。胸がどきどきしていた。

「ウィリーを連れてきた。キティに会いたくて待てなかったんだな。彼女も同じ気持ちだといいが」

そっちが戻ってきた本当の理由なのね。「キティも同じ気持ちよ。彼女はウィリーと一緒に帰るんじゃないかしら」

「だろうな」ユスティンは両手でエマの手を握りしめた。「ウィリーは自分の車で来ているし」

エマはユスティンの手に包まれている喜びにひたった。「彼の車に乗って帰ってきたの？」

「とんでもない！　自分の車を運転したよ」

またばかなことを言ってしまった。ユスティンがオランダに帰るつもりなら、自分の車が必要だろう。彼は非彼を意識するあまり、エマは動けなかった。彼は非の打ちどころもないほど上品で、相変わらず落ち着き払っている。彼女はますますユスティンへの愛を強く感じた。「ここでは車は必需品ですものね」

彼は笑った。「車がないと、仕事にも行けない」

エマは手紙をくれなかった理由を知りたかったが、その代わりにきいた。「もう病院には戻らないの。ね？」

「たぶん戻らない。落ち着くつもりだと言ったのを忘れたかい？　結婚すると」ユスティンはとろけそうな笑みを浮かべて、まだエマの手を握りしめている。「エマ、僕が誰と結婚するかわからないか？」

グリーンの瞳がきらきら光っているのを見て、エマは急に捨て鉢な気分になった。彼女が答えようとしたとき、ドアが勢いよく開いて、サスキアが入ってきた。サスキアは走ってきて彼の首に腕を巻きつけると、キスをして叫んだ。「まあ、ここにいたのね、ユスティン。ずっとさがしていたのよ」サスキアが飛びついたので、彼の手はエマから離れた。

エマは二人に顔をそむけ、少し離れたところに立っていた。おもしろくなかった。本音をさらけ出そうとした自分にぞっとしたものの、とりあえず何事もなかったのでほっとする。だから、彼女はユスティンと腕を組んで、二人とにこやかに話しながら遊戯室を出た。居間に戻ると、リトル・ウィリーがいた。

「会えてうれしいわ」エマはそう叫ぶなり大げさに彼に飛びつき、病院のようすをきいた。

リトル・ウィリーはしどろもどろで説明した。

「やあ、エマ。すごく元気だから驚いたよ。みんな、君が仕事に復帰したがっていると思うだろうね。ぴんぴんしているじゃないか。楽しい休暇を過ごしたみたいだね」

エマは会話の糸口をつかんだとばかりに休暇のことを話しはじめたが、窓のそばで話しこんでいるユスティンとサスキアが気になっていた。リトル・ウイリーもキティのところへ行きたいようだ。そこへミセス・テイリンゲンがやってきて、彼に荷物を二階へ持っていくようやさしく促した。「疲れているんでしょうけど、キティの最後の日を大切にしたいのね。もう出かける計画は立てたんでしょう？」

キティが町を案内すると言ってくれたと、彼はミセス・テイリンゲンに説明して赤くなった。エマに向かって言う。「君も来るだろう、エマ？」

エマはあわてて答えた。「ありがとう、ウィリー。でも、行けないわ。アウデワーテルへ行かなくてはならないの。美容院の予約が入っているし、欲しいものもあるから。これが最後の機会だもの」ごく自然にリトル・ウィリーにほほえみかける。長い髪をきちんとまとめているのにどうして美容院に行く必要があるのかなどと、彼は疑問に思ったりしないだろう。リトル・ウィリーがほっとしたのを見て、彼女は笑いだしそうになった。

エマが寝る支度をしながら鏡の前にぼんやりと座っていると、キティが幸せそうな顔で入ってきた。

「彼が来てくれてすごくうれしい。手紙には一言も書いてなかったのよ。あさって帰るんですって。彼と一緒に帰ってもかまわないかしら？」とってつけたように言う。「よければ私たちの車に乗っていってもいいのよ」

エマは妹の方を向いた。「いいえ。私は予定どおりに帰るわ。あなたたちだけで切符を手配してちょうだい。私はあなたたちのすぐあとに帰ることになるわね。ウィリーは昼間のフェリーをとるようなことを言っていたから。彼と結婚するのね？」

キティは夢見るように笑った。「わかった？　もちろん、そのつもりよ。状況が整ったらすぐにでもね」妹はすまなそうな表情を浮かべた。「彼は私と知り合ったばかりだけど、姉さんとは長い友達なのよね。姉さんと彼はお互いぴんとくるものがなかったみたいだけど、私たちはなぜか通じ合ったの」

エマはその巧妙な言いまわしには答えなかった。

「うれしいわ。ウィリーは私にとってもとても大切な人だし、あなたにふさわしいと思うもの。彼にとって、あなたは必要な存在なのよ。ママも喜ぶわ」

「そうね、エマ。私、あなたとユスティンは……つまりまるで……」

「まあ、私たちはいい友達よ」エマは陽気に言った。「でも、人は出会いと別れを繰り返すものだし」あくびをして立ちあがる。「疲れたから寝るわね。わくわくするわ。結婚式の計画を立てるのって楽しそう。どこに住むの？　学校が終わって決めるんでしょう？」

キティはうなずいた。「ええ、まだわからないけれど、学校は卒業するつもりよ。おやすみなさい。ユスティンはサスキアと結婚するのかしら？」

「そうなんじゃないの」ふいにきかれ、エマは声が震えた。ベッドに入り、上掛けをかぶってごまかす。

「おやすみ」そのせいで、彼女の声はくぐもっていた。

夜中に起きては答えの出ない問題に頭を悩まし、また眠るという動作を繰り返したあげく、エマは六時に起きた。手早く着替えると静かに階下へ下りて、居間のフレンチドアからテラスに出る。暖かな日差しに照らされた庭はすばらしかった。エマはしばらくあたりを眺めてから、芝生を横切って野原の細い小道まで歩いた。ドーセットの田舎ほど美しくはなかったけれど、穏やかで平和なここがとても気に入っていた。みじめな気持ちを吹き飛ばすように足を速めたものの、彼女はたまらずに泣きだした。誰も見ていないからかまわない。涙はふいてもふいても目からあふれた。

エマは歩みをゆるめた。かすかに口笛が聞こえたかと思うと、ベスとシーザーがうれしそうに飛びついてきた。振り向くと、ユスティンが少し離れたところにいた。ひどい顔をしていると思って、エマはあわてて顔をそむけ、また早足で歩きだした。だが彼が追いついてきて、やさしく言った。「エマ、どうしたんだ。泣いているのか？」

エマはユスティンの方を見ずに、はなをぐずつかせた。なんとか切り抜けなくては。「休暇が終わってしまうからよ」

「だけど昨日、君は病院の話をひどく聞きたがっていたじゃないか。てっきり、早く仕事に戻りたくてしょうがないんだと思っていたよ」

「もちろんそうよ」しかし、またどっと涙があふれてきた。

ユスティンの腕の中はとても居心地がよかった。彼は泣きやむまでエマを抱きしめ、やさしく顎を上げてキスをした。エマはなすすべもなく弱々しいキスを返し、しばらく彼の腕に身をあずけていた。

「エマ、僕はこれからユトレヒトに行って、あさってまで帰ってこない。何時になるかはわからないが、待っていてくれないか？　君の予定なら、すぐに変更できるから大丈夫だ。僕が帰ってくるまで、ここにいてほしい。話さなくてはならないことがある」

エマは力なく笑った。「わかったわ、ユスティン。キティやウィリーが気にしなければね」

「どうして彼らが気にするんだ？　君は彼らと一緒に行かないんだろう？　それに、あの二人は別のことで頭がいっぱいさ」

突然、ユスティンはにっこりしてエマの腕をとり、きびきびと家へ戻りはじめた。犬たちが先を走っていく。家のドアのところで立ちどまると、彼はエマの髪にキスをした。

「それじゃまた、エマ」そう言って、犬小屋の方へ行ってしまった。エマはうっとりしたまま取り残された。

それから泣いた跡を直していたため、エマは朝食に少し遅れた。キティの隣に座ってほがらかな声で挨拶し、誰かがユスティンの話題を出したら、彼が戻ってくるまで帰らないと言おうと思ったが、誰もなにも言わなかった。

サスキアが口を開いた。「さよならを言わなくちゃならないわ。あと一時間くらいしたらユトレヒトに発《た》って、二、三日いるつもり。ひょっとしたら……」彼女は笑った。「エマ、キティ、気をつけて帰ってね」サスキアが部屋を出て、母親に言う声がはっきり聞こえた。「ユスティンになにか伝言がある？」

一日が長かった。リトル・ウィリーに言ってしまった手前、エマはアウデワーテルへ出かけ、なにをするでもなく小さな町の通りをさまよった。どうしてユスティンは、ユトレヒトでサスキアに会うつもりだと言わなかったのだろう？　帰ってきたら、私が思いもよらなかった単純な理由を説明してくれるのだろうか？　私は彼を愛しているし、信じてもいる。ユスティンは私に会いたいから、帰らないでほしいと言った。それだけでじゅうぶんでしょう？

エマは〈デ・ウィッテ・エンゲル〉で昼食をとり、彼女のことを覚えていた主人と話をした。それからゆっくりと家に戻り、キティたちが戻ってくるまで庭を散歩した。荷造りをし、夕食のために着替えていたとき、エマは気を取り直した。夜は永遠に続かない。すぐに明日になって、ユスティンが戻ってくるだろう。

9

翌朝早く、キティとリトル・ウィリーは帰途についた。エマが二人を見送って戻ってくると、ミセス・テイリンゲンが玄関で待っていた。

「さあ、エマ。一緒に朝食を食べましょう。キティとミスター・ランがいなくなってしまって、あなたも寂しいでしょう」彼女はやさしく言って、エマと腕を組んでダイニングルームへ行き、食事が用意されたテーブルについた。「あなたももうすぐ帰ってしまうのね。キティの話だと、あなたも今日中に発《た》つんですって？」

エマはコーヒーを受け取った。ミセス・テイリンゲンに見つめられ、困ったように顔を赤らめる。

「それが、ユスティンにいてくれと言われたんです。だから、いつ発つか決めていません」

「まあ、ユスティンったら、あなたを行かせたくなかったのね。彼のことはよくわかっているわ。彼にはたくさんのガールフレンドがいるけど、あなたはちょっと違うのよ。あなたはそれほど美人じゃないけど、一緒にいて楽しいし、魅力的だわ。仕事についても理解しているから、彼も心を開くことができるのでしょう。この数カ月、あなたのおかげでユスティンはとても助かったと思うの。夢をかなえるために、長い間辛抱強く待たなくてはならなかったから。あなたのような落ち着いた女性が友人なら、若い娘みたいに無謀な夢を抱いたりしないで、助けになってくれるもの。サスキアに、というより、彼にとってはすごくつらいことだったでしょうから」

「サスキアにとって？」エマは悪夢へと転落していく気がした。次の言葉が聞きたくてたまらない。

「彼から聞いていないのね。あなたが分別のある女性だから、話す必要はないと思ったのかしら」

分別などちっともなかったが、声は意外なほど平然としていた。「ユスティンとサスキアのことですか？　二人は愛し合っているんですか？」

ミセス・テイリンゲンは笑った。「もちろんよ。すてきでしょう？」

「でも、ユスティンはサスキアより十七歳も年上ですよ」

「それがどうしたの？　彼はサスキアが生まれたときから知っているし、愛していたわ。そのころの私たちはハーグに住んでいたけれど、それでもよく会っていた。ユスティンの父親が十年前に死んで、その二年後に母親が亡くなり、私も未亡人になったので、ここに来て一緒に暮らすようになったの。誰かが家を切り盛りしなくてはならなかったし。私はずっとここが好きだった。サスキアが十五歳のときから、二人はここでずっと支え合ってきたの」

「どうして二人は結婚しなかったんです？」エマは息がつまりそうだった。ミセス・テイリンゲンはすぐに答えずに、コーヒーを勧めた。

「あなたには妙に思えるんでしょうね、エマ。サスキアの父親は死ぬとき、二十四歳になるまで結婚しないとあの子に約束させたの。すごく変だと思うでしょう。でも本当なのよ。それで、あの子は待っているの。けれど、あともう少し。もうすぐあの子の誕生日がくるわ」

ミセス・テイリンゲンはまるで喜びを分かち合ってほしいというように、エマに笑いかけた。しかしエマは彼女の言葉が信じられず、答えられなかった。ユスティンはとても幸せそうに、結婚すると言っていた。相手が誰かわかるかときかれて、愚かにも私は自分のことだと思ってしまった。あの瞬間サスキアが入ってこなかったら、そう言っていただろう。

今となっては言わなくてよかった。

エマは屈辱とみじめな気持ちをこらえ、なんとか平静に言った。「私がいてはおじゃまかもしれないですよね。どうすればいいでしょうか？」

ミセス・テイリンゲンは即座に答えた。「まあ、あなたがここを去る理由はないのよ。なにも変わらないのですもの。サスキアだってわかっているでしょうしね。でなければ」間をおいて、ほのめかすように続ける。「あなたは少し傷ついているのかしら？　もしそうなら、ここを去ったほうがいいでしょうね」そう言って時計を見た。「たぶん、飛行機があると思うわ。ユスティンは明日のいつ帰ってくるかわからないもの」

「私、逃げたりしません」エマははっきり言った。「ユスティンに会って、さよならを言うまでは帰りません。彼が戻ってくるまで待つと言いましたから。私たちはいい友達なだけです」

一瞬、ミセス・テイリンゲンは困ったような顔をした。

「サスキアは私が帰るまでに戻ってきますか？」

「いいえ。あの子は明日の夜まで戻らないわ。かわいそうに。あなたがいなくなったら、あの子も寂しがるわ。だけど、手紙を書いたりはできるわね」

そんなことはありえない。一緒に過ごしてはくれたけれど、サスキアからそれほどの好意は感じられなかった。私だって、ユスティンの未来の妻に手紙を書く理由はない。

エマは立ちあがった。「散歩に行ってきます」

ミセス・テイリンゲンはほほえんだ。「それがいいわ、エマ。でも、あまり疲れないようにね。ユスティンがあなたを招待したのは、仕事に復帰する前にじゅうぶん休養をとってもらうためなんだから。彼は必要だと思う人にはやさしいすてきな人なの」

エマは家の裏の小道を歩きながら考えた。ユステインは、単に親切で私にいろいろしてくれただけなの？　自分の気持ちに忠実になりすぎて、彼が私を愛していると錯覚したにすぎないの？　エマは、ユスティンとサスキアが恋人同士のようにふるまっていたところを思い出そうとしたが、見つからなかった。おそらく、彼は人前で感情を表す男性ではないのだろう。ミセス・テイリンゲンが言っていたほかの女性たちについても、彼がサスキアにプロポーズするまでのつなぎだったのかもしれない。でも、サスキアが父親との約束に縛られていたとしても、二人は婚約くらいできたはずなのに。

エマは眉をひそめて立ちどまった。自分の恋路をじゃまする父親との約束を、サスキアが思い悩んでいたようには見えなかった。私とユスティンの関係はなんだったの？　恋愛ではなかったのかもしれない。けれど、私の中では恋愛以上の気持ちになっていて、ユスティンも私と同じだと思っていた。だが、まるで間違っていたのだ。ミセス・テイリンゲンが言ったことはもっともだ。突然、エマはここから逃げ出して手術室へ戻りたくなった。がむしゃらに働いて、考える余裕などなくなればいい。こらえていた涙があとからあとから頬を伝う。最初は怒りに任せてふいていたが、そのうちどうでもよくなった。

ランチのために家に戻ったときは落ち着いていたが、目ははれぼったかった。ミセス・テイリンゲンはユスティンが明日の早朝に戻ってくると言って、親切にも、エマのために昼の飛行機の便を予約しておいたとつけ加えた。

翌日ユスティンが戻ってきたとき、エマは出発の準備をすませ、タクシーを待っていた。ドアから入ってきた彼はほほえみながら、玄関の真ん中でぼんやりと立っているエマに向かってまっすぐやってきた。だが後ろのスーツケースを見て、笑みを消した。

「エマ、どうしたんだ？　どこへ行く？」ユスティンはエマをじっと見つめて眉を上げた。「僕が帰って来る前に、逃げ出すつもりだったのか」

「違うわ」彼の洞察力に恐れをなし、エマはあわてて言った。「そんなんじゃないの、ユスティン。あなたにさよならを言うために待っていたのよ」

「本気か？　僕たちを……僕を置いて行ってしまうんだな」

エマはうなずいた。「そうよ。説明する必要なんてないわね。話さなくても理由はわかるでしょう。悪いけれど、話したくもないし」彼女は頼りなげにほほえんだ。どうしようもないくらい彼を愛していると、声を限りに叫びたい気持ちを自制できたことが誇らしい。彼はサスキアを求めながら、安易な心のなぐさめとしてサスキアより少し年上の女をさがしていただけなのに、私ときたら愚かにも自分を愛してくれていると勘違いしてしまった。彼にとっては単なる穴うめだったのだと思うと、胸が苦しい。

「エマ、僕がなにをしたというんだ？　なにがなんでも聞かせてほしいね」ユスティンがつめよった。

エマはあとずさりしたが、後ろは階段だったので脇《わき》によけた。

ユスティンは笑っていたが、そこには怒りがこもっていた。「さあ、聞かせてくれ」

吐き捨てるような口調に、エマは怖《お》じ気づいた。

「私はどのみち帰ることになっていたんだから、少しくらい早く帰ってもいいでしょう。あなたが気にするとは思えないわ。サスキアの誕生日まで、あと一週間もないんだもの」

「サスキアの誕生日がどうして関係あるんだ？」

やさしいけれどあざけるような笑みに、エマの心は傷ついた。「お願いだから、黙って行かせて、ユスティン」彼女は冷たい声で言った。

「もちろんだ。僕には君を引きとめられそうにない」ユスティンの声はよそよそしく、まるで一瞬で遠くへ行ってしまったかのようだった。「どうやって帰るつもりだい？」

「飛行機よ。タクシーが来るの」

「タクシーだって？　ガレージに車があるときは、運転手に頼めばいい」

「ミセス・テイリンゲンはタクシーのほうがいいって」

「僕が送っていくよ」階段の踊り場から、誰かが下りてくる音がする。「口答えはなしだ、いいね。飛行機は何時だい？」

エマは答えた。

「よし、コーヒーを飲む時間くらいはあるな」そして、階段のところへ戻ってにこやかに言った。「おはようございます。ちょうどエマに、スキポール空港へ連れていくと話していたところです。僕には時間がありますから。運転手がいるのに、どうしてタクシーを呼んだんです？」


ミセス・テイリンゲンはいつものように堂々と階段を下りた。「ユスティン、思ったより早く帰ってきたのね。悪かったかしら？　いい考えだと思ったんだけど、ごめんなさい。あなたがエマを送っていくの？　それなら、私も一緒に行っていいかしら？ドライブを楽しんで、大切なお嬢さんが無事飛行機に乗ったかどうか確かめたいし」エマの腕をとる。「みんなでコーヒーでも飲まない？　用意はできているわ」

彼はいつものように礼儀正しく答えた。「お好きなように。タクシーをキャンセルしてからご一緒しますよ」

三人は居間でコーヒーを飲んだが、ほとんどミセス・テイリンゲンばかりがしゃべっていて、どこか落ち着かなかった。彼女は甥《おい》が放心状態で、エマが口をきかないのにも気づいていないようだ。やがて、ミセス・テイリンゲンは立ちあがった。「もう少ししたら出かけましょうか」

エマの荷物はすでに車に積んであった。ユスティンは考えこんだ表情で運転席に座っている。二人を見ると、彼は車から降りておばを後部座席に、エマを助手席に乗せた。

ミセス・テイリンゲンは悲しそうに言った。「まあ、エマは私と一緒に後ろに乗ってほしいわ」だが、ユスティンはおばの言葉を無視して車を出した。

「すばらしい朝ね」エマはぎごちなく甲高い声で言った。「夜は雨だったけど」

「それじゃ、君は夜中に起きて雨の音を聞いていたんだ」

「え……ええ」

「そして、僕を残して去る決心をした？」声はさりげなかったが、唇にはゆがんだ笑みが浮かんでいた。

「いいえ。もっと前に決めていたのよ」

「寝るよりも前にってことかい？」

「ええ、そうよ。ずっと前にね」

「いつだい？　出かける前にキスしたときか？」

エマは悲痛な叫び声をあげた。「いいえ、違うわ、ユスティン！　あなたが行ってしまったあとよ。キティとウィリーが帰って……」

エマの声があまりにも大きかったので、ミセス・テイリンゲンが口をはさんだ。「エマ、幽霊が出ると言われている風車の話をしたのを覚えている？　あそこを訪ねなかったのは残念だったわね」それから長々と風車の話を続けた。

スキポール空港に着くと、ユスティンはエマの荷物を運び、フライトが時間どおりか調べてくれた。

搭乗時間になったとき、エマはミセス・テイリンゲンにキスをしてぼんやりと握手し、ユスティンの方を向いた。さよならを言わなくてはならない。そうすれば早く吹っきれるだろう。彼はぶっきらぼうに握手したあと、なにも言わず下を向いている。表情のない顔からはなにを考えているのかわからなかった。「さようなら、ユスティン」エマはそう言って、エスカレーターに向かった。いちばん上で振り返ったとき、ミセス・テイリンゲンは手を振っていたが、ユスティンはエマを見てもいなかった。

機内でエマはシートベルトを締め、新聞を受け取った。なんだか現実のこととは思えない。眼下に広がるオランダの海岸線が遠くなっていくのを見ながら、彼女はユスティンがさよならを言わなかったのを思い出した。彼とは二度と会わないのに、そのことを思い出すと不思議と心が明るくなった。

ユスティンの部屋に比べると、寮の寝室はがらんとしてみすぼらしく、冷たい感じがした。エマは荷物を解いて、翌日から出勤した。友達や同僚から復帰を歓迎された彼女は、お茶の時間に休暇についてあれこれ質問された。本当の気持ちはうまく隠し、エマは一つ一つの質問に冷静に答えた。その一方では大きな喪失感を感じながら、ユスティンは今ごろなにをしているのだろうかとぼんやり考えた。

そのころ、ユスティンは紅茶も飲んでいなかったし、質問攻めにもあっていなかった。彼は逆に質問しようとしていたのだった。手術室での激務を終えて帰宅し、書斎でおばに面と向かう。ユスティンにはききたいことがたくさんあった。にこやかに口を開いたが、その声は硬かった。

「さて、おばさま。問題をきちんと整理するときがきました。僕がいない間にあなたがエマになにを言ったのか、教えていただかなくてはなりません」

ユスティンはおばに笑いかけたが、その目は厳しく光っていた。ミセス・テイリンゲンは彼の前でうなだれ、少しして話を始めた。

不思議なことに、手術室での激務はエマのなぐさめになった。あれこれ考える時間などなかったからだ。コックス看護主任は毎日一、二時間しか勤務しなかったので、ほとんどの手術はエマが受け持った。だから仕事が終わると疲れきっていて、食べて寝るのがやっとだった。義理の弟になるリトル・ウィリーからは、働きすぎだと厳しくいましめられたが、エマは素直に耳を傾けつつも働きつづけた。

数日後、エマはフォードを運転して家へ帰った。母親はなにか感じ取っているのか、あたり障りのない話ばかりしたので、彼女はなにもかもぶちまけたい気持ちになった。

二人はキティの結婚式や将来について話した。キティは医学生を続ける予定だったが、リトル・ウィリーは断固として彼女の学費を出すと言い張った。すでにキティが配属される病院に就職を申しこんでいて、うまくいけばアパートメントを手に入れ、二人で暮らすつもりらしい。彼は開業医になることも視野に入れていて、二人で協力していくつもりだとはっきり言った。キティがおとなしくうなずいていたのが、エマにはおもしろかった。リトル・ウィリーはおとなしい男性だけど、自分の意思をしっかり持っていたのだ。誰かに似ている、とエマは思った。

エマがため息をついたとき、テーブルで卵の代金を計算していた母親が心配そうな視線を向けた。この子はオランダでなにかあったに違いない。食事もろくにとっていないから、職場に復帰して数日でやせてしまったし。母親は途中で手をとめて明るく言った。「シェリー酒が欲しいわね。一杯飲まない？それから牧師館へ行って、ミセス・コフィンに届ける約束だった本を取ってきましょう」

エマに会って、ミセス・コフィンは喜んだ。病院での体験を話し、話題がつきると茶目っ気たっぷりにきいてきた。「あなたの若い男の人はどうしているの？」

「若い男の人がいるのはキティよ」エマは訂正した。

ミセス・コフィンは一笑に付した。明らかに、井戸から助けてくれたハンサムな医者は、エマに惹《ひ》かれていると思っているようだ。「私は長いこと生きていますからね。エマ、あなたはなんとも言えないかもしれないけど。彼はなにも言わなかったし、なにもしなかった。ただ、あなたを見ていただけだわ。でも、彼はたしかにあなたに惹かれているわ」

けれど惹かれていただけだった、とエマは思った。ミセス・コフィンの言葉には答えず、彼女は話題を変えた。ミセス・コフィンはそれ以上ユスティンのことには触れなかったが、エマを見つめる淡いブルーの瞳はなにかを見通しているかのようだった。

水曜日はむずかしい手術があり、エマは出勤を命じられた。復帰したコックス看護主任は洗浄の準備をしていたのだが、爪先の痛みを訴えたのだ。そして、交代リストに眉をひそめるエマに言った。

「頼むわね、ヘイスティングズ看護主任。あなたは夜までいるけど、コリンズは五時にあがってしまうでしょう」機嫌が悪いときのコックス看護主任には逆らわないほうがいいのはわかっていた。コリンズの終業時間は五時ではなく、四時だったけれど。

エマは立ちあがって袖《そで》をまくると、洗浄の準備をした。「わかりました、コックス看護主任」

エマが麻酔室へ行ってミスター・ボーンに交代の件を伝えると、彼は親指を立ててにっこりした。

「ありがたい。今日はコックス看護主任とは組みたくない気分でね」ミスター・ソームズやリトル・ウィリーは彼のような言い方はしなかったが、明らかに同じ気持ちらしい。エマ自身もうれしかった。ずっとあれこれ考えずにすむし、夜は研修医のパーティに出席するとなんとなく約束している。最近あまりよく眠れないが、運がよければ、今夜は疲れきってぐっすり眠れるかもしれない。

山のような仕事に忙殺された半日もとどこおりな

く過ぎ、エマとコリンズは事務室でサンドイッチとコーヒーで昼食をとった。「午前の二つの手術がうまくいってよかったですね。二件目はもっと時間がかかるかと思いました」コリンズが言った。

エマはうなずいた。「そうね。時間どおりだったし。あなたは肺葉切除のための洗浄をするんでしょう？　私は大動脈瘤《りゅう》手術の準備をするわ。時間がかかると思うけど、終わっても終わらなくてもあなたは四時であがるのよね。その前に食道狭窄《きょうさく》の手術の準備をしていってくれるかしら？　カリーも五時で終わりだったわね。ええと……」彼女は笑った。「でもニコルズが八時までいるから、彼女が手伝ってくれるでしょう」

コリンズは額にしわを寄せた。「準備の件はわかりました。でも主任、あなたはまったく休みなしじゃありませんか。私が残りましょうか？」

「いいのよ」エマはきっぱりと言った。「今夜は予定もないし。パーティだって、十時ごろまでは盛りあがらないわよ」

コリンズはうなずいた。「そんなに疲れていないのならお任せします。でも休暇以来、顔色もよくないし悲しそうで、元気そうには見えませんよ」

エマはコーヒーの残りをついだ。「虫垂炎のせいよ」

コリンズは考えこみながらエマを見つめた。「教授のおうちでは楽しかったですか？」

これまでは誰も彼も忙しくて無駄話をするひまもなく、エマは助かっていた。だがあれから一週間もたったので、質問されても気軽に答えられると思っていたのは間違いだった。オランダを去ってからずっと胸の内にひそんでいた苦しみや悲しみが急によみがえり、とても答えることなどできそうにない。

やっとの思いで、彼女はさらりと答えた。「すごく楽しかったわよ。いつか詳しく話すけれど、今は仕事にかからないとね」

午後も午前中と同じくらい忙しかった。さらに動脈瘤と肺葉切除の緊急手術が二件あったからだ。患者が運ばれてきたとき、ミスター・ソームズは時計を見て言った。「これで最後なのを祈るよ。ほかになにかあっても、絶対受けないからな」

冗談なのはみんなわかっていた。たとえ新しい手術が次から次へと入ってきても、ミスター・ソームズは文句を言いながらもいつものようにすばらしい腕をふるうだろうし、リトル・ウィリーは文句も言わずに彼の手助けをするだろう。

仕事を終えて静かに出ていく人たちを見送ったあとも、エマはジェソップと残業を強いられた二人の医師と一緒に手術室にいた。

患者が運び出され、医者がいなくなったのは七時を過ぎたころだった。エマはジェソップに掃除を任せて、器具の処理に取りかかった。全部集めて流しへ持っていき、一つ一つこすり洗いをし、点検して種類ごとにまとめ、滅菌処理しなくてはならない。

ジェソップが手術室の最後の仕上げをし、作業はほぼ終わろうとしていた。エマが鋭い目でチェックしても、ジェソップはよくやっていて、手術室に必要な看護師として信頼できた。ジェソップをほめてあげるようコックス看護主任を説得しないとね、とエマは思った。「終わった？　それじゃ、あがっていいわよ。もう終業時間は過ぎているでしょう。よくやってくれたわね」

ジェソップはほほえんだ。「まあ、主任。私をほめてくれるんですか？　ありがとうございます。主任がいらっしゃるとは思ってなくて。夕食をとっておいてもらうよう、言っておきましょうか」

「夕食？」ユスティンのことばかり考えていて、ほかのことなど頭になかった。「いいえ、いらないわ。お茶となにかですませるつもり。疲れていて食べられないの」

エマが顔を上げると、ジェソップがドアの方を見つめてびっくりしている。振り向いた先には、ユスティンが立っていた。「おなかがすいていないなんて残念だな、エマ」落ち着いた言い方だった。まるでさっき出ていって、思いついたので戻ってきたというようだ。「一緒に夕食をと思ったんだが。階下《した》のパーティに出たいのでなければね」ゆっくり手術室の中に入ってきて、ジェソップの前でとまる。「ピーター・ムーアが、仕事の終わった君をパーティへ連れていきたがっていたよ」

ジェソップは顔を赤らめてほほえんだ。「僕だったら、すぐにでも走っていくけどな。主任の仕事が終わっているのなら」

エマはあわてて答えた。「いいえ……ええ。もちろん終わっているわ。ジェソップ、いい夜を」

ジェソップはドアへ走り、出ていく前に振り向いた。「あなたも、主任。いい夜になりますように」

「なかなか鋭い子だな」ユスティンはエマに近づいた。「まだすることがあるのかい？　よろしい、続けたまえ。話したいことがあるから、そのほうが都合がいい」

「どうして？」エマはささやくように尋ねた。

「考えてごらん。メスをきれいにしている女性を抱き寄せるのは怖いだろう？　僕がいちばんしたいことだけどね。そうする前に、お互いの誤解を解かなければならないんじゃないかな。だから、話をするには僕らの間がこれだけ離れているほうがいい」ユスティンはやさしく笑い、エマは流しにがちゃんと鉗子《かんし》を落とした。「終わったら教えてくれ」

エマはうなずき、最後の器具を持って滅菌室へ行った。一連の作業を、彼女は無意識のうちにこなした。何度もしているので、間違えることはない。手術室に戻ってくると、ユスティンはまだそこにいた。

ろくに食べずに働きすぎているせいで、私は夢を見ているんじゃないかしら？　でも、彼はたしかに目の前にいる。エマが針と糸がきちんと並べられた手術台の方へ行くと、ユスティンが歩いてきた。

彼はエマのマスクを下ろし、静かな声で言った。

「こっちのほうがいい。いとしい人の顔を見なくてはね。まだ十日もたっていないのに、とても長く思えた。君がいなくて寂しかったよ、エマ。君も寂しかったかい？」

「ええ」エマはユスティンの方を見ずに答えた。はさみを持つ手が震えている。仕事を終えたら、ユスティンはどうするつもりなのだろう？

「わかっておくべきだったよ」彼が口を開いた。

「君があんなふうに急にいなくなってしまったので、僕はどうかしてしまっていた。まともに考えることもできなくて、家に戻る途中でひらめいたんだ。たしか、君は僕がいないとき、ウィリーとキティが帰ってしまったあとで帰国を決めたと言った。その間、おばと二人きりだったはずだ。彼女が君になにを言ったのかは思いつかなかったが、僕に知られたくないことだったのだろう。そうでなければ、おばが僕らを二人きりにしたがらなかった理由にならない。だから、おばに問いただした」

ユスティンが言葉を切った。エマは黙ったまま、はなをすすった。ずっとつきまとっていた不幸の塊が急に溶けだすのを感じて、今にも泣きそうだった。

「おばの言うことを信じたのかい？」彼の声には愛情がこもっていた。

エマは泣きながら答えた。「ええ。納得がいく説明だったし、おばさまは私のことを嫌いなわけじゃなかった。サスキアはとても美人だし」

「僕は君に愛していると言わなかっただろう？」

エマはさまざまな種類のはさみを、ガラスの容器の中に並べた。「そうね。決して言わなかったわ」

「僕は好きな女性に積極的になれない、愚かなほど古い考えの人間なんだ。考えてもみてくれ。僕はそういったことには奥手なんだよ」

「まさか。女性はみんな……」エマは叫んだ。「おばさまも言ってたわ」

「みんな嘘《うそ》なんだ。おばは僕の家に住みたかっただけで、サスキアが僕と結婚する話をでっちあげて君を追い払おうとしたのさ。僕が君にどんな感情を持っているか、想像がついたんだろう。サスキアのことは、若いいとこというくらいにしか思っていない。彼女も兄として僕を見ているだけだ」

「本当に？」エマは静かに言った「でも、あの……おばさまは、あなたにたくさんのガールフレンドがいるって言ったわ」

「当然だよ」ユスティンは楽しんでいるようだ。

「僕は四十だよ。独身の男にガールフレンドくらいいたっていいだろう？」エマをじっと見つめる。

「彼女たちはただの女友達さ、いとしいエマ。特別な女性など一人もいなかった。君に会うまではね。あのとき、君は故障した車の中でドアが開かなくて悪態をついていた。あの場ですぐ君にキスして、結婚するべきだったよ。あれからずっと、君が気になってしかたなかったんだ。この病気を治すには、君と結婚するしかない。もう決して、僕の目の届かないところには行かせないよ」

エマは針を片づけおわった。ガーゼを丁寧にたたんだとき、ユスティンが近づいてきた。背が高くがっしりした彼がそばに来たというのに、エマは背を向けた。

ユスティンの声が聞こえた。「振り向いてくれたら、結婚してくれと言うつもりだ」首の後ろに彼の指を感じ、マスクのひもがゆるむのがわかった。キャップもとられて髪が乱れたが、それ以上彼は触れようとしない。エマはそのまま突っ立っていた。

「振り向く前に、おばさまとサスキアはどうしたのか知りたいわ。あなたの家に住むの？」

「サスキアはユトレヒトに住む。そこで結婚するんだ。だから、僕はユトレヒトへ行って相手の男に会ったんだよ。おばはなにも知らなかったので、ショックだっただろう。おばのためにはハーグに家を買った。そこで幸せに暮らすだろう。いつかまた仲直りするときがきたら、おばも僕らを訪ねてくれるさ。僕の家に住むのは君だけだ、いとしい人。そして僕と、生まれてくる子供たちだけさ」

「十日も会えなかったわ。また会えるとは思ってもみなかった」肩にユスティンの手を感じて、ついにエマは振り向いた。

「仕事があるからすぐにはオランダを離れられなかったが、これ以上誤解を招きたくなかった。もうあれこれきくのはなしだ。僕がこう言うだけでいい」

エマはほほえんだ。

「僕と結婚してくれないか、いとしいエマ」

答えを待たずに、ユスティンはエマにキスをした。最初はゆっくりやさしかった口づけが、息もつけないほど激しくなる。

「返事がないな」ユスティンはまたキスをした。今度はむさぼるように。

エマは息を切らしながらやっと答えた。「あなたが返事をするひまを与えてくれないからよ」そして、これ以上ないほどやさしい笑みを浮かべた。「もちろん、イエスだわ」

エマは背伸びをして、彼の首に腕をまわした。

「キャンドルの火を吹き消したとき、あなたはなにをお願いしたの？」どうしても知りたい。

ユスティンは笑った。「秘密だよ、いとしい人。だが、願いはかなったと言えばじゅうぶんだろう」

「私の願いもよ」エマは彼にキスをした。

六人目の花嫁

Ruthless Billionaire, Forbidden Baby

エマ・ダーシー
高木晶子 訳

エマ・ダーシー

オーストラリア生まれ。フランス語と英語の教師を経て、コンピューター・プログラマーに転職。ものを作り出すことへの欲求は、油絵や陶芸、建築デザイン、自宅のインテリアに向けられた。また、人と人とのつながりに興味を持っていたことからロマンス小説の世界に楽しみを見いだすようになり、それが登場人物を個性的に描く独特の作風を生み出すもとになった。多くの名作を遺し、2020年12月、惜しまれつつこの世を去った。

主要登場人物

タマリン・ヘインズ……………看護師。愛称タミー、タム。
セリーヌ・スタントン…………タミーの親友。
フレッチャー・スタントン……セリーヌの兄。
アンドリュー……………………セリーヌの夫。
カーツィ…………………………タミーの親友。
ポール・ハザウェイ……………カーツィの夫。
ルーシー…………………………タミーの親友。
トニー・アンドレッティ………ルーシーの夫。
ジェニファー……………………タミーの親友。
アダム・ピヤース………………ジェニファーの夫。
ハンナ……………………………タミーの親友。
グラント・サマーズ……………ハンナの夫。

1

最初の結婚式。

「タミー、兄のフレッチャーを押しつけるみたいになってごめんなさいね。でも兄に花婿の付添人を頼まないわけにはいかないし、どうせなら付添人のテーブルについてもらったほうが、お客様と同席させるより安全でしょう？　兄は本当に傲慢《ごうまん》でいやなやつなの。ほかのお客様にどんなひどいことを言うかわかったものじゃないわ。だからあなたたちのテーブルについてもらえれば、ひと安心よ」

セリーヌのすまなそうな、半ば懇願するような言葉をタミー・ヘインズは思い返していた。彼女は五人のブライズメイドの一人としてリムジンで教会に向かっているところだ。セリーヌを含めた六人は高校入学当時からの仲間だが、これまで誰一人彼女の兄、フレッチャー・スタントンに会ったことがない。セリーヌによれば彼は〝秀才の兄〟であり、外国で〝なんだかよくわからない仕事〟をしていて、妹の人生にはほとんどかかわりを持たない人物だった。

昨日シドニーに帰ってきたというフレッチャーは時差ぼけがひどいという理由で前日の式のリハーサルにも欠席し、人生最大の行事を完璧《かんぺき》に執り行おうとやっきになっている妹を歯噛《はが》みさせた。「思いやりのかけらもないのよ。どんなことでも難なくやりこなせると自信たっぷりなんだから」いらだったセリーヌはそうぼやいていた。「もう一日早く帰ってきてくれたらいいのに、リハーサルなんか初めからばかにしているのよ」

セリーヌにはフレッチャーの並はずれた知性を尊

敬している様子はないが、彼女の批判はともかく、タミーは好奇心をそそられていた。フレッチャー・スタントンは世間では天才と呼ばれている人物だ。

最近はタイム誌の記事で、〝今年度のテクノロジーの鬼才〟として取り上げられていた。幼いときから数学の才能があり、小学生にして国際的な賞を総なめにし、中学に進学する年には飛び級をして大学に進み、十六歳でシドニー大学の科学の学位を取得、アメリカのプリンストン大学に招かれて、二十一歳の若さで博士号を得た。

その後仕事を始めた彼が率いたチームは、世界じゅうのどんな乗り物でも追跡できる革新的なコンピューターシステムを開発し、それを各国政府とインターネット会社に売って、一躍何十億という富を手に入れたという。それでもセリーヌの兄に対するシニカルな見方は変わらないらしい。

「お金持ちになってますます傲慢になったわ」彼女は警告をこめてタミーに言った。「みんなにひれ伏されて、お金目当ての女たちに囲まれていい気になっているのよ。タミー、彼のお金に惑わされたりしないでね。兄は一緒に暮らせる相手じゃないわ」

もちろん、忠告は無用だった。タミーはお金持ちの男性に関心はない。お金のある男性を追い続けている母親の二の舞は演じたくなかった。彼女の母は美しさに固執し、それを武器に裕福な男性を手に入れようとやっきだった。だがそういう男性はすぐに女性に飽き、もっと美しい女性に乗り換える。母の数回に及ぶ結婚生活にも、結婚に至らなかった男性との付き合いにも、愛はなかった。年とともにますます外見を気にし、体型を維持するためにジムに通いつめて若さを保つために美容整形に頼る母の姿が、タミーには情けなかった。

お金持ちの男性の心を射止めようという気持ちは彼女には毛頭ない。結婚するなら互いに心から愛し合える男性と、とタミーは決めていた。セリーヌとアンドリューのように。フレッチャー・スタントンは興味の対象にとどめておいて気に障ることを言われても聞き流そう、と彼女は決めた。六人の仲間の最初の結婚式という特別な日を台なしにしたくない。

六人は多くのことを共有し、大変なときは励まし合い、楽しいときは分かち合うことでさらに楽しく過ごしてきた。その友情は十代のタミーの空虚な家庭生活に欠けていたものを補い、娘につきまとわれることを嫌う母との二人だけの寂しい人生に輝きとぬくもりを与えてくれた。二十代になった今、それぞれに別の人生を歩んではいるが、固い友情はいまだに続いている。タミーはそれを生涯持ち続けたいと願っていた。

セリーヌは後続車に両親と乗っているが、それ以外の五人――カーツィ、ハンナ、ルーシー、ジェニファーとタミー――は何年も前に交わした、誰かが結婚するときには必ずブライズメイドを務めるという約束を果たすため、心を躍らせて今リムジンの中で肩を寄せ合っている。

思いにふけっていたタミーは我に返って、問題児らしいフレッチャーのことはとりあえず忘れて、みんなのにぎやかな会話に加わった。ハンナは、ルーシーの赤褐色の髪にマッチさせるよう、自分の茶色の髪に入れたコッパーカラーのハイライトが気に入っているようだ。祭壇には、金髪のセリーヌとカーツィ、赤みがかった髪のハンナとルーシー、そして黒みを帯びた茶色の髪のジェニファーとほとんど黒に近い茶色の髪のタミーが、きれいな対比を見せて二人ずつ並ぶことになる。ドレスはネックラインと裾《すそ》にフリルのついたオーガンジーで、カーツィがピンク、ハンナが黄色、ルーシーが緑、ジェニファーが青、タミーが薄紫で、全員がそろうとロマンチックな虹《にじ》を思わせる色合いになる。

教会に着くと五人は興奮した面持ちで車を降り、やはり車を降りてきたセリーヌに笑いかけ、自慢そうな顔の彼女の父親と冗談を言い合った。五人は主役のセリーヌのベールやブーケがしかるべき位置にあることをチェックすると、次に自分たちの服装を確かめ合い、親友の最良の日をすばらしいものにするため、祭壇に向かう列を作った。

音楽が奏でられると、列の先頭を務めるタミーは緊張し、リズムに合わせられないのでは、と怖くなった。

「さあ、行って」後ろからジェニファーがささやく。

参列者がいっせいに振り返った。タミーは意識して一歩を踏みだし、気持ちを集中してリハーサルを思いだす。祭壇の前で幸せそうな笑みを浮かべているアンドリューを見やり、笑って、と自分に言い聞かせた。彼の後ろに並んでいる花婿の付添人の最後に、セリーヌの兄がいるはずだ。たぶん黒縁の眼鏡をかけた野暮ったい、薄い胸を縮めて肩を落としたコンピュータおたくそのもののような人が……。

だが思いがけなく、その期待は裏切られた。

心臓が飛び上がるように躍りだし、タミーは足が止まりそうになったが、なんとか歩き続けた。胸が高鳴り、いつもの分別ある思考はどこへ行ってしまったのか、みぞおちのあたりにぞくぞくするような興奮が走る。フレッチャー・スタントンはゴージャスだった。今まで見たことがないほどすてきな人だった。彼が天才で、お金持ちであることなどほとんど忘れかけていた。それほどに彼の見た目はすばらしく魅力的だった。

男らしい、きりりとしたハンサムな顔立ち。意志の強そうな鼻、高い頬骨とまっすぐな黒い眉。チョコレート色の瞳は、濃いまつげに縁取られている。のみで彫ったような唇は官能的で、髪はタミーの髪同様に黒い。その髪が、広く高い額にきれいに垂れかかっていた。付添人の男性の中でも彼はいちばん背が高く、体はひ弱などころかがっしりして筋肉質だ。

微笑をたたえているタミーに気づいたのか、彼が白い歯を見せて笑みを返した。その瞳が興味深げに輝いたように見えたのは見間違いだろうか？　もしかして私に魅力を感じたとか？　今日の結婚式で私とパートナーになれるのを喜んでくれているとか？　虫のいい期待に胸を躍らせながら、タミーは祭壇に着き、五人目のブライズメイドとして所定の位置におさまった。

確かに今日のタミーは美しかった。母のように男に媚《こ》びるのは嫌いなので、いつもはあまり身なりにかまわないが、今日は特別だ。セリーヌの理想どおりの式にしてあげることが最優先事項だった。

ブライズメイドの化粧をするためにメークの専門家が雇われたせいもあって、どちらかというと平凡なタミーの顔も驚くほど美しく仕上がった。パンジーを思わせる紫の瞳が強調され、ブラッシャーの効果か丸い頬もシャープに見える。白い肌が際立ち、小さく上を向いた鼻に散っているそばかすもきれいに隠れている。長い髪は普段はストレートだが、今日はカールされ、セクシーに肩に垂れかかっていた。

自分でも今日は美しいと思う。それは妙に新鮮で心躍る気分だった。美しさにこだわる母の思いが少しだけわかったような気がした。しかもフレッチャー・スタントンのようなとんでもなくハンサムな男性に興味深げな視線を向けられたのだ。女性が美を追求する気持ちがわからないはずがない。それでもタミーはそんな気持ちは浅はかだと自分に言い聞かせ、フレッチャーのことを思って躍る心をいさめた。

たんにブライズメイドと花婿の付添人がペアを組まされただけのこと。フレッチャーが私を選んだわけでもない。だいたいあのルックスでお金があったら、美女が競って群がっているだろう。とりあえず妹の結婚式でのパートナーとしてあてがわれた私がそれほど醜い女でなかったことにほっとしているだけだわ。セリーヌが〝傲慢でいやなやつ〟と言っていたのを忘れてはいけない。

妹にそんなふうに言われるなんて。あまりにも頭がよすぎるのかしら。それともどんな女性でもよりどりみどりだから？　どちらにしても優越感がそんな人間にさせたのね、きっと。

タミーはそれ以上考えないことにした。今日一日だけは彼も私のもの。パートナーとして目いっぱい楽しもう。関心を示してもらえたらもっと幸せな気分になれるけれど、期待はしていないから失うものもない。あんなにハンサムな男性と一日パートナーになれただけでもすてきな経験だし、彼に対する好奇心もそれで満たされるはずよ。

式が始まったのでタミーは自分を叱《しか》りつけてそちらに注意を集中させた。今いちばん大事なのは最初に花嫁になるセリーヌのことだ。そこでふと、もしかしたら次は私かもしれない、と考えたタミーは、花婿役にフレッチャーの姿を思い浮かべた。「生涯互いに愛と忠誠を……」ばかげた空想だ。まだ彼のことを何も知らないのだから。

でも、今日一日、彼を知る時間があるわ。

セリーヌとアンドリューは誓いの言葉を交わし、結婚証明書にサインをした。オルガン奏者が高らかにマーチを演奏し、二人は教会の外へと歩いていく。後ろに従ったタミーは、初めてフレッチャーと並んだ。近くで見る彼はさらに魅力的だった。タミーは脚が震えて座りこみそうになり、それを防ぐために自分から彼に声をかけた。

「はじめまして。タミー・ヘインズよ」

彼はタミーの腕を取って顔を寄せてきた。「知っているよ」低いセクシーな声だった。「セリーヌからいろいろ聞いている」

「まあ」どんなことを話したのだろう、とタミーは不安になった。彼について言ったのと同じような悪口を言われていたりして。「どんなことを?」

不安げな口ぶりを、相手は面白く思ったらしい。「大事な友だちだから親切にするように、とね」

「まあ、そう。うれしいわ」ほっとして笑顔になる。

「言葉に気をつけるようにとも言われたよ。六人の仲間の中では君がいちばん辛辣《しんらつ》だそうだね」タミーが驚いて口を大きく開けると、フレッチャーはつややかな唇に目を向け、からかうように言った。「そんなにかわいい口なのに。その口をよく知ることができるのを楽しみにしているよ」

タミーはあわてて息を継ぎ、乱れる気持ちを静めようと視線を前方に向けたが、頭の中は今の彼の言葉でいっぱいだった。私だって彼の口がどんなか知りたいわ。今はそれしか考えられないくらいに。教会の外に出るころになって、タミーはようやく彼にキスされること以外の話題を考えつくことができた。

「フレッチャーって、珍しい名前ね」

女たらし《レッチャー》にも通じるけれど、と思わずにはいられなかったが、そう思うこと自体、自分が彼に興味を持った証拠だった。相手はそんな気などないのに、恥ずかしいことだ、と彼女は思った。

「母が映画『戦艦バウンティ号の叛乱《はんらん》』でマーロン・ブランドが演じた役、フレッチャー・クリスチャンに感銘を受けて、それをそのままいただいた。妹の名の由来はセリーヌ・ディオンさ。自分の好みを子どもに押しつけて、いい気なものだよ」彼は急に何かを思いだしたような厳しい顔になった。「友だちにからかわれるとは思わなかったんだろうか」

タミーは今しがた〝レッチャー〟を連想した自分を恥じた。友だちにも恐らくそう言ってからかわれたのだろう。「じゃあ、あなただったら、子どもになんという名前をつけるの？」ついきかずにはいられなかった。「もし親になったら、の話だけれど」

自分がその母親になることを想像したのを悟られたくなくて、あわててそう付け加えた。

「ポール、スチーブン、ジョン」彼は肩をすくめて平凡な名を並べた。

「あら、女の子の名前は？」

彼の瞳が挑むように光った。「君は自分の名前が気に入っているかい？」

今度はタミーが肩をすくめる番だった。「まあまあ、かしら。いやではないわ」

信じられないと言いたげに彼の片方の眉が上がった。「昔テレビにタミーという名前のキュートな十代の女の子が出ていなかったかい？　僕は君の名前からブロンドの快活な女の子を想像したよ」

「イメージが違って申し訳ないけど、我慢していただくしかないわね」

驚いたことにそれを聞くと彼は笑いだした。「いやいや、僕は君で十分満足だよ」

私だって満足よ、とタミーは思う。

生まれたままの姿の彼はどんなだろうと想像しそうになる自分を彼女はいさめた。

「本名はタマリンというの。たいていはタムとかタミーとか呼ばれているけれど」

「タマリンか。エキゾチックで君にぴったりの名前だ」

エキゾチックと言われてタミーの心は弾んだ。そんなふうに見てもらえているのだろうか。きっとこの髪型のせいだわ。明日になっていつものストレートヘアの私を見たら……まあいいわ。今日は今日。せっかくの好印象を否定することはないもの。どうせなら彼にとって一生エキゾチックな女のままでいたい。

「タマはアメリカインディアンの言葉で落雷のこと

なんですって。女性らしい響きにするために、母がリンという語尾をつけたの」

「落雷か」面白そうに彼が唇をゆがめた。「僕も雷に打たれるように、君に打ちのめされるかな？」

「親切にしてくれなかったら、ね」

フレッチャーが笑った。

教会の外に出るころにはタミーの心は泡立つシャンパンのように幸せにわきたっていた。フレッチャーは私との会話を楽しんでいる。私をエキゾチックだと言ってくれた。人生は美しく、今日の太陽は花嫁の上にだけでなく、五人目のブライズメイドの上にも輝いていた。

その後教会の前の階段で記念撮影が行われ、彼とは話す機会もなかったが、カメラマンにもっと寄って、と言われたときにフレッチャーがウエストに手をまわして抱き寄せてくれたことが、タミーの心から離れなかった。

タミーは普通の人よりも背が高いほうだったが、それでも長身の彼と並ぶと肩までしか届かない。がっしりしたたくましい男性にエスコートされる気分は最高だった。タミーは原始的で本能的な喜びを刺激され、太古の女性はこういうときに男性に守られている喜びを味わったのだろうか、と考えた。

「エキゾチックな香水だね」耳に顔を寄せて彼がささやくと、かすかに息がかかった。

「ホワイト・ダイヤモンドというの」ジェニファーが彼女の高価な香水を少しつけてくれたことを、タミーはうれしく思った。

いたずらっぽくフレッチャーが瞳を輝かせる。

「その響きは冷たすぎるな。パープル・パッションという名前が君にはふさわしいよ」

タミーは笑いださずにはいられなかった。

ジェニファーが振り向いた。「何がそんなにおかしいの？」

「別に」タミーは自制心を取り戻そうと、小さく頭を振った。

「話しなさいよ」ジェニファーはフレッチャーを興味深げに見て促す。

「タマリンにとって、今日は特別なパープル・デイらしいよ」フレッチャーがわざと真面目《まじめ》に答える。

「タマリン？」いつもは呼ばれることのない呼び方を聞いて、ジェニファーが目を丸くして繰り返す。

「いいえ、違うわ。今日はゴールデン・デイよ。すべてが金色に輝いている日」タミーはそう言うとまた、おかしくてたまらないように笑いだした。

フレッチャーがそのウエストに腕をまわし、力をこめた。子どもっぽくくすくす笑ってばかりいる自分にがっかりしたからではなく、二人の間の暗黙の了解を彼が伝えてくれていることをタミーは願った。パープル・パッションは言いすぎだけれど、ゴールデンという形容詞は今の状況にぴったりだ。フレッチャーがその言葉の意味を理解するユーモアのセンスを備えていれば、だが。

「そのジョークの説明は車の中で聞くわ」ジェニファーが言った。「さあ、出発の時間よ」

新郎新婦はすでに階段を下り、客たちの投げる花や米を浴びながら車に向かっていた。ブライズメイドと花婿の付添人たちも、それぞれ乗ってきたリムジンに乗りこみ、披露宴の行われるボロニア・ハウスに向かうことになっている。笑いが止まらずにいたタミーはフレッチャーに微笑を投げかけ、しぶしぶ彼の腕の中から出た。

「じゃあ、またあとで」

「楽しみにしてるよ」彼は期待をこめたように瞳を輝かせた。

タミーは雲の上を歩いているように夢見心地で友人たちに加わった。フレッチャーとは明らかに通じ合うものがあるし、互いに惹《ひ》かれ合っている。セリーヌが言うような〝いやなやつ〟とは思えなかった。いつもほめられている優秀な兄に対する、妹としての微妙な敵対心が言わせているのかもしれない。

セリーヌはフレッチャーがしばしば人を傷つけるとも言った。それが嘘《うそ》だとは思えないが、今日は妹の結婚式という特別の日だし、セリーヌに注意されたから気をつけて私の感情を損ねないようにしてくれているのかもしれない。どちらにしても、まだ彼がどんな人か決めるには早すぎるし、せっかくの幸せな気分に水を差したくない。

今が楽しいんだから楽しめばいいのよ。そう言い聞かせながらタミーはリムジンに乗りこんだ。車の中に入るとすぐに、彼女は仲間の注目の的になった。

「すごいじゃない」カーツィが口火を切った。「私のパートナーは花婿の付き添い《ベストマン》だったけれど、明らかに花婿の付添人の中のベストじゃないわ」

「そうよ、タム。あなた、本当に運がいいわ」ハンナがうらやましげに叫ぶ。「お金持ちかどうかはともかく、あんなにすてきな人はいないわよ」

「セリーヌはなぜ今まで黙っていたのかしら？　頭がいいとは聞いていたけど、ルックスのことは何も言わなかったわ」ルーシーが不満をもらす。

「野暮な人かと思っていたけど、あんなにタミーを笑わせるんだから、楽しい人なのね」ジェニファーがみんなに報告する。「ねえ、何を話してたの？　それになぜあなたをタマリンと呼ぶの？　何か彼をやりこめるようなことでも言ったの？」

「私のことをエキゾチックだって言うから、エキゾチックな女を演じていたの」

みんながいっせいに笑いだした。

「いやだわ、みんな。笑わないでよ。こんなすてきな格好ができるのも、ジェニファーのおかげでいい香水の香りを漂わせられるのも、めったにないことだもの。このチャンスは生かさなくちゃ」

「そうよ、行け、行け！」四人が声をそろえた。

そのフレーズは昔から仲間同士が励まし合うときの合言葉だった。タミーはいい友人を持ったことに感謝し、これからそれぞれの世界が広がっていっても友情が続くようにと祈った。アンドリューを得た今、セリーヌはこれまでのようにはみんなと付き合えないだろう。それは当たり前だし、ほかのみんなも伴侶《はんりょ》を得れば付き合いは今までと同じというわけにはいかなくなる。人生は先へと進んでいくのだ。それはしかたのないことだが、お互いの距離が遠くならないことをタミーは願った。

フレッチャーはシドニーから遠く離れた場所で仕事をしているし、彼の住む世界は私の世界とは違う。彼との仲が進展する可能性はない。どんなに彼に惹かれてもそれを忘れてはならないわ。

それでも彼が私の隣にいる今日だけはうっとりするような気持ちを味わいたい、とタミーは願った。

2

ボロニア・ハウスの敷地は絵のように美しかった。樫《かし》の古木の下に満開のつつじが咲き乱れ、背後にそびえるコロニアル・スタイルの家の美しさを引きたてている。ひさしや上部階のバルコニーには鉄製の繊細な模様の白い飾りが施され、それを白い柱が支えていた。各階にベランダが巡らされ、一階のフレンチドアは芝生の庭に向かって放たれている。芝生の中央には紫や薄いピンク色の花をつけた木蓮《もくれん》の巨木がそびえ、美しい花弁を芝の上に散らせていた。

新婚カップルがカメラマンの求めに応じてその前でポーズを取っているときだった――フレッチャーがそれまでの彼の輝かしいイメージを傷つけるような

ことを口にしたのは。

「ロマンチックね」タミーがため息をもらした。

「あの場所を選んだのは正解だね。セリーヌは目が高い」彼が機嫌よく応じた。「だが結婚というロマンスのせいで、あいつの思考は曇っているよ」

タミーとフレッチャーは二人きりで、次の写真撮影のために呼ばれるのを樫の木陰で待っていた。ほかの仲間は飲み物を求めて館《やかた》に入っていったが、少しでもフレッチャーといたいタミーは、彼のそばにとどまっていたのだ。彼もまた、タミーと一緒にいることを望んでいるように見えた。

シニカルな言葉が気になり、タミーは顔をしかめて彼に向き直った。「どういう意味？」

「セリーヌはまだ二十三だ。仕事もろくにこなせない若いうちに結婚するのは愚かだ」彼は挑むように、ショックを受けているタミーの目を見た。「君だったらどうする？」

「セリーヌのように誰かを本当に好きになって、相手も私を心から愛してくれたら、私も結婚するわ」タミーは熱っぽく反論した。

黒い眉の片方が持ち上がった。「可能性も見定めないうちに自分を縛る関係を作るのかい？　本当にほしいものは別のところにあるかもしれないのに」

人生を縛るかもしれない結婚という絆《きずな》を、彼が求めていないのは明らかだった。

「結婚したからといってすべての可能性が狭められるわけじゃないわ。逆に広がることだってある。分かち合うことで豊かにもなれるわ」

「そんな理想的な結婚がどのくらいあるかな」

そもそも結婚の動機が間違っていたら理想に近づけるはずがないわ、とタミーは思った。

「統計ではそんな結婚は少数だ」フレッチャーは自信たっぷりだ。「特に若くして結婚する場合はね」

若かろうと熟年だろうと年齢に関係なく相手を大

事にするカップルを、看護師のタミーは病院の病棟でたくさん見てきた。互いが相手を慈しめば、結婚は必ず幸せをもたらしてくれると彼女は信じている。

「統計に人生を左右されることこそばかげてるわ」彼女は熱く言い返し、失望したようにフレッチャーを見て、再び新婚の二人に視線を戻した。セリーヌとアンドリューが熱く見つめ合っているのはカメラを意識しているからではないわ、とタミーは自分に語りかけた。今の二人の気持ちに偽りはないはずだ。

「いつだって例外はあるのよ」友人を擁護するように彼女はもう一度言った。親友に最高の幸福がもたらされるように祈りたい。妹の結婚式の日にこんなことを言うフレッチャーが信じられなかった。セリーヌの判断を信じてあげられないのだろうか。魂の伴侶《はんりょ》を見つけるのは容易ではないし、その相手がいつ見つかるかは年齢に関係ないはずだ。

フレッチャー・スタントンは残念ながら私の魂の伴侶ではなさそう――いらだちと失望がタミーの心を引き裂いた。すてきな人だし、ついさっきまではとても楽しくて、いい雰囲気だったのに。

「それはそうだ」フレッチャーがあっけなく肯定したのでタミーは再び彼に引きつけられた。

反論されてもむきにならないのはそう傲慢《ごうまん》ではないという証拠だわ。そういう理性的な人なら大丈夫、とタミーは緊張を解いた。次はどんなことを言うだろう？　私が賛同できるようなことを言ってくれるかしら。

「この結婚が間違いでないことを祈るよ。セリーヌには幸せになってほしいんだ」

心のこもった言葉は耳に快く響いた。タミーも同感だった。「こんな幸せそうな彼女は見たことないわ」新婚の二人を見て彼女はうっとりとほほえんだ。

「で、君は、タマリン？　人生に満足している？」

タミーはフレッチャーに笑みを向けた。「ええ」

愛せる相手がいないことを除いては。今夜それが変わるかもしれないという途方もない希望が心の奥深くにはあるけれど。「看護師になれたもの。それに今度は助産婦の資格を取るつもりなの」

「助産婦……」珍しいものでも見るような視線が返ってきた。「それはまたどうしてだい？」

「新しい生命の誕生を助けることほど心躍る仕事はないわ。今も産科病棟での仕事がいちばん好き」

相手は信じられないといった顔になった。「泣き叫ぶ赤ん坊の相手が苦にならない？」

「泣くのは理由があるからよ。原因を取り除いてあげるのはやりがいのある仕事だわ」

「赤ん坊のニーズは限られているから比較的簡単だね。年とともに求めるものは複雑になるけど」

「あなたのニーズはどれくらい複雑なのかしら？」

すかさず問われて彼は驚いたようだったが、すぐにはじかれたように笑いだした。その瞳にいたずらっぽい色が浮かんでいる。「今現在の僕のニーズはごく単純さ。全然複雑じゃない」

タミーは体が熱くなった。

彼の表情には明らかに欲望があった。そして同じものがタミーの体を駆け抜けた。恐ろしくハンサムな、女なら誰もが望む男性から求められていると思うと心は舞い上がったが、一方でタミーの中には、式が終わったら彼は地球の反対側に帰り、私のことは一夜の遊びとして忘れてしまうに違いない、と牽《けん》制《せい》するだけの常識もあった。それでいて、彼に抱かれることがこれからの二人の関係の第一歩になるかもしれないという甘い期待も捨てきれずにいた。

ほかの国でも助産婦の仕事はできるだろうか。

もしかしたら彼がオーストラリアに帰ってくるかもしれない。テクノロジーが発達した現代では住む場所はあまり問題にならない。彼のチームの何人かはキャンベラを拠点にしているという記事を読んだ気がする。彼がシドニーに居を移すことだって……。

「今はどんな仕事をしているの？」

フレッチャーが肩をすくめた。「クライアントのためにシステムを調整する、面白みのない仕事だ」

「退屈しているように聞こえるわ」

「赤ん坊のおむつを替えるのと大差のない仕事さ」

彼はからかうようにタミーを見た。「君と同じで僕も何かを生みだす創造的な仕事が好きだ。新しいアイディアや問題解決の方法を生みだすのはエキサイティングだが、そのあとの単調なありふれたメンテナンス作業は退屈だよ。そう思わないかい？」

私の生活に結びつけて説明してくれているように聞こえるけれど、彼のような天才が看護師に興味なんて持つかしら。肉体的な興味は別としても。

「あなたのチームに女性はいるの？」

彼は首を振った。「いや、男だけだ」

「女は話し相手にもならないってことね」つい声に出して言ってしまってからタミーは顔を赤らめた。

「とんでもない。君と話すのは楽しいよ」

タミーはさらに顔を赤くした。体じゅうが熱い。彼は本気なの？　それともからかっているだけ？

「タミー！」

振り向くと、セリーヌが手招きしていた。

「フレッチャーとこっちに来て、二人で写真を撮ってもらったら。そのドレスはこの花の色にぴったりだわ。ほかの人たちが戻る前に、早く、早く」

「花嫁のリクエストには逆らえないな」フレッチャーはタミーの腕を取り、妹のもとに急いだ。

再びフレッチャーに体を寄せられるのをうれしく思いながら、タミーはカメラマンの指示どおりにたくましい彼の体に身を寄せ、ウエストにまわされる腕のぬくもりを楽しんだ。両腕で抱きしめられたらどんなだろうと思わずにはいられないが、それはダンスの時間が来ればわかるはずだ。

みんなが写真撮影のために戻ってきたので、それ以上彼と個人的な会話を交わす時間はなかった。やがて披露宴の招待客が到着し、バルコニーから撮影の様子を見ながら、思い思いにドリンクやカナッペを楽しみ始めた。

「いいね」ブライズメイドたちが手をつないでセリーヌのまわりをぐるぐるまわっているのを見て、フレッチャーがつぶやいた。「まるでリボンを巻きつけられているメイ・ポールみたいだが」

突拍子もないたとえに、タミーはあきれたように目をまわして、彼を振り返った。「あら、私たちは今日の主役に最大限に敬意を表しているつもりよ」

「敬意を表する？　結婚するというだけで？　君たちの望みはそんなに単純なことなのかい？」

その言葉に軽蔑《けいべつ》がこめられているのを感じ、タミーの口調も思わずきつくなった。「結婚は、人生の大事な区切りだわ。誕生や死と同じくらいに」

「離婚も、ね」

「なぜそんなに否定的なの？」

「現実主義者と言ってほしいな」挑むように片方の黒い眉が上がった。「君もそうだろう？　看護は尊敬すべき仕事だが、現実を見つめずにはできない」

「そうよ。最高のもの、最低のもの、その間に存在するすべてのものと向かい合うわ。だからこそ最高のものは讃《たた》えたいし、一緒にお祝いしたいの」

批判したければ勝手にすればいいわ！　心の中でタミーは付け加えた。

「君は今のセリーヌが最高のものを手に入れたと思っているのかい？　そして、君もそれがほしい？」

まるでブライズメイドの五人の頭は空っぽで、結婚だけを人生の目標にしているような言い方だった。もちろん結婚に憧《あこが》れるし、夢見てもいるが、誰もそれを究極の野望とは考えていない。生涯の伴侶に巡り合ってこそ結婚する価値があり、セリーヌはアンドリューがその相手だと信じたから結婚するのだ。

「セリーヌは結婚するのがベストだと信じたんですもの。悪く言ったりしたくないわ」

その言葉はそのままフレッチャーへの警告だった。

だがフレッチャーは平然と言い返してきた。「たった二十三歳で、何がベストか判断できるものか」

また年のことを言うのね。自分が年上で経験が豊富なのがそんなに自慢なのかしら？

タミーは軽蔑するように彼を見た。「知識がなんだというの。一生の伴侶になれるかどうかは直感でわかるものだわ。あなたは頭を使う仕事ばかりして、直感が鈍っているのではなくて？　考えてばかりいるから自然な感情を信じられなくなっているのよ」

「いや。生物学的な欲求のことならわかるよ」

そういう欲求はあるらしい。それが自分に向けられていることはわかっているが、今はうれしいとは思えなかった。結婚という崇高な話題を肉体的な欲求にすり替えられたことに、タミーは腹を立てていた。「直感と生物学的欲求は違うわ。直感はもっと幅広いものを含んでいるのよ」

「どちらも相性の問題だろ」

フレッチャーはタミーの意見をまともに聞いてはいないようだ。まして尊重する気などまったくない。

「相性がいいと思っても、ほかのいろいろなことが嚙《か》み合わなかったらそれまでだわ」

彼はにやりと笑った。「セリーヌが言ったとおり、君は歯に衣《きぬ》を着せずにずけずけとものを言うね」

「あなたも聞いていたとおり、傲慢な人ね。自分がいちばん偉いと思っているんだわ」

厳しい言葉を吐いてしまったことを後悔する前に、タミーは髪を振って彼に背を向け、自分と意見を同じくする友人たちのもとに歩き去った。彼女はディナーが始まるまでの間、彼を無視し続けた。どれほどすてきでも、友人を裏切ってまで彼に同調するつもりはない。確かに今も彼には胸がときめくけれど、それはそれだけのことだ。

やっと晩餐《ばんさん》が始まった。幸いフレッチャーは長いテーブルの反対の端にいて、口をきくどころか目を合わせる機会もなかった。そのくせタミーは友人とにぎやかに話す間も彼のことが頭から離れなかった。友人たちはもちろん、フレッチャーとの仲がどうなったか知りたがったが、彼女はきっぱりと否定した。

「どんなにすてきな人だって、あの考え方ではね。外見がよくても、それだけではだめよ」

彼の話題はそれでおしまいになった。話すことはいくらでもあった。披露宴の会場のこと、出席者のドレス、食事、スピーチのこと。たぶんフレッチャーはくだらないとばかにするのだろうが、タミーは結婚披露宴の様子に胸を打たれ、感動していた。

手を叩《たた》き、ほほえみ、笑うべきところで笑ったが、楽しもうとすればするほど、どこかで妙に心が重かった。男性のことでこんなふうに引っかかりを覚えたのは初めての経験だった。フレッチャーはさまざまな新しい感情をタミーの心に呼び起こした。腹を立てて性急に結論を出したのは間違いだっただろうか。こんな気持ちになるのは、彼が思っていたような人ではなかった失望のせい？　それとも早まった行動に出たことへの後悔？

ケーキカットの前にみんなでそろって行ったパウダールームで、セリーヌがタミーの気を晴らしてくれた。

「タミー、兄と何かあった？」心配そうに顔をしかめて花嫁が尋ねた。

「お互いちょっと気を引き合うことを言っただけ。あんなにハンサムなのをなぜ黙っていたの？」

「いい意味でも悪い意味でも、最高に男っぽい人なの。頭がいいことを鼻にかけていなかった？」

タミーは肩をすくめる。「ええ。何度かやりこめてやったわ」

「よかった。兄には女性と真剣に付き合う気はないの。本当よ。どんな女性とも長続きしたことがないんだもの。それに月曜にロンドンに帰ってしまったらそれっきりあなたの人生から消えるのよ」

「別に問題ないわ」タミーはさりげなく言って口紅を塗ることに集中した。そして、フレッチャーにこだわるのはやめよう、私にふさわしい人ではないのだから、と自分に言い聞かせた。

だがダンスでパートナーを組まなければならないことを思うと、その心の指令に体が強く反発した。

ケーキカットに続いて新郎新婦がワルツを踊り、そのあとブライズメイドと花婿の付添人がそれぞれカップルになって踊ることになっている。五人目のブライズメイドであるタミーの相手は、五人目の花婿付添人であるフレッチャーと決められていた。フロアに出ていく順番を待ちながら、タミーは高鳴る胸を抑え、あえて前方に視線を向けていた。けれど、横にいるフレッチャーと踊ることを思うと、脈が速まり、熱い興奮がいやおうなく押し寄せてきた。

「準備はいいかい？」彼が尋ねた。

タミーが視線を上げると、輝く瞳があった。「あなた、ワルツは踊れるの？」熱くなった自分を制するためにわざとぶっきらぼうに彼女は言った。

「一、二、三、だろ。それを数えることとくらい簡単さ」皮肉な返事が返ってきた。

「数が数えられるのとリズムに乗れるかどうかは別の話だわ」傲慢な態度にいらだってタミーはやり返した。「リズム感が全然ない人もいるし」

「君は？」

「もちろんあるわ」

「だったら僕らはきっといいペアになる」セクシーな意味がこめられた満足そうな言葉だ。これ以上彼を刺激することは言うまいとタミーは口をつぐんだ。

互いに惹《ひ》かれ合っているのは確かだけれど、私たちの感情には発展性がないわ。

無意味な一夜だけの関係はいらない。私はそんな軽い女ではないし、プライドもある。

「僕らの番だよ」フレッチャーがタミーをダンスフロアに誘った。片腕で彼女のウエストを引き寄せ、たくましい腿が触れるほど体を近づけて《ムーンリバー》に合わせてワルツを踊りだす。

胸と胸が密着した。しかたなく彼の首に片腕をかけると、フレッチャーは放さない、というように握り合ったもう一方の手の指をからませてきた。タミーは思わず彼に身を委《ゆだ》ねた。彼はこれまでに踊った誰よりもダンスが上手だった。ベッドの中ではどうなのだろう、と想像しないではいられなかった。

幸い音楽が終わったので、危ういところで彼女はフレッチャーから離れることができた。「ケーキを配ってこなくちゃ」

「あとでいいじゃないか。ほら、ほかの客もダンスに加わるよ」瞳を輝かせている彼の言葉に負けたら、絶対に入りこまないと決めている領域に足を踏み入れてしまいそうで怖い。

「だめよ。それがブライズメイドの仕事ですもの」

「それ以外に決められた仕事は？」

「それが最後よ」

「そうか。じゃあ、あとでダンスに誘うよ」

彼はやっと、からめていた指をゆっくりと解き、ウエストにかけていた手を離してくれたが、黒みを帯びた瞳はタミーの目をとらえて放さない。彼女の背筋に震えが走った。ここで屈したらどうなってしまうかわからない。そう思って大きく息を吸いこんで言った。「今のダンスは仕事のうちよ。でもこれ以上は、あなたと踊る義務はないわ」

「せっかく僕らのリズム感がぴったりなのに、君はなぜもっと楽しもうとしないんだい？」

それはね、悪魔と踊ることになるからよ。そう思ったが、言えなかった。それを口にしたら彼と踊りたい気持ちを悟られてしまう。

「いちばん好きなダンスは？」彼が重ねて言った。

「サルサよ」彼が踊れないことを半分期待して言ったが、得意であってくれたらと願う気持ちも半分あった。

フレッチャーが自信ありげに笑った。「じゃあ、立っていられなくなるまで僕とサルサを踊ろう」

「さあ、どうしようかしら」タミーは必死でクールな表情を保ち、冗談めかして答えた。「じゃあね。もう行くわ」

歩き去る間も彼の視線が背中に熱かった。セクシーな野獣のような彼とサルサを踊って、平気でいられるはずがない。心を乱されるに決まっている。つまり抵抗できるか自信がないなら、踊らないほうがいいということだ。


幸い、彼を避けるいい口実が舞いこんだ。セリーヌの十歳になるいとこのライアンが、こっそりアルコールでも飲んだのか、気分が悪くなって吐いてしまったのだ。タミーは自分から志願して、ベランダに座って夜風に当たる彼の面倒を見ることにした。タミーが看護師であることを知っている彼の両親は、喜んで彼をタミーに任せた。

ライアンはやがてタミーの膝に頭を預けて眠ってしまった。冷たい夜風が、もう少しでばかなまねをしそうだったタミーの気持ちを静めてくれる。母を見てわかっているはずだ。お金持ちで傲慢な男性はほしいものを手に入れたら去っていくだけだと。フレッチャーも同じに違いない。妹があぁ言っているくらいなのだから。彼に惹かれたからといってこれまでの信条を曲げたら、月曜日に彼が去ったあと、きっと後悔するだけだわ。

彼のような男性にとって、女性の魅力はその場限りのもの。私が今日エキゾチックに見えなかったら、彼は興味を示したかしら？　たぶんなんの興味も示さなかったわ。なのになぜ彼のことがこれほど気になるのか、自分でも理解できない。でもそんな気持ちを信じてはだめ。うわついた気持ちは忘れることよ。愛や結婚に対してあんなシニカルな見方をする男性に心を委ねたら、ろくなことにならない。彼は行きずりのセックスを求めているだけなんだから。

やっとライアンの両親が来たので、タミーはかろうじて花嫁がブーケを投げる儀式に間に合った。ブーケを手にしたのはカーツィだった。式場を出る新郎新婦にブライズメイドたちが笑いさざめきながらついていくと、車寄せでフレッチャーが追いついてきた。

「どこに行っていたんだ？」怒ったように言う。

「気分が悪くなったお客様を看護していたの」タミーはそっけなく右手を差しだした。「さようなら、フレッチャー。気をつけてロンドンに帰ってね」

きっぱりした別れの言葉を聞いて、彼の瞳にからかうような光が宿った。「君は明日、仕事があるんだろうね」

「ええ」

断られるのに慣れていない彼には気に入らなかったようだ。とげとげしい態度でタミーの手を取り、力強く握る。タミーは自分をひどく小さくて弱々しい存在に感じた。彼と比べてあまりにも小さい存在で、とても彼を受け入れることはできないと。

「会えてよかったよ、タマリン」タミーに負けないそっけなさで彼は言ったが、そのあとの言葉は彼女を驚かせた。「僕はめったに落雷にはあわないんでね」

たまには雷に打たれたほうがその傲慢な態度が直るかもしれないわよ。タミーはそう言いたかったが我慢した。何も別れ際に相手を怒らせるようなことを言わなくてもいい。どうせ二度と会わないのだし。彼の人生は別の場所にある。そう思うと心が沈んだ。

「そう？　またいつかどこかであうかもしれないわよ」タミーはそう言って、彼の手を振りほどいた。

フレッチャーの視線が強く彼女をとらえた。「せっかくの今という時間を使わないのは無駄だと思うが」

「人生に無駄なことなんて一つもないわ。人生は長い。今日あなたに会ったこともその中のいい経験の一つよ。ありがとう。そして、さようなら」

フレッチャーとベッドをともにしないのは間違いだという思いが確信へと変わる前に、彼女は彼に背を向けた。

私はまだ二十三よ。

男女の関係がどうあるべきかについての自分の理想を壊すのと、フレッチャーと過ごす一夜とをはかりにかけたら、どちらが重要かは考えるまでもない。

3

二人目の結婚式。

フレッチャー・スタントンは来るだろうか？

その問いかけはカーツィがポール・ハザウェイとの婚約を発表してからずっと、車輪の中で走り続ける栗鼠《りす》のように、タミーの心の中を駆けまわっていた。というのもポールの兄マックスは優秀な数学者で、フレッチャー率いるハイテクチームの一員としてキャンベラで働いていると聞いたからだ。世間は狭いというが、そのとおりだ。

仕事場が一緒だからといって個人的な付き合いがあるとは限らない、とタミーは何度も自分に言い聞かせた。IT専門家として大銀行に勤務するポール はシドニーに住んでいる。フレッチャーとマックス が個人的に友人だったとしても、外国に住む兄の仕 事仲間をわざわざ結婚式に招くだろうか。

もちろん、フレッチャーが招かれているかどうか カーツィに尋ねればいいのだが、どうしてもできな かった。セリーヌの結婚式で会って以来、半年間一 度も連絡のない男性のことを尋ねるのは気が引ける。

もっとも振ったのはタミーのほうだったが。

振られた相手を追いかける男などいないだろう。

あれ以来一度もオーストラリアには来ていないの かもしれない。

フレッチャーに会ったことを恨めしく思うときも ある。気に入らないところはたくさんあったのに、 彼の印象は強烈で、なぜか忘れられなかった。何よ り互いに性的に強く惹《ひ》かれ合ったことが、タミーの 心に引っかかっていた。この何年かでデートをした 男性は、みな感じがよく、いい人だったが、フレッ チャーほど心ときめいた人はいなかった。それに、 彼ほどあからさまに誘いをかけてきた人もいない。

ばかげたことだが寂しいのは事実だ。もう一度フ レッチャーに会い、彼のいないむなしさがどこから 来ているかを確かめたい。ちょっとでもいい、もう 一度会ったら、この苦しさから解放されるかもしれ ない、と思う。今度会って何も感じなかったら、そ して、彼がどれほど傲慢《ごうまん》かをもう一度確かめられた ら、セリーヌの結婚式の日に木蓮《もくれん》の下で撮った二人 の写真を取りだしては眺めるというばかげたことを 繰り返さずにすむかもしれない。人生から彼を永久 に締めだしたのは間違っていたのではないかと、く よくよ悩まないですむかもしれない。

結婚式の朝、タミーは緊張のあまり気分が悪くな りそうだった。電車に乗り、シドニー湾を越えてほかのみんなが住む町の東部郊外に向かう途中、彼女はフレッチャーのことは忘れて友人たちのことだけを考え、カーツィの幸福を願おうと努めた。ブライズメイドたちはボンディ・ジャンクションにある美容院に集合することになっている。はしゃいでいるであろう友人たちに合わせて気持ちを浮きたたせる必要があった。今日は二人目の仲間の結婚式なのだ。フレッチャーにこだわっている場合ではない。

到着したのはタミーが最後だった。

入ったとたん、カーツィの言葉が耳に飛びこんできた。「セリーヌ、ゆうべの女だけの独身さよならパーティで言い忘れたんだけど、あなたのお兄さんも式に来るのよ」

「フレッチャーが？」

セリーヌは驚いた声になり、座っていた椅子を回転させてカーツィに向き直ったが、そのとき、入ってきたタミーに気づいた。タミーは受付で立ち尽くしたまま、表情を取り繕おうと努めていた。

「タム……聞いた？」セリーヌがしかめっ面になる。

「何？」気がつかないふりをしてタミーはきき返したが、心臓はどきどきしている。顔が赤くなっていませんように、と祈りたい気分だった。

そこにはタミー以外の全員がそろっていて、いっせいに振り向いて彼女を見ていた。セリーヌの結婚式でフレッチャーと私がペアを組んだことを、みんなは覚えているだろうか。この数カ月誰ともデートする気がないのは彼のせいだと気づいているだろうか。タミーは身が縮む思いでセリーヌの次の言葉を待った。

だが先に口を開いたのはカーツィだった。「フレッチャーが自分から、式に参列してもいいかってきいてきたんですって」

セリーヌはさらに驚いた顔でカーツィを見た。

「兄が、自分から？」

「木曜日にメールが来たらしいわ」

「嘘《うそ》！」セリーヌが信じられないと言いたげに首を振る。「帰ってるなんてママは言ってなかったわ」

「マックスの話では今朝シドニーに着いたそうよ」

「呼ばれもしないのに押しかけるなんて、兄らしくないわ」セリーヌが顔をしかめた。

「立食だし、一人くらい増えても問題ないわ」カーツィは気にもしていないらしい。

セリーヌはジェニファーの隣に座らされたタミーを心配そうにちらりと見た。「カーツィ、なぜ兄が来たがったか、マックスから聞いている？」

「いいえ。彼はポールに頼んで、ポールから私に連絡があったの」

ジェニファーは隣に座ったタミーにいたずらっぽく笑いかけた。「タム、もう一度チャンスがあるかもね。前のときはあなたがどこかに消えてしまったんで、彼、あなたを捜しまわっていたもの」

「半年も前の話だわ」どきりとするのを隠してタミーは受け流す。「それに私、彼を振ったのよ」

「でもあっちはあなたに気があったわ」ルーシーが口をはさんだ。「彼も少しは変わって、前ほど横柄じゃなくなっているかもしれない。あんなにすてきな人を無視するなんてもったいないじゃないの」

「ルーシー、よして」セリーヌがぴしゃりと言う。「フレッチャーはあきれるほど次から次へと相手を替えてきたの。兄を追いかけるのはタミーのためにならないわ」

頑固なルーシーはそれを無視して、目をくるりとまわして言い返した。「自分のものにしてしまえば別でしょ。ベッドをともにする相手として不足はないと思うけど」

ハンナがルーシーに加勢した。「そうよ。彼、すごくすてきだわ。私だったら、くらっときちゃう」

やっと多少平静を取り戻したタミーは、そっけなく言った。「彼が私に目をつけたのはセリーヌの結婚式のためにめかしこんでいたから。それだけよ」

「あら、今日は私の式のために精いっぱいきれいにしてよね」カーツィが念を押した。

「このチャンスを最大限に生かすことよ」ルーシーがまた言った。「あんなゴージャスな男性が気のある様子を少しでも見せたなら、私ならとりあえず体の上半分は無視して下半分にだけ目を向けるわ」

「そしてどうなるっていうの？　彼は外国に住んでいるのよ」タミーが応じた。

「いいじゃない。一生の思い出になる最高の喜びが味わえれば」ルーシーはタミーに疑わしげなまなざしを投げた。「タム、そういう衝撃的な経験が一度でもある？　セックスの話になるとあなたはもっぱら聞き役で、自分のことは話さないじゃない」

「それは……あなたたちの話のほうがずっと面白いからだわ。私だって衝撃的な体験くらいしてるわ」

フレッチャーとワルツを踊ったこととか。

ルーシーの言う意味合いとはかなり違うが、あれがタミーにとって強烈な性的体験だったことは事実だ。彼女はみんなのように自由に性を楽しむ気にはなれなかった。愛のない体のつながりは考えられない。愛情がないのに体を与えるのはいやだった。

「あら、少し安心したわ。あなた、ガードが固すぎるんじゃないかと思って心配だったの。いつだって引っつめ髪で……」

「ほら、今だって髪をほどいているじゃない」タミーは後ろで髪をとかしているスタイリストを片手で示した。「カーツィ、どんな髪型にしたらいい？」

それをきっかけに話はフレッチャーから離れ、どうすればカーツィの晴れの日を完璧《かんぺき》なものにできるかという、目の前の課題に集中した。カーツィはタミーに、髪を片側にまとめ、カールさせて肩に垂らしてほしいと言った。フェミニンでセクシーな髪型だ。私にフレッチャーはまた好意を持ってくれるだろうか、抱きしめたいと思ってくれるだろうか、とタミーは考えずにはいられなかった。

　ブライズメイドの衣装はギリシア風のサテンシフォンのドレスだった。身ごろにひだ飾りがついていて、プリンセスラインのスカートはスカイブルーから紺色まで、微妙にブルーの色合いが変化している。背中は大胆にウエストまで開いていて、背骨のカーブを強調するセクシーなデザインだ。

　フレッチャーが今日わざわざやってくるのは、多少なりとも私に関係があるのだろうか。

　私がブライズメイドであることは当然予想しているはずだわ。

　私が受けたのと同じくらい強烈な印象を、彼も私に抱いたのだろうか。

　落ち着かない気持ちで過ごす時間は、とてつもなく長く思えた。一行は美容院からネイルサロンに移動し、マニキュアとペディキュアをつけてもらってからベルビューヒルのカーツィの両親の家で遅い昼食をとった。

　夕方近くにメークアップアーチストが来て化粧をしてくれた。タミーは完璧に仕上がった自分の顔を眺め、ブレッチャーは今度もまた普段と違う私と対面するんだわ、と考えた。彼はありのままの私にも魅力を感じてくれるだろうか――見かけだけに惹かれていることはないと思うが、彼が本当にそう思ってくれているかどうかはわからない。

　とうとう式場に車が到着した。カーツィが選んだのはシドニー湾の南にある国立公園だった。日が沈みかけ、美しいアーチを描く橋やオペラハウス、長く伸びる湾が金色の夕日を受けるのを借景に式を挙げることになっている。公園の中にある古い館《やかた》が披露宴会場にあてられていた。

　ベルビューヒルからの道すがら、タミーは期待と緊張で言葉が出ないまま、過ぎていく景色を見ていた。ボークルーズ・ヨットクラブ、フィッシャーマンズ・ワーフ、キャンプ・コーブ・ビーチ、ヌーディストビーチで有名なレディ・ベイ。一つ過ぎるたびにフレッチャー・スタントンとの距離が近づく。

煉瓦《れんが》造りの二階建て建物の前の車寄せに車が入っていくと、タミーの鼓動が激しくなった。テラスには椅子がセットされ、すでに招待客が集まり始めている。人が多いので簡単にはフレッチャーを見つけられない。みんなが車を降り始めたので、タミーも従わないわけにはいかなかった。ギリシア様式の花嫁衣装姿が美しいカーツィの、ブライズメイドとしての役割が始まった。

テラスに続く石段の上でハープ奏者が金色のハープを演奏し、早くもロマンチックな雰囲気を盛り上げている。五人のブライズメイドはハープ奏者の横に並び、テラスへ下りる準備を整えた。

タミーの後ろにいたセリーヌが身を寄せてきて、つぶやいた。「フレッチャーがいるわ。まだ信じられないけど。ほら、いちばん後ろの列でアンドリューの横に立っている。あなたを見てるわ」

反射的にセリーヌが言った方向に目を向けたタミーは、喜びの稲妻に打たれたように動けなくなった。遠いので彼の表情はわからないが、反応をうかがうように私を見つめているのは確かだ。頭の中で、彼に言いたいイエスという言葉がぐるぐるとまわっている。にっこり笑いかければよかったとあとから思ったが、それを思いつく前にセリーヌに背中をつつかれた。

「さあ、歩いて！」

前を見るとハンナはすでに三段目の石段を下りていて、ルーシーは一段目に足をかけている。二歩ずつ間隔を空けて歩くという打ち合わせだから、すぐに歩きださなければ。石の階段は長年踏みしめられてすり減っているから、足元にも気を配らねばならない。フレッチャーのことは後まわしだ。

行列はさらに一段低いテラスの噴水をまわり、右側にしつらえられた祭壇に向かった。そこでは花婿とその付添人の一団が司祭の横で待ち受けていた。タミーは気持ちが弾んで思わず踊りだしそうになり、ゆっくり歩くのが難しかったが、笑みを浮かべるのは簡単だった。というより、ほほえまずにいるほうが難しかった。

招待客が新郎新婦を囲んで祝福しているとき、フレッチャーが近づいてきた。そのときもタミーはほほえんでいた。彼がまっすぐに自分に向かってくるのを見るとどぎまぎし、胸が躍った。

「タマリン……」

ドラムの音色のようなよく響く低い声が、彼の喉から放たれる。黒い瞳に、タミーは魂を焼き尽くされるような気持ちになった。熱いものが体を走り抜け、思わずブーケを固く握りしめる。フレッチャーがどう思っているか、何を求めているのかを知るためには、しっかりしなければ。

「こんにちは。結婚をいいと思っていないはずのあなたが、ここで何をしているの？」

「カーツィがマックスの弟と結婚したのも何かの運命だと思ってね。式に出ることにしたんだ」フレッチャーは偶然を強調し、その機会を自分が利用したことには触れなかった。「君に会えるだけでも来る価値はあるだろ」

「お世辞を言ってくれて、どうもありがとう」軽く受け流したが、自分に会うだけのために彼が来たとは思えなかった。もしかしたら、式のあと、マックス・ハザウェイと仕事でもするのかもしれない。

「本当だよ」低いセクシーな声だった。「君の美しさは、見るたびに稲妻みたいに僕を打ちのめす」

その言葉はタミーを、落ち着かない、不安な気持ちにさせた。美しさに、男性をつなぎとめるだけの力がないことは母の人生が証明している。フレッチャーと会うのはこれで二度目。しかも彼は結婚式のために作り上げられた私しか見ていない。私の外見に関心を示しているとしたら、彼の気持ちが続くとは思えない。

「打ちのめされるのはほんのいっときのことでしょう」タミーは皮肉をこめて言った。「あなたはすぐに立ち直って、何もなかったみたいにまた歩いていく」

「いや、思い出と傷は残る」

「傷？」自分がそれほどの影響を彼に与えたはずはない、と思いながらタミーは眉を寄せてみせた。

「戦いの傷跡さ」フレッチャーは顔をしかめた。「前回は結局、君に振られた。僕の負けだった」

タミーは疑わしげに彼を見た。彼が来たのは傷つけられた自尊心を満足させるためだったの？「で、今日は勝つつもり？」

「勝ち目はあるかな？」

「さあ。私をどれくらい怒らせるかによるかも」

「前回で懲りたからね」わざとらしい厳粛な口ぶりだった。「君の友だちの結婚についてはもういっさいコメントしないよ」

「あら、いいことなら言ってもいいのよ」彼が態度を改めるのを期待して、タミーは言った。

「いや、今回は君のことしか話題にしないよ」タミーの目を見つめながら彼は言った。「タマリン、君には決まった相手がいるのか？」

タミーはとっさに同じ質問を彼に返した。「いいえ。あなたは？」

フレッチャーはそれまでの緊張した表情を一転させ、満足げにほほえんだ。「僕は一人で来た。今夜は君と一緒にいる喜びを味わいたいと思ってね」

今夜、私と一緒にいる喜び……。

彼は私の外見だけに惹かれているのではなかった。そう思うとタミーの胸は熱くなったが、思いきって彼をからかった。「前回傷を負わせられた私にまたそんなことを言うなんて。フレッチャー、あなたはきっとマゾヒストね」

彼はそれを聞くと顔を輝かせて笑った。「君と舌戦を交わしていると元気が出るよ」

「それならいつでもやり合ってあげるわ」

「ブライズメイドとして君の務めが終わったら、すぐにも君のそばに来るよ」

「そんなに私の舌が気に入ったの？」

挑戦するような言葉に彼の瞳が輝いた。「ああ。癖になる」フレッチャーの思わせぶりな視線がタミーの口元に注がれた。

彼が今夜キスしたいと思っているのは明らかだ。そしてそれは、タミーが望んでいることでもあった。期待に体が熱くなり、胸は早鐘を打って、胃のあたりがぎゅっと締めつけられた。あらゆる神経が鋭敏になって、タミーは何も言えなくなった。

緊張した雰囲気を破るようにジェニファーの声が響いた。「タミー、写真よ」

「行かなくちゃ」喉から絞りだすようにして出た声はかすれていた。口が乾き、タミーは唾《つば》をのんだ。

フレッチャーが視線をはずす。「僕はここで君を見ているよ」何かを約束するような、ゆっくりとした官能的な口調だった。

「後ろの景色も見ていて。シドニーハーバーが世界のどこよりも美しい場所だと改めてわかるわ」

彼にホームシックになってもらいたい。そして私に恋い焦がれてほしい。今夜これからどうなるにしても、今夜のことが彼の心に深く刻まれ、私だけを求めてくれるようになれば……。彼の生涯ただ一人の女性になりたい――そう思いながら、彼女は友人たちのもとへ急いだ。

4

　写真撮影が終わるとすぐに、フレッチャーは再びタミーに照準を定めて近づいてきた。ウエイターを伴って現れ、彼女にシャンパンとカナッペを勧める。「静かな場所を探して、二人でゆっくり、景色でも眺めないか？」そう提案されたとき、彼の目を見つめていたタミーは、わき上がる喜びで胸が熱くなるのを抑えられなかった。

　タミーがペアを組んだ新郎の付添人は、ガールフレンドを同伴しているので付き合う必要はないし、ブライズメイドの仕事もしばらくの間はない。タミーはためらうことなく誘いを受けた。フレッチャーと二人になり、彼への自分の気持ちを確かめてみたかった。「ええ、連れていって」

　彼はタミーのウエストに手をまわし、人の波をかき分けるように歩きだした。力強い腕に守られている気がして、とても気持ちよかった。二人の間には特別な空気が流れ、見えないカプセルがあるような気がする。そして、その透明なカプセルの内部には異性として互いを意識する緊張感が張りつめていた。

　フレッチャーは石段を一段下りたテラスにタミーを導いた。ベンチに座ると港が一望できる。彼は腕をベンチの背にまわし、半分タミーの方を向いて隣に座ると、港ではなくタミーを見つめた。

　私が彼に夢中なのがわかってしまわないといいけれど、と思いながら、タミーはできるだけ自然に話をしようと努めた。「あなたはいろいろな国に行ったんでしょう。ここよりきれいなところがあるかしら？」自分の生活から遠くかけ離れているに違いない彼の生活を知りたかった。

「いや。でも場所が違えば違う美しさがあるものだ。比べるのは難しい。僕は街よりも手つかずの自然が好きなんだ。アラスカの氷河、ベトナムのハロン湾、ケニヤのセレンゲティ国立公園を走るヌーの大群。君は外国に行ったことは？」

タミーは首を振った。「いいえ。お金もないし」

「看護師は高給取りとは言えないからな」彼が同情するように言う。「助産婦の資格は取れたかい？」

「あと少しで」セリーヌの結婚式での会話を彼が覚えていてくれたことがうれしかった。「覚えていたのね」

「黒髪で紫色の瞳の、辛辣《しんらつ》な言葉を鉄砲玉みたいに投げつけてくる女性を忘れられると思うかい。水夫を誘惑するセイレーンのように魅惑的なのに、すべてを包みこむ母のように温かい心を持つ。そんな女性を忘れられるはずがないだろう」フレッチャーは大げさに目をまわしてみせた。

タミーはうれしさと驚きでしばらく言葉も出なかった。少ししてようやく出た言葉はひどくぶっきらぼうだった。「あんな失礼な態度をとったのに？」

「失礼な態度か」彼は笑った。「僕に親切な女性はいくらでもいる。だから迫られるより無礼なくらいなほうがいい。ところで、君は今でも赤ん坊相手の仕事にやりがいを感じているのかい？」

「ええ。つらいこともあるけれど――」急に胸が詰まり、涙がこぼれそうになった。その悲劇については気持ちの整理をつけたつもりだったが、彼といるせいか思いがけなく心の防壁が崩れた。「今週、赤ちゃんが一人亡くなったの。望まれてやっと生まれた子だったから、ご両親は……」泣くまいとして彼女は首を振った。「見ているのがつらかったわ」

「亡くなったのは君のせいじゃないんだろう？」

気づかってくれるような声に、タミーは胸をつかれた。「ええ、先天的に欠陥があったの。気の毒だけれど、生きられる可能性はなかったわ」

「君はできる限りのことをした。そうだろう？」

「ええ。でもどんなに手を尽くしても、どれほど望んでも、絶対に変えられない状況があるというのはつらいわ」強くまばたきして涙をぬぐうと、タミーは悲しげな微笑を浮かべた。「変ね。なぜこんな話をしてしまったのかしら。つまらないでしょう？」

つまらないはずだわ。気のきいた話でもなければ威勢がいいわけでもなく、セクシーでもない。フレッチャーはうんざりして私に興味を失ったに違いない。その証拠に暗い目をして私を見ている。

しばらくして口を開いた彼の声は妙にこわばっていた。「生と死か。君は毎日それに向き合っているんだね。だが僕は……」彼は顔をしかめた。「君と違って、いつも数を相手に生きている」彼の手が伸びてきて、指先がごく軽くタミーの頬に触れた。

「タマリン、君といると自分が恥ずかしくなるよ」

「気を悪くさせたならごめんなさい。こんな話をするつもりじゃなかったの。あなたはとても立派な仕事をしているわ、フレッチャー。普通の人にはとてもできないような仕事を」

彼の指がタミーの唇をふさいだ。

「謝らなければいけないのは僕のほうだ。赤ん坊相手の仕事なんて、失礼な言い方だった。君の仕事には喜びもあるが、つらいこともたくさんあるんだね。前回会ったときにとてもうれしそうに助産婦になると言っていたから、気づかなかった」

「ほとんどのときは楽しいわ」

「それならよかった」

彼がほほえむと、雨がやんで世界を太陽が照らしたようだった。彼はまだ私に関心を持ってくれている。私のことを気にかけてくれている――彼の関心を一身に受けるのはすばらしい気分だった。

「あなたの仕事の話も聞かせて」彼の住む世界を少

しでも知って、分かち合いたかった。

彼と彼のチームが作り上げたシステムについてアドバイスするだけの退屈な役割だと謙遜《けんそん》していたけれど、私の暮らす世界よりははるかに広く、ハイレベルで政治的なはずだわ。

「時間はかなり自由だ。何をするかも僕の一存で決められる」

それなら私と一緒に過ごす時間も増やせる？　そうだったらどんなにいいだろう、とタミーは思った。

二人はしばらくテラスにとどまり、夕闇《ゆうやみ》が迫るとともに増えていく港の明かりを見つめていたが、やがてほかの客たちとともに館《やかた》に戻った。

披露宴はカクテルパーティ形式で、ウエイターが客の間をまわり、ドリンクと凝ったカナッペを給仕していた。タミーは初めて、食べるという行為がセクシーなものだと知った。教えてくれたのはフレッチャーだ。パフ・ペストリーをかじったり、モルネソースをかけた帆立貝をスプーンで口に運んだりするタミーから、彼は目を離そうとしない。しかもタミーの顎に垂れたソースを指先でぬぐい、思わせぶりにゆっくりとなめた。それはとてもエロチックな仕草で、タミーは自分も彼を味わい、彼のすべてを知り尽くしたいと思わずにはいられなかった。

だが一方で、そんなことを思う自分にショックを受けてもいた。彼は今夜の再会をどう思っているのだろう。今夜だけの関係と思っているのか、それとも新しい関係の始まりだと考えているのか。後者だと信じたい。前回自分から関係を断ってしまったのは間違いだったのだと。タミーは今、彼が差しだしてくれるものがなんであろうと、受け取りたかった。

フレッチャーは妹やマックス・ハザウェイを無視してタミーから離れなかった。そしてタミーの友人は誰も二人の邪魔をしなかった。一度だけマックスがフレッチャーに挨拶《あいさつ》に来たが、彼は好奇心むきだしでタミーを見るとフレッチャーに言った。「なぜあなたが来たがったか、わけがわかりましたよ」

「頼みをきいてくれてありがとう」

「どういたしまして」

マックスはうなずいて黙って去っていった。

私に会いたくて来たのは本当だったんだわ。でも彼はいつまでそう思ってくれるだろう。

「いつ発《た》つの？」タミーは彼と二人で過ごせる時間がどれくらいあるのか知りたかった。

フレッチャーは顔をしかめて答えた。「明日の午後だ。来週はワシントンで用事がある」

じゃあ、今夜しかないのね。

「今回もオーストラリアには滞在しないのね」がっかりしたのを悟られないように気をつけて彼女は言った。

フレッチャーがタミーの目をのぞきこんだ。「君のことを思ったら来ないではいられなかった」

彼の瞳には見間違えようのない燃えるような欲望の光が宿っていた。それを隠す気もないようだ。

「なんのために？」彼の本当の心が知りたかった。

「僕らの間に生まれるかもしれない何かのために」

彼は可能性を言っているだけで、約束をする気はないんだわ。今の状況では当然なのだろうが、一夜だけの女で終わるかもしれないと思うと、タミーはひるまずにはいられなかった。そのリスクを冒すだけの価値があるだろうか。

「そう。だったらダンスの相手をしてもらって精いっぱい楽しまなくちゃ」彼女は挑むような笑顔を作ってみせた。「私についてこられるかしら？」

フレッチャーが瞳をいたずらっぽく輝かせる。

「もちろん。相手に不足はないと約束するよ」

すでにＤＪがポップミュージックをかけ、小さなダンスフロアは人で埋まり始めている。ペアで優雅なステップを披露するスペースはないが、フレッチャーは異性の気を引く思わせぶりなダンスも、ワルツに負けないほど上手にこなした。

体に触れる彼の手も、時折当たる筋肉質の腿も、そしてごくたまに腰が押しつけられたときに感じられる彼の高ぶりの感触も、タミーは好きになった。

とてもセクシーでうっとりした気分。女としての細胞が一つずつ刺激され、原始的な興奮が体を包みこんでいく。本能が、この人こそ待っていた男性、このチャンスを逃してはならない、と告げていた。今夜彼に強い印象を与えられれば、彼は将来、私のもとに帰ってくるのではない？　そんな気がした。

音楽がやみ、スピーチが始まると告げられたので、客たちがメインルームに集まってきた。ウエイターがシャンパンのグラスを運んでくる。フレッチャーはグラスを二つ取ると一つをタミーに手渡した。

二人はスピーチに耳を傾けたが、タミーには何も聞こえなかった。後ろにいるフレッチャーが髪に触れ、背筋に息を吹きかけてくる。彼が耳元でささやいた。「スピーチが終わったら、行かないか？」

「行くってどこに？」触れられた部分が熱く、彼の体温が間近に感じられる。

「ダブル・ベイのホテルにスイートを予約してある。車も外に待たせている」

低くささやかれる言葉に呼応して心臓が高鳴った。ホテル、ベッド。決断を促されているのは確かだ。今になって彼を失いたくはない。

「カーツィに許可をもらわないと」

「ブライズメイドはほかに四人もいるじゃないか」フレッチャーの声にいらだちが感じられた。「最後まで付き合わなくたっていいだろう」

「それでも、黙って帰るわけにはいかないわ」その言い訳は間違っていたが、でもたぶん、フレッチャーと行くのも間違っているのだろう。不安に駆られたタミーは思わず彼に向き直り、正直な気持ちを口にせずにはいられなかった。「あなたとの情事より友情のほうが大事だわ。あなたはこの先いなくなるかもしれないけれど、カーツィとはずっと一緒よ」

フレッチャーは顔を思いきりぶたれたかのように顎に力をこめた。一瞬、その瞳が光った。「情事だとは思ってない。僕は情事が目的で世界を半周してきたわけじゃない。明日になれば僕らのどちらも、その価値を正確に知ることができるはずだ」

「そうね。私もそれに期待している。でもカーツィにお祝いを言う前に帰ったりはできないわ」

それも、今のカーツィが味わっている幸せを決して与えてはくれないであろうあなたについていくためだ。

自分の選択におびえながら、タミーは彼に背を向けた。胸の奥にさまざまな思いが渦巻いている。兄は女に不自由していないし、相手に事欠かない、と言ったセリーヌの言葉が脳裏をよぎった。私もその他大勢の一人なのだろうか。彼の関心を引きつけておくことはできないのだろうか。

行かせまいとするように、フレッチャーがタミーのウエストを両手で抱き寄せた。「わかった。するべきことをしたあとならいいだろう？　長い間待ったんだ。あと一時間くらい喜んで待つさ」

長い間？　この半年、ほかの女性と付き合わなかったと言いたいの？　不安以上に期待が高まった。だとすれば、今夜彼についていくのはそれほど無謀な行動ではないかもしれない。

スピーチに続き、ケーキカットと新郎新婦のワルツが披露され、タミーもパートナーの新郎の付添人とワルツを踊った。ダンスが終わるとパウダールームに向かうカーツィのあとを、彼女は急いで追った。

だがほかのブライズメイドも一緒についてきたので、なかなかカーツィと二人で話すチャンスはできなかった。パウダールームに入ると友人たちはタミーにフレッチャーとはどうなっているのかと質問を浴びせてきた。こんな状況で嘘《うそ》はつけなかった。

「カーツィ、私、パーティを先に抜けてもいい？」タミーは思いきってきいた。

カーツィはいたずらっぽくほほえみ、彼女たちの間で合言葉となっている例のフレーズをつぶやいた。

「行け、行け！」

「そうよ。応援しているわ」ルーシーが口を出す。

「彼が王子様だとあなたが思うなら、相手にも同じように思わせなくっちゃ」とジェニファー。

ハンナはタミーを抱きしめてキスをした。「タムがしたいようにすればいいのよ。がんばって」

何度も兄の性格について警告してきたセリーヌだけが、困惑したように首を振った。「兄はあなたが目当てでこの結婚式に来たんだわ。うまくいくといいけど。兄がひどいことをしたらただじゃおかない。だってあなたは大事な友だちだもの」

「セリーヌ、心配しないで。自分が何をしているかはわかっているつもりよ」タミーは急いでセリーヌに言い、カーツィに抱きついてキスをした。「ポールとの新婚旅行を楽しんできてね。そしてすばらしい結婚生活を送れますように」

「ありがとう、タミー。あなたもがんばってね」カーツィが思いをこめてささやいた。「あなたと同じくらい熱い思いを、彼にも抱かせるのよ」

激励の声を受けてタミーはフレッチャーのもとに戻った。顔が紅潮しているのは、明日はこの国を去る男性に熱い思いを抱いていることを友人たちに知られてしまったからでもあり、思いきって行動する瞬間が近づいているせいで胸が高鳴っているからでもあった。

ミュージカル『ウエストサイド・ストーリー』の一曲《トゥナイト》が耳の奥で響いていた。フレッチャーに近づいていくタミーの目には、ほかの客の姿は誰一人映っていなかった。

今夜はあなたしかいない。

目が合ったとたん、タミーは立ち尽くし、フレッチャーは彼女に向けてまっすぐに歩いてきた。タミーは足に根が生えたように動けず、魅入られたように、圧倒されたように、ただ彼を見ていた。彼は私をここから連れ去り、思いどおりにするんだわ。

体の芯《しん》が震え、足や手から力が抜ける。全身が彼の意志に屈したように思えるけれど、私は自分で決断したのではなかった？

そうよ。これは私の意思だわ。

「花嫁に挨拶してきたかい？」フレッチャーはタミーの手を取り、無言で促すように強く握った。

「ええ。これで帰れるわ」これからの行動が自分の選択だということを確認するように彼女は言う。

フレッチャーはうれしげに瞳を輝かせて、タミーを包みこむような微笑を浮かべた。少なくともタミーにはそう思えた。「なら行こうか」

つないだ手から彼のエネルギーが伝わってくる。

外の冷たい空気に顔が洗われると気持ちが新たになり、タミーは急に激しい喜びを感じた。《トゥナイト》の一節がまた耳元で聞こえる。このまま星と月の下で踊りだし、いっぱいに両手を広げて波止場の明かりを胸に抱えこみたかった。心を解放し、人生のつまらない悩みを忘れてしまいたい。

そんな自分を、もう一人のタミーが笑った。賢くて分別があるはずのタミー・ヘインズは今、理性をかなぐり捨てて、自ら定めた人生のレールから大きくはずれようとしている、と。

「何がおかしいんだい？」フレッチャーがタミーの目をのぞきこんだ。タミーが自分の理解できない状況にあるのが気に入らないらしい。

「自分のことが」彼女は彼に笑いかける。「原始の血が騒ぐの。今にも月に向かって遠吠《とおぼ》えしそうよ」

フレッチャーはほっとしたように笑った。「月の光は人を狂わせるというからね」彼は瞳に危険な光を宿し、狼《おおかみ》を思わせる笑みを浮かべた。「僕もなんとなく原始人になったような気分だ」

狼に襲われそうになっている赤ずきんの姿がタミーの脳裏をよぎる。「まあ、おばあさんの耳はどうしてそんなに大きいの？」からかうようにタミーは言った。「それにその大きな歯！」

「これはね、おまえを食べるためなんだよ」

彼の返事を聞いてタミーはくすくす笑ったが、ホテルに着けば、彼はまさにそうするつもりなのだ。

ふとタミーはあることを思いだした。「フレッチャー、私、何も準備してないわ。ピルも……」

「そのことなら心配いらない。でも君が正直な女性でうれしいよ。だまそうとする女性もいるからね」

タミーはそれを聞いて心配になった。彼は今まで何人の女性と関係を持ったのだろうか。私はその中の一人にすぎないのだろうか。今夜彼と過ごせば、それもわかるだろう。

「どの車？」

「いちばん馬力があるのが僕の車だ」導かれた先には銀色のポルシェがあった。

「いくら急いでもスピード違反はだめよ」

「だったら」車のドアを開けようとしていたフレッチャーが手を止め、タミーを抱きしめてきた。「いっそここで」

彼女の心臓が動きを一瞬止める。「そんなにおなかがすいているの？」

「ぺこぺこだよ」

返事はキスで消されてしまった。飢えているのはタミーも同じだった。激しくキスを返した彼女は、フレッチャーの首に腕をまわし、髪に指を差し入れて彼の顔を引き寄せ、さらに熱いキスを求めた。

息が詰まるほど抱きしめられ、痛いほど胸が彼の胸板に押しつけられる。彼が自分を求める印がはっきりと体に伝わってきた。

「タマリン、今移動しなかったら……」

「ええ」

彼は息を弾ませているタミーを押しこめるように助手席に座らせ、車に乗りこんでエンジンをかけた。闇を切り裂いて月よりはるかに明るいヘッドライトが進路を照らす。その先にベッドがあると思うと、タミーはめまいさえ覚えた。

彼の片手が伸びてきてタミーの手を強く握った。

「これほど強く女性を求めたのは初めてだよ」フレッチャーが笑いかける。

その言葉がタミーを力づけた。

でも今夜が過ぎたらどうなるだろう。

この手はいつまで彼の手の中にあるのだろうか。

私は今夜だけではいや。でも彼は……彼は、どうなのだろう。

5

ダブル・ベイのホテルは、フレッチャーが大金持ちだという事実をいやおうなくタミーに突きつけた。銀色のポルシェもそうだったのだが、運転中は彼ばかり見ていて目に入らなかったのだ。ホテルは明らかに五つ星以上のクラスで、VIPが泊まるための場所だった。タミーも名前だけは耳にしていたが、実際に訪れたことはもちろんない。

圧倒されるようなロビーに案内され、豪華な盛り花のオブジェやソファを見た彼女の脳裏には、お金という言葉が躍った。何もかもが贅沢《ぜいたく》の極致だ。エレベーターのドアさえ、ぴかぴかの真鍮《しんちゅう》製だった。フレッチャーが最上階のボタンを押す。スイートと言っていたが、ペントハウスなのだろうか。

　どこだってかまわない。彼さえいれば。その彼の腕は今、体に固く巻きついている。あと数分で二人きりになるのだ。恐怖と期待が混じり合ってタミーを神経質にさせていた。痛いほど心臓がどきどきする。私は彼の期待を裏切らないだろうか？　そして私の期待は？　裏切られないだろうか？

　だが、いざ部屋に入るとその豪華さに圧倒されてタミーの不安は吹き飛んだ。黒と白で統一された室内には白いカーペットが敷きつめられ、港を望む窓辺には赤と金色のクッションを散らした黒いソファが置かれている。白い岩に立つ黒豹《ひょう》が脚をかたどっているガラスのテーブルには、赤と金の百合《ゆり》の花が飾られ、そのまわりを黒い革張りの椅子が囲んでいた。広いラウンジと寝室を区切っているのは、赤と金の竜が描かれ、真珠貝がはめこまれた、漆塗りの黒枠に縁取られた中国製らしい衝立《ついたて》だった。

「まあ」思わずため息が口をついた。

「気に入ったかい？」フレッチャーが小さく笑いかける。

「言葉が出ないわ」タミーは目を見開いた。

「初めての夜の最初のサプライズだ」彼は笑った。

　そう。いろいろな意味で、これは初めての夜。これほど男性を熱く求めたことはないし、どこに行き着くかわからない関係に踏みこむのも初めてだ。彼はそれを理解しているのだろうか。

　フレッチャーはさらに固くタミーを抱きしめ、バルコニーに通じるドアを開けた。「さあ、今夜、港はすべて僕らのものだ。美しい夜を楽しもう」

　ロマンチックな言葉がタミーを歓喜させた。さっきまで、二人ともはやる気持ちを抑えかねていたから、部屋に入ったとたんに情熱のはけ口を求めて激しく抱かれるかと思っていたのに、彼はセックスのことだけを考えていたわけではないのだ。体以外のものも共有したいと考えていた——それを知って、タミーの心に甘い安心感がわいた。

二人はバルコニーの手すりに並んで寄りかかり、潮の香りを含む夜気を吸いこみながら、シドニーの夜景を眺めた。「君の言ったとおりだ、タマリン。ほかにはない風景だよ。外国に住んでも自分の家だと思える場所はなかった。仕事のために居を構えただけだ。でもいつか今のプロジェクトから手が離れたら、僕はシドニーに戻ってきてここに住みたい」

私と？

その考えが頭の中に大きく広がったが、もちろん口に出せるはずはない。まだ彼のことはほとんど知らないのだ。これまで会った誰よりも心惹《ひ》かれる男性だという以外は。

無言のままのタミーを不審に思ったのか、フレッチャーは彼女の長い髪を指に巻きつけてそっと引っぱった。「何も言ってくれないのかい？」

私らしいことを何か言わなくては、とタミーは自分を励ました。「その日は近そう？」

「いや。まだまだ先だ。だがカーツィがマックスの弟と結婚すると聞いたとき、僕の頭に浮かんだのは……君のことだけだった、タマリン」セイレーンが水夫を誘惑するときのように、彼はタミーの名を甘い響きで口にした。もう我慢できないと言いたげに。

「今宵《こよい》を僕ら二人だけの特別な夜にしたいんだ」

今宵一夜。一夜だけ？

タミーは乱れる鼓動を整えようと大きく息を吸いこんだ。どれほど私に惹かれていても約束を交わすことなく明日はこの国を去る、と彼は警告しているんだわ。暗く冷たい不安が脳裏をよぎり、甘い愛の期待をむしばんでいく。今どれだけ望まれていても、彼は明日になれば世界の反対側に戻っていく。お金に不自由のない彼にとって、世界を駆け巡るのは当たり前のこと。それに彼は単純に望むものを追求しているだけだわ。前回は拒んだ私を今夜こそ自分のものにしようとしているだけ。

　タミーは自分を励ましてフレッチャーに向き直り、首をかしげてさりげなく尋ねた。「じゃあ明日は？　たぶん私のことも今夜ほどは気にならないわね」

　わざと軽い調子で言ったタミーに、彼は笑いかけた。彼女が深刻になっていないのでほっとしたらしい。「さあ、わからないな」彼の瞳がいたずらっぽく光る。「今夜君と過ごしたら、これからは毎晩、君への思いに悶々《もんもん》とするかもしれない」

　そうであることを願いたかった。なぜなら今さら引き返すつもりはなかったから。頭の中でルーシーの言葉が聞こえた。〝いいじゃない、一生の思い出になる最高の喜びが味わえれば〟――そう、少なくともそれだけはフレッチャー・スタントンから与えてもらえるだろう。そしてこれからは友人たちのセックスの話題に、私も堂々と加われるようになる。

「それはお互いさまだわ。明日から、あなただって私のそばにいてくれないんだもの」わき上がる不安を押し隠してタミーはさらりと受け流した。

　フレッチャーは笑ってタミーを抱き寄せ、こめかみに何度もキスをした。「君には驚かされるな。そういうはっきりしたところが好きだよ」

　好き……。

　その言葉でタミーの虚勢はもろくも崩れ去り、ほかのことがいっさい何もわからなくなった。

　彼は片手を上げてタミーの顔にそっと触れ、顎を持ち上げて無理やり視線を合わせた。私の瞳の奥にあるもろさを悟られませんように、とタミーは祈りたい思いだった。そして彼の瞳はといえば、気持ちを探るにはあまりにも深かった。

「ミッドナイトブルーの瞳だ」彼がつぶやいた。「タマリン、自分の殻に引きこもらないで教えてくれ。何を考えているんだい？」

「今は何も言いたくないわ」苦しいの。そしてそれをあなたに知られたくないの。「話をするためにここに来たんじゃないでしょう？」

これ以上ないほどはっきりした言葉が口からこぼれでたが、妙にロマンスを気取るよりも現実的なほうがましだ。センチメンタルになれば余計に気持ちが混乱する。フレッチャーと接するときには常に明晰《めいせき》な頭脳を保ち、不毛な夢や期待を持たないようにしなければ、とタミーは自分に言い聞かせた。

手に入れられるものだけ手に入れて、それ以上は望まない。欲張らないことよ。

それがいちばん安全で、いちばん分別のあるやり方。一生の思い出を彼からもらおう。彼のような人は二度と現れないかもしれないし、彼と過ごす夜がどんなものなのか、どうしても知りたいから。

フレッチャーは顔をしかめた。「そんなふうに言われたら良心の呵責《かしやく》を感じてしまうな」

「あら、いいのよ。誘惑されたなんて思っていないもの」

彼はますます厳しい表情になり、探るように目を細めてじっとタミーを見た。「君は特別な人だよ、タマリン。君という人を僕は大切にしているつもりだ。それはわかってほしい」

「だったらベッドの中で大切にして。特別だと感じさせて」激しくそう言うと、タミーは引きはがすように彼から離れ、部屋の中に戻った。

だがフレッチャーは追ってこなかった。挑戦するような言葉でショックを与えてしまったのだろうか。それとも避妊具をつけているのだろうか。不用意なゲームの結果を一生引きずらないために。

どちらにしても、二人が心にくすぶらせていたものがこれから昇華されるのだ。彼は今さらやめる気などないだろう。ここに来るまでに多くの努力とエネルギーを費やしたのだから。衝立の裏側にまわった彼女は息をのんだ。白いシーツに覆われた大きなベッドに真っ黒なシルクのカバーがかけられている。黒。私の心と同じ色だわ、とタミーは思った。

ソファにあるのと同じ、金と赤のクッションが白い枕《まくら》の上に置かれていた。

赤は私の心が流す血の色。金色は今夜の思い出のすばらしさを象徴する色。

ウエストに手が置かれ、体の向きが変えられた。

「怖《お》じけづいても、もう遅いよ」フレッチャーの目は挑みかけるように熱く燃えていた。

何があっても引かない、という彼の強い意志が伝わってきた。それがタミーの戦意をかきたてた。私だって負けない。無傷では彼を帰さないわ。

重ねられた唇は誘いかけようとすらしていなかった。ただひたすらに略奪的で、破壊的だった。あらゆるものをむさぼり尽くし、完全に支配したい、何一つ逃さない、という強い意志が感じられるキスだ。

タミーは踏みとどまって応戦し、すべてを焼き尽くす情熱で迎え撃った。

ドレスが脱がされ、次に彼のスーツが脱がされた。体相手の姿を見る暇も惜しんで二人は抱き合った。体が重なり合い、手が互いをまさぐり合う。コントロールしきれない欲望を荒々しいキスがさらにあおった。フレッチャーはタミーを抱え上げてベッドに運んだ。タミーの両脚が彼の体に巻きつく。

フレッチャーはシルクのカバーをはねのけてシーツに膝をつき、タミーの頭を枕にのせて腰を抱えた。二人が一つになったとき、彼は喉の奥から声にならない叫びをあげた。

タミーはかすかな痛みを感じたが、それに続いて貫くような激しい喜びの感覚に襲われて、まわした脚に思わず力をこめた。

彼の動きに合わせて、タミーはこれまで想像したこともない混乱と喜びの間をさまよった。いっさいの思考が停止し、嵐《あらし》のように激しい感情だけが果てしもない高みに昇りつめていく。昇っても、昇っても頂上に到達しない。やがて体の芯《しん》に溶けるような甘い感覚がわき、タミーは温かい快楽の海に投げこまれ、そこを漂った。フレッチャーが動くにつれて波が寄せてくる。やがて彼もその海に溺《おぼ》れた。

フレッチャーは荒い息を吐いてタミーに体を預けてきた。彼の鼓動が直接体に伝わってくる。タミーは脚から力を抜き、官能の名残にぐったりと身を委《ゆだ》ねて彼の背に腕をまわし、背中をなでた。彼の髪をなでると、なぜか赤ちゃんをあやしているような穏やかな気持ちになった。だがそんな気持ちになるのはおかしなことだ。いや、この状況のすべてが普通ではない。ただ、フレッチャーが与えてくれたものはこれまでに一度も体験したことがないもので、一生忘れられない思い出になることだけは間違いなかった。

フレッチャーは少しだけ体を起こしてタミーの額にキスをした。それから仰向けになって彼女を引き寄せると、その頭に顎をのせた。タミーは温かい彼の体の感触にうっとりしながら、されるがままにじっとしていた。フレッチャーが彼女の背筋をこぶしでなぞり、長い髪を指ですく。

たった今二人で分かち合ったものを彼はどう考えているのだろう。ほかの人とは違うと思ってくれただろうか。これまでの欲求不満を解消しただけなのだろうか。それとも、特別な夜として彼の記憶に残るのだろうか？

尋ねることはできなかった。そんなことをしたら保証を求めているように思われてしまう。明日になればこの国を出ていく人に、与えられた以上のものをねだるのは自尊心が許さなかった。ただのセックスでいいのよ、と彼女は自分に言い聞かせた。そう思っていれば、別れのつらさが少しは和らぐだろう。

「満足したかい？」

フレッチャーが怒っているようなざらついた声で言った。その声を聞いて、タミーはどう対応していいかわからないほどの混乱に陥った。

「ええ、ありがとう」できるだけ簡潔に答えるのがいちばんだ。

「バージンだということをなぜ黙っていたんだ」うめくように彼が言った。「わかったときにはもう引き返せなかった」

「途中でやめてほしくなかったから」

フレッチャーが急に体を起こしたので、タミーは仰向けにベッドに投げだされた。彼は激しい感情を抑えきれないように、タミーに覆いかぶさった。

「君は二十四だろう。バージンだなんて思わなかった。どういうことなんだ、タマリン？」

「あなたが言ったように……何事にも最初はある、それだけのことよ。気にしないで」

彼は怒った目で探るようにタミーを見た。「痛くなかったか？」

「最初は痛かったけど、そのあとは……すばらしかったわ」

「すばらしかっただって」信じられないと言いたげな荒々しい口調だった。「僕はあんなふうに抱きたくなかった。そもそも君の気持ちを尊重せず、自分本位に抱くつもりなどなかったんだ。君に対しては特に」

イニシアチブを取っていたはずの彼が動揺しているのを見てタミーは満足感を覚え、小さく笑った。

「いいえ、とてもよかったわ」この調子なら彼の明日のプランも乱せるかもしれない。

フレッチャーは今にも噛《か》みつこうとしている動物のように歯をむいた。「君のやり方を通したというわけか。じゃあ、次は僕のやり方に従ってもらおう。そこを動くなよ」彼はタミーの動きを制するように片手を上げた。「バブルバスの用意をしてくる。二人でリラックスしよう」

「わかったわ」

いったん体を重ねたせいか、不思議に羞恥心《しゅうち》は消えていた。こうして無防備に体をさらし、彼が全裸で歩き去るのを見ても平気でいられるなんて。しかもその美しさを愛《め》でている自分がいる。

バスルームから水音がしてすぐに、フレッチャーが戻ってきた。衝立の後ろに姿を消した彼は、今度は銀のトレーを手に戻ってきた。そこには銀のアイスバケットに入ったシャンパンのボトルがのっている。グラスが二つ、さらにいちごと高級そうなチョコレートも盛られていた。

「カーツィに君が挨拶《あいさつ》している間にホテルに頼んでおいたんだ」自分のプランをあくまで遂行しようと、決然たる目をして彼が言った。「さあ、ゆっくりしよう」

「まあ、ロマンチックね」自分が彼のシナリオを狂わせ、思いどおりにすべてを運びたがる自信家の鼻をへし折ったことがうれしくて、タミーは皮肉たっぷりに言った。「一夜だけの相手に、いつもこんな演出をするの？」

フレッチャーは足を止めて黒い瞳でタミーをにらみつけた。「まさか。僕はね、なんとしても君を喜ばせたいというばかげた衝動に突き動かされたのさ、タマリン・ヘインズ」

タミーは肘をついて半身を起こし、頭を傾けた。

「私、あなたの夢を壊してしまったかしら？　それでいらだっているの？」

彼は歯の間から鋭く息を吐き、緊張させていた表情を緩めて皮肉めいた微笑を浮かべた。「ああ。現実が僕の想像をはるかに超えていたせいで粉々に打ち砕かれた気分だよ。自分を取り戻すには時間がいる。だから、それに付き合ってくれ」

「命令されるよりも頼まれるほうが好きよ」少しは私の希望を考慮してもらってもいいと思うけど。

「そうか」笑顔が初めて本物になった。「では、バブルバスに一緒に入っていただけますか？」

「内も外も泡だらけなのはいい気分かも」誘いかけるように言ってシャンパンを見ると、タミーはベッドから下りた。彼の尊大な自信をぐらつかせれば、それだけ私の価値を認めてくれるかもしれない。

彼女は長い髪を首筋でまとめ上げ、思わせぶりに体をくねらせて先にバスルームに向かった。ヒップにほんの少しあるセルライトに彼が気づきませんようにと、と気にしながら。

胸や脚、細いウエストには多少の自信はあったが、ヒップには自信がない。早く泡立ったバスタブに身を沈めてそこを隠したかった。

「君はまるで、妖《あや》しい魔女みたいだ」後ろから彼の声が聞こえる。

「それが私よ。いやならほうっておいて」

「ほうっておけるものか」その声には期待がこめられていた。

よかった。ヒップを見ても私を嫌いになってはいないみたい。タミーはバスルームに入ると、髪を上げるピンがないか、引き出しを探った。濡《ぬ》れて、ねずみのしっぽのようになった髪を彼に見せたくない。ルーシーが言ったとおり、頭脳に訴えるよりまずは体の下半分に訴えて、彼を虜《とりこ》にしよう。

バスルームは黒い大理石で、水栓は金。ふわふわの白いタオルが備えられ、日本風に生けられた赤い百合が飾られている。もちろん、ピンを含めてあらゆるアメニティが備えられていた。タミーはそれを使って髪を頭の頂上で緩くまとめた。

黒い髪……。彼が言ったみたいに私が魔女だったら、彼を一生虜にできるのに。今夜魔法をかけて、彼が毎夜私を訪れずにはいられないようにできればいいのに。そして最後には私を本気で愛するように仕向けられればいいのに。どうしても私と暮らしたくなり、シドニーに帰ってきたくなって……。一瞬タミーの脳裏に自分の花嫁姿が浮かんだ。

そんなの、空想にすぎないわ。

タミーは苦笑した。彼がそんなことを考えるはずがない。でも今夜、彼の望むとおりにしてあげれば、私が夢想していることへの出発点になるかもしれない。

シャンパンの栓が抜かれた。

バスタブは一面泡に覆われている。フレッチャーがジャグジーのスイッチを入れた。「さあ」

タミーは足を入れ、バスタブに体を預けて彼に笑いかけた。「バブルバスって、すごく退廃的ね」

「それだけじゃない」フレッチャーがグラスにいちごを落とし、シャンパンを注《つ》いで手渡した。「退廃的な飲み物もどうぞ」

タミーは笑ってそれを飲み、バスタブに身を沈めた彼をいたずらっぽく見やった。思わせぶりに空中に足を突きだす。すると彼が手でつかんで、そこにシャンパンをかけ、足の指を口に含んだ。動揺したタミーが思わず足を動かすと、彼は瞳を輝かせた。

「今夜は君のあらゆるところを味わいたいんだ」

「私だってそうよ」どぎまぎしているのを悟られないように、タミーはあわてて言った。

彼は笑って首を振った。「僕のために静かに横たわってくれる気はないようだね」

タミーは眉を寄せる。「さっきしたじゃない」

「いや、気持ちの上では、君にそんな気はないね」

「どうしてそうしないといけないの？　あなたは明日になったらいなくなってしまうのに」

「でも今の僕には、君がすべてだよ」

「私もあなたのことで頭がいっぱいよ……今はね」

フレッチャーはじっとタミーを見つめた。まるで彼女が心にまとった鎧《よろい》の隙間《すきま》を探しているかのように。タミーはその目を正面から見返した。それは暗黙のうちに、彼が心を開かない限り、自分の心を捧《ささ》げるつもりはないという彼女の決意を伝えていた。

「わかったよ」フレッチャーはやがてそう言ってチョコレートに手を伸ばし、セロハン紙をむいてタミーの口に入れた。「二人で今を最大限に楽しもう」

タミーはうなずいてストロベリークリーム入りのチョコレートを噛んだ。二人にあるのは今夜だけ。彼がそれ以上のことを考えているはずはない。ひそかな期待は自分の胸だけに秘めておかなければ。プライドにかけて、彼が明日去っていく事実に、二度と戻らないかもしれない事実に、傷ついている心を見せるわけにはいかない。

せめて今を精いっぱい楽しもう。私には今夜しかないかもしれないのだから。

そうよ、楽しむわ。一分一秒まで。

6

別れの時は近づいていた。フレッチャーはタミーのためにタクシーを呼び、空港へ行く自分のためにはポルシェをホテルの正面にまわすように、フロントに依頼した。彼は荷造りをすませ、アメリカへの空の旅に備えてジーンズにスウェットという気軽な格好をしている。ラフな服装でかえって男らしさが強調されている気がするが、そう思うのはタミーの脳裏に昨夜の記憶がまだ鮮明に残っているからかもしれない。実際、彼を見るたびに昨夜のことを思わずにはいられなかった。

彼はすばらしかった。あんなにも喜びに満ちた、すてきで、意外なことの連続だとは想像もしていなかった。だが、彼は次のデートについて触れないし、タミーにも尋ねる勇気はなかった。

着替えがないので、しかたなく昨夜着てきたブライズメイドの衣装にまた袖《そで》を通しながら、タミーは緊張と苦痛に耐えていた。昼間にはふさわしくない格好だが、見るのはどうせタクシーの運転手とホテルの従業員だけだから、と自分を慰める。それより最後まで笑顔でフレッチャーに別れを告げられるかどうかが気にかかった。別れがつらいと思っているのを、絶対に悟られたくない。プライドにかけて、何も気にしていないような平然とした態度を装わなくては。

ハイヒールのサンダルを履くと涙がこぼれそうになった。泣き顔を見られたくなかったので、急いでバスルームに行き、正気が戻るよう、痛いほど力をこめて髪にブラシをかけた。感情的になったらフレッチャーの心の負担になる。私とこういう仲になったことを後悔したら、彼は二度と誘ってくれないだろう。そんなのは耐えられない。このままで終わってしまったら、私の心は死んでしまう。

フレッチャーがバスルームに入ってきて、鏡の中の彼女に笑いかけた。「僕にやらせてくれ」ブラシを取り上げてそう言うと、彼は愛撫《あいぶ》するように優しく髪にブラシをかけ始めた。

タミーは胸にわだかまる苦しさを吐きだすように大きく息をついてほほえみ返した。「いい気持ち」

彼の目が鏡の中でタミーの目をとらえ、怖くなるほどじっと見つめた。「タマリン、君にとって、ゆうべのことはどれくらいの価値があったんだ？」

混乱のあまり、それまでタミーが心に築いていた防壁が一気に決壊した。そう、昨日私は〝あなたとの情事より友情のほうが大事だ〟と言った。そして彼は、〝明日になれば僕らのどちらも、その価値を正確に知ることができるはずだ〟と言った。

だが彼がどう思っているかわからないのに正直な気持ちを言うことはできなかった。「あなたにとってはどうだったの？」挑むようにきき返し、彼の目を見つめる。

フレッチャーは面白がっているように小さく口元をゆがめた。「君にはかなわないな。努力に見合った成果は十分あった、とでも言っておくよ」

つまり高級売春婦と同じくらいの価値は認めてもらえたわけね。もっとも売春婦に会うために地球を半周することはないだろうから、その点だけは勝ったのだろう。「あなたがわざわざ来てくれてうれしかったわ」タミーは言葉を選んで言った。「そして一緒に過ごせて、とても楽しかった」

「また僕とデートしてもいいと思うくらいに？」

喜びがタミーの心にふつふつとわき上がった。「ええ」有頂天で答えたものの、すぐに理性を取り戻して付け加えた。「時間が許せば、ね」

付き合いたいと言われているのではないのだから、彼の都合に合わせていつでも出ていく便利な女だと思われたくない。しばらく彼にあとを追わせなくては。そんなことができるかどうかわからないけれど。

「チャンスがあったら連絡したいからメールアドレスを教えてほしい」

先に自分のアドレスを教えようとしないのは、私に追いかけられるのを警戒しているからだわ。とりあえず距離を置くという私の考えは間違っていなかった。「あなたに誘われたらほかの予定を全部キャンセルして会いに行くとは思わないで。病院勤務はシフト制だから交替を交渉する必要もあるし、別の予定が入っている可能性だって……」

最後の言葉はフレッチャーの気に入らなかったようだ。不満と怒りで口元はきつく結ばれ、詮索《せんさく》するようにその目が細められた。私の真意を推し量っているのだろうか。

タミーは彼の視線を受けとめた。胃が締めつけられるように痛い。昨夜二人で共有したものをあまりにも軽んじる言い方だっただろうかと悔やんだが、タミーにも彼女なりの自尊心があった。好きなときに自由にできる手軽な女だとは思われたくない。彼は将来を約束せず、欲望を満たすために気が向いたときに会いたいと言っているだけなのだから。

「できるだけ早く会う機会を作るよ」彼はきっぱりと言った。「それに余裕を持って知らせる」

とりあえずは将来をかけた大事なラウンドに勝った。タミーは笑顔を見せた。「うれしいわ」

フレッチャーの目に苦々しい表情がよぎった。自由に操れる女ではないと彼にもわかったのだろう。タミー・ヘインズは他人の言いなりにはならない。彼が外国にいる間も、私は私。独立した一人の女。

「ところで、ピルをのむことを考えてくれないか。用心するに越したことはないから」

「そうね。そうするわ」

フレッチャーはこれでタミーとの関係が確かなものになったと言いたげににやりとし、「なるべく早くまた会えるようにするよ」と約束した。

だがタミーにとって、待つ時間は長かった。

何週間たっても彼からの連絡はなく、自分は無駄にピルをのんでいるのではないかという気持ちになった。どうせまたがっかりするだけだと思うと、コンピュータのメールボックスをのぞくのもいやになり、また彼と会うつもりだと友人たちに告げたことも後悔し始めていた。

カーツィが新婚旅行から帰ってきたので、友人たちは彼女を囲んで月に一度の定例昼食会をすることになっていた。その席で彼からまだ連絡さえないことを告白したくない。傷ついていることをみんなから隠すのも、同情されたり応援されたりするのも、気が進まなかった。私は本当にばかだったわ。彼との将来に少しでも希望を抱いたなんて。

　昼食会の前日、タミーはだめだろうと思いながらも、再度メールボックスをのぞいてみた。すると、信じられないことに、そこに彼のメールがあった。自分の目が信じられなくて、彼女はしばらくぼんやりとメッセージを見ていたが、錯覚ではなかった。読み返すうちに、さまざまな矛盾した思いが心の中で葛藤《かっとう》を繰り広げ、引き裂かれるような胸の痛みに襲われる。

〈ロードハウ島で五日間の休暇というのはどうだろう？　十一月二十五日から三十日。もし時間が取れるようなら予約は僕がすべてするよ〉

　二人だけで過ごす五日間。二週間先。仕事のスケジュールを調整する時間は十分ある。助産婦の試験は終わったばかりだし、少しくらいなら休める。だが行ってもいいものだろうか。

　彼にとっては休養と遊びのための休暇にすぎないのに、行けば私はますます彼にのめりこむことになるだろう。でもあれほどの喜びを味わわせてくれた人の誘いを断ることなんてできない。

　与えられるものは受け取るべきだわ。

　いけない？

　これまで愛とは無縁の生活を送ってきたんだもの。彼のくれるものがセックスだけでもいいじゃないの。私は一緒に行きたい。

　そう思ったら指が動いていた。〈いいわ。予約して。いつどこで会えばいいかも連絡して〉

　彼を求める絶望的な思いが文章ににじんでいないことに満足して、タミーは送信した。一生ではなくても、少なくとも五日は一緒にいられるのだ。

　昼食会が行われたのはダーリング・ハーバーの野外レストランだった。カーツィは幸せそうにハネムーンのことを語り、ジェニファーは最近会った男性こそ生涯の相手かもしれないとうれしそうだ。メインコースが終わったとき、セリーヌが意を決したように夕ミーに尋ねた。

「ところで、兄から連絡はあった？」

「ええ。ロードハウ島に旅行に行くことにしたの」結果がどうなるかまだわからないので、できるだけさりげなく言った。

ほかの友人たちは彼が連絡してきたことを喜んでくれたが、セリーヌだけは心配をぬぐいきれないようだ。「タミー、お願いだからあまり夢中にならないでね。お金には不自由しないから、きっと楽しい休暇を過ごさせてくれると思うけど、兄は自分勝手だから……」彼女は首を振った。「結婚相手にふさわしいとは思えないわ」

「自分のお兄さんじゃないの」ルーシーがあきれたように言う。「水を差すようなことを言わないで、セリーヌ。それにタムならうまくやるわ。心配しなくても大丈夫。ロードハウ島で二人だけで過ごしたら、結果もそれなりに早く出ると思うわ。吉と出るのか凶と出るのかはわからないけど」

「そのとおりよ」ハンナが賛成する。「タムは目いっぱい休暇を楽しめばいいの。助産婦になるために脇目《わきめ》もふらずにがんばってきたんだもの」

「そうよ、自分のことで頭がいっぱいで忘れていたわ。タム、試験はどうなったの？」カーツィが割りこんだ。

「合格したわ」

「おめでとう！　お祝いにデザートと一緒にシャンパンを頼みましょうよ」

「いいわね」とジェニファーが言う。「今年はいい年だわ。結婚式が二組。助産婦の誕生」彼女はセリーヌとカーツィを見やる。「で、赤ちゃんは？」

「まだよ」二人が声をそろえた。

全員がどっと笑い、場が和んだ。タミーはルーシーの言葉に元気づけられていた。確かに二人だけの五日間は長い。二人きりでその時間を過ごしたら、恋は色あせるだろうか、それとも深まるだろうか。それを知るには実際に試すしかない。

　家に帰ったタミーはネットでロードハウ島を検索した。彼がなぜそこにしたのか、どんな服を持っていけばいいか、知りたかったからだ。そこはニューサウスウェールズの北の海上にあり、毎年開催されるシドニーまでのヨットレースで有名な島らしい。

　加えて自然の美しさと多様な生態系を誇るその島は、環境が保全されたパラダイスで、世界遺産にも登録されていた。島の三分の二は保護区域で、周囲の海はマリーンパーク。地球上もっともクリーンな場所として知られている。オーストラリア本島の六百キロ東にあり、携帯の電波も届かない。

　ホテルもなく、店とレストランが数軒あるだけ。観光客の数は年間四百人に制限され、十七軒しかない宿舎はほとんどが個人経営だ。ハイキングや、サイクリング、水泳、サーフィン、スキューバダイビング、バードウォッチング、釣り、ピクニック、ゴルフ、テニスなどが楽しめるという。

　お金持ち相手のリゾートではなく、普通の人たちが自然に囲まれてゆっくりとリラックスできる場所らしい。フレッチャーは手つかずの自然が好きだと言っていた。原始の自然そのままとは言えないが、ロードハウ島は現代文明に侵されてはいないようだ。

　自分の趣味を私と共有できるかどうか知りたいのだろうか。それしだいで私との付き合いを続けるかどうか決めるつもりだろうか。セリーヌが言ったように群がる女性にうんざりしているのなら、これは一種のテストかもしれない――私が彼自身に惹《ひ》かれているのか、お金に惹かれているのかを試すための。

今度の宿泊先は豪華なペントハウスではないのだ。

　タミーの胸に新たな希望がわいてきた。

　二週間はあっという間に過ぎた。フレッチャーから指定された島へのフライトは二十六日の午前九時。彼はロスから来るので、空港で待ち合わせた。マスコット空港の国内線搭乗口で搭乗券を受け取り、出発ロビーに行けば彼が待っているはずだ。

タミーはセクシーな下着と、組み合わせがきくカジュアルウェアを買いこんで出発に備えた。荷物は十四キロしか許されないから慎重に考えなければならない。重いウォーキングシューズとジーンズは身につけていくことにし、オレンジ色のトップと青、クリーム色、オレンジ、真紅の花柄のデニムの上着を合わせる。おしゃれをするのは自信をつけるためでもあった。久しぶりに会うフレッチャーに美しいと思ってもらいたかった。

彼に会ったのは二度だけ。それも結婚式のときだ。それからその翌朝と。

精いっぱい着飾った姿と何もまとわない姿は見せたが、普段着姿は一度も見せたことがない。

空港に行く電車に乗るために自宅を出たタミーは興奮していたが、それ以上にフレッチャーの期待にそえるかどうかが不安だった。彼が自分の期待どおりの人物かどうかも心配だった。前とはまったく違った状況で二人きりで過ごすことを思うと不安がつのり、念を入れてあらゆることをチェックせずにはいられなかった。

空港には無事に着いた。搭乗券を受け取ってチェックインし、指示どおりゲート二十四に向かう。十六、十七、とゲートを数えながら店やフードホールを抜けてターミナルを歩いていくうちに脚が震え、胸がとどろき始めた。

ゲート二十四。

椅子に座って新聞を読んでいるフレッチャーを見つけて、タミーは思わず立ちどまった。少し疲れたような、真剣な表情を浮かべたハンサムな顔――この何年間、彼はどれほどの空港ターミナルを利用してきただろうか、とタミーは考えた。そんな彼がシドニーに腰を落ち着けることなどあるだろうか。

目を上げたフレッチャーと視線が合うと、彼の疲れた表情がまたたく間に消え、瞳が輝いた。晴れやかな笑顔を見せて立ち上がり、新聞を椅子に置いて近づいてくる。彼の背の高さとエネルギーが改めて感じられる。黒いジーンズと黒白のシャツ、黒のリーボックという、どうということのない服装がかえって力強さを強調し、その存在を際立たせていた。

彼の姿と、彼が発するエネルギーをむさぼるのに夢中で、タミーは前に進むことを忘れた。鼓動が速くなり、下腹部に重い衝撃が走る。

「挨拶《あいさつ》の言葉もかけてもらえないのかい？」黙っているタミーに挑むように彼が言った。

「あなたがどんな人だったか自分の記憶を確かめていたの。あれからずいぶん時間がたったし、今度の旅行の誘いを承諾したのは大きな間違いだったんじゃないかと思って」

彼の瞳がいたずらっぽく輝く。「あえてリスクを冒してくれて感謝してるよ」

「こちらこそ。私を覚えていてくれてありがとう」

「それどころか君のことが頭を離れなくて、どうにかしないと困るくらいの状況だった。悶々《もんもん》と君を思っているよりも一緒にいるほうがずっといい」

「それなら……」タミーは誘うようにまつげを震わせて彼の口元に視線を向けた。「挨拶よりもキスのほうがあなたの好みに合うかしら？」

フレッチャーが満面の笑みを浮かべる。「好みに合うかどうか、試してみよう」

自分よりはるかに背の高い彼の前に進みでると、タミーは手を伸ばしてその首に巻きつけ、爪先立った。彼はタミーを両腕に抱きかかえ、地面から持ち上げるようにキスをしてくる。

君は僕のものだと主張するような激しいキスだっ

た。タミーがそれに応《こた》えると、情熱が二人を包みこみ、時間も場所も忘れて相手に溺《おぼ》れたいという熱い思いが炎のように燃え上がった。

「どこかに、忍びこめるクローゼットでもないかな？」やっと唇を離した彼が言う。

タミーは思わず笑い、顔を上向けてからかうようにフレッチャーを見た。「ないと思うわ。それにこれはただの挨拶代わりよ。私たちにはこれから五日間もあるんだもの」

「稲妻のような衝撃だったから、今のが挨拶だということを忘れていたよ」

「好みに合うかどうか試したんじゃなかったの？」

「待った甲斐《かい》は十分あった、と言っておくよ」

タミーはまた笑った。喜びが体を駆け抜けた。彼と再び一緒にいる。そしてこれからの五日間をともに過ごすのだ。それはとても正しいことに思えた。そうよ、きっといい結果が出るわ。

7

ロードハウ島へのフライトは二時間足らずだった。フレッチャーは別れてからのタミーの生活を事細かに知りたがり、彼女には質問する隙《すき》を与えなかった。タミーは助産婦の試験に合格したこと、最近セリーヌたちとお昼を食べたことなどを話した。

「タマリン、君は一度も家族の話をしないね」彼は不思議そうにタミーを見た。

タミーはかすかに顔をしかめた。できれば避けたい話題だった。「私は一人っ子だから、友だちが姉妹代わりなの」

「それはわかるが、ご両親とは仲が悪いのかい？」

「別に。そばにいないから、なんとも言いようがないわ」

今度は彼が顔をしかめる番だった。「どういう意味だい？」

彼があくまでその話題にこだわるので、タミーもあきらめて正直に話した。「子どものころに両親は離婚したの。私はどちらにとっても厄介者で、結局次々に替わる乳母が親代わりだった。十八になると車とシドニー北部のアパートメントを与えられて、家を出て自活させられたわ。これでいい？」

「寂しかっただろうね」

「でも代わりに友だちがいてくれたわ」

「僕の母と妹は仲がいいから、母親と娘というのはそういうものかと思っていたんだ。お母さんとの間は何が問題だったんだい？」

タミーは首を振った。フレッチャーが大金持ちだと知ったら、母は二十歳以上年下でも彼の気を引いてお金を引きだそうとするに違いない。そんな母の話をすればその血を引く娘だから同類かもしれないと妙な疑惑を抱かれかねない。タミーはそんなふうに思われるのだけは避けたかった。

「それより、もっと楽しい話をしましょうよ。ジェニファーが理想の男性と出会ったらしいの。近々また結婚式があるかもしれないわ」

フレッチャーが皮肉っぽく唇をゆがめた。「その幸運な男は誰だい？」

シニカルな言い方に、タミーはセリーヌの結婚式での会話を思いだした。彼は結婚に夢をかける友人たちを軽蔑《けいべつ》するような言葉をもらしていた。そのときも今も、タミーはそんな彼の考え方を好きにはなれなかった。この人こそ、と思える相手に巡り合うのは、誰にとっても幸せなことのはずだ。

「作家なのよ」親友の幸せを喜ぶこの気持ちを彼になど邪魔させないとばかりに、タミーは答えた。

「ジェニファーは出版社の広告担当なの。アダム・

ピヤースというその作家の宣伝のために一緒に旅をしたのがきっかけで仲よくなったらしいわ」

「アダム・ピヤースか。そういえば今日の朝刊に記事が出ていた。最初の本が『ニューヨーク・タイムズ』のベストセラーのリストに載ったとか」

嘲笑《ちょうしょう》するような彼の表情が興味に変わるのを見て、タミーはほっとした。

「そう、その人よ。エロチックなスリラーを書いて評判になったの。この旅行にも持ってきたわ」

フレッチャーはにやりとして瞳に光を宿し、タミーの手を取った。「エロチックな場面なら、本ではなく、僕に任せてくれ」

なでられた手の先から、熱いものが腕を伝って全身に広がった。理性が吹き飛び、最後に彼と過ごした夜の思い出が一気によみがえる。もう一度あんな経験をしたいという思いが押し寄せ、タミーはシートの上で思わず体を縮めた。幸い着陸のアナウンスがあったので、窓の外を見るふりをして気持ちを静めることができた。

死火山の名残であるその島は、三日月の形をしていた。一方の端は岩が突きでた絶壁で、反対の端に雲をいただく二つの山がそびえている。中間に緑の高原が広がり、その両側は浜辺だった。トルコ石を思わせる青い海が見え、ラグーンを囲む岩礁に白い波が砕けている。原始時代を思わせるたたずまいの島は、大海原に美しい姿を横たえていた。

「きれい」

「ああ。文明に汚されていない島だ」フレッチャーは満足げに応じた。

「前にも来たことがあるの？」なぜここを選んだのか知りたくて、タミーは尋ねた。

彼は思いだすように笑みを浮かべた。「二十年くらい前に家族で来た。生涯最高の休暇だった」

「二十年たって変わってしまっていないかしら」

「いや」フレッチャーはきっぱりと言う。「それがロードハウのいいところだ。わが国の大切な財産だ。君にもじきにわかるよ」彼はタミーの手を強く握りしめた。「喜びを君と共有したかったんだ」

　タミーの心はうれしさで舞い上がった。今までは体以外のものを彼と共有したことがなかったからだ。でも、特別の思い入れがあるこの島に連れてきてくれたということは、私が彼にとって特別な存在だということではない？　体のつながりだけではない。そう思うと胸が熱くなった。タミーのそんな思いを乗せ、飛行機は無事に島に着陸した。五日間一緒に過ごせばフレッチャーの人となりもわかるだろう。

　ああ、期待というのはどうしようもなく手に負えないものだ。じっとしていてほしくても勝手に動きだしてしまうのだから。

　二人は飛行機を降り、白い杭《くい》を巡らせた青々とした芝生に向かった。ベンチにフライトを待つ人々が座り、その向こうに空港施設らしい白い家が見える。滑走路の向こうでは牛がのんびり草を食《は》んでいた。のどかな光景にタミーは思わずほほえんだ。生活のすべてがシンプルだった遠い昔に帰ったようだ。

　迎えに来てくれた宿の主人が荷物を受け取り、二人をミニバンに導いた。松と椰子《やし》の間を縫って続く道を走りながら、彼は沿道に点在するボウリングクラブや学校、病院、博物館、貸し自転車屋、シュノーケリングやダイビングが申しこめるボート置き場などを指さし、教えてくれた。車は一台も見えず、人々は徒歩や自転車でのんびりと行き交っている。

　角を曲がると主人が冗談に島のビジネス街と呼んだ区域が見えてきた。公民館、農作物の直売所を兼ねた生協、雑貨屋、美容院、衣料品店、そしてカフェ兼レストラン〈ハンプティ・ディック〉があった。そこでは朝、昼、晩とおいしい食事が食べられるということだった。

タミーはその名を聞いて思わず笑みを浮かべた。男性のシンボルをさす俗語ディックを店の名前にするなんて、ユーモアのセンスもずいぶん情熱的ね。タミーの手を握っていたフレッチャーが手に力をこめて笑いかけてきた。その手の感触はこれから二人が分かち合うものを暗示するようだった。

それ以降は何を説明されてもろくに頭に入らなかったが、どれほど強く彼を求めているかを悟られたくなくて、タミーは聞いているふうを装っていた。

朝食と昼食は博物館のカフェでも食べることができ、夕食を出すレストランのリストは部屋に置かれているという。夜は暗いので、道に迷わないように送迎もレストランがしてくれるし、材料を買って自炊することも可能らしい。

休暇を楽しむ人であふれる観光客向けのリゾートとは明らかに違っていた。宿もそれぞれ椰子や灌木《かんぼく》の陰に隠れるようにひっそりと点在している。フレッチャーが予約したのも、人気の高いネッズ・ビーチにいちばん近く、やはり木々や熱帯植物が茂る庭に囲まれた静かな宿だった。

人目のない平和な場所。マスコミに顔を知られているフレッチャーもここなら誰にも邪魔されることはない。そう考えると、改めて二人だけの五日間の時間の濃密さが想像できる。ここでともに過ごしたら、二人が基本的な部分でどのくらい相性がいいかわかるだろう。車から降りるとき、手を差しのべてくれた彼の射るような視線を感じて、タミーの神経はざわめいた。二人だけになったら、彼はどうするつもりだろう。

コロニアル風の平屋建てのチャーミングな建物は、やはり昔を感じさせる雰囲気を持っていた。先端が丸くなったひさしのついた錫《すず》をふいた屋根、木製の手すりがあるベランダは、島の雰囲気を味わうには絶好の場所だ。二人に与えられたアパートメントは籐《とう》製の家具やハイビスカス模様のファブリックなど、トロピカルなインテリアで飾られているが、その一方で、台所とバスルームにはあらゆる便利な機器が完備されていた。宿の主人は細かい説明をすると、ディナーは母屋のレストランでとることもできると告げた。

礼もそこそこに彼をドアの外に追い出したフレッチャーは、ドアを閉めて外の世界を遮断した。タミーは大きく深呼吸した。いよいよフレッチャーとの新たな時間が始まるのだ。脈が速くなり、心臓の音が耳の奥で響く。ドアを閉めてにっこり笑い、瞳を輝かせるフレッチャーを、彼女は期待をこめて見た。

「どう、気に入ったかい？」

「ええ」タミーは低い声で答えた。体が熱く、喉がからからだった。

彼は笑ってリビングの中央にいるタミーに歩み寄った。「世界一高級なリゾートに君を誘い、高価な服を着させて贅沢《ぜいたく》の限りを尽くさせることだってできた。ここを選んだのは僕のわがままだ。君を独り占めしたかったから」タミーを抱き寄せると彼は急に真剣な目になった。「がっかりしてないかい？」

「私はあなたといたいから来たの」タミーにとってはただそれだけのことだった。彼女はねだるようにフレッチャーの首に手をまわした。「ピルものんでるわ。さあ、あなたがほしいの、フレッチャー」

彼は微笑した。「よかった。待った甲斐《かい》があったよ。君を抱くときには余計なものを使いたくない」

「再会までこんなに時間を空けたのはそのため？」

ピルの効果が確実になるのを待って彼が連絡してきたのだとは思いたくはなかった。

「タマリン、普段なら僕は女性を信頼しない。でも君は別だ。この話はこれでおしまいにしよう。僕らは今、こうしてここにいる。もう待てないよ」

信頼……その甘い響きを持つ言葉は、タミーを幸せな気持ちにしてくれた。

二人はむさぼるようにキスを交わし、せかされるように互いの服をはいで体に手を這《は》わせた。フレッチャーがタミーを抱きかかえてベッドルームに運ぶ。二人ともこれ以上は待てなかった。

それはとてもベーシックな、野性的な、本能的なセックスだった。奪い、奪われたいという情熱が二人を頂点に導き、その後、ゆっくりと波がひくとともに、陶酔したような満足感が二人を包んだ。生まれたままの体以外のすべてを排斥した、二人だけの小さな世界がそこにあった。

「タマリン」背を向けていたタミーにも、声を聞くだけで彼が微笑していることがわかった。

「なあに？」ほほえんで体の向きを変える。

彼の目はやわらかく和み、喜びをたたえていた。

「別に何も。君とまたこうなれてよかった」

タミーは声にならない声をもらした。「私も失望していないことは確かよ」

その思いはそれから五日間変わることがなかった。ジェニファーの恋人が書いた本が開かれることは、結局一度もなかった。フレッチャーと一緒なら、ガウアー山を登ることも、浜に群がるキングフィッシュに餌《えさ》をやることも、楽しかった。

別の日にはバニヤンの木立に見とれ、ボートに乗って珊瑚《さんご》礁でのシュノーケリングを楽しんだ。食事さえ、彼と食べるといつもより格段においしかった。島の手製のケーキ、シーフード、地元産のトマト。何もかもがすばらしく、それをフレッチャーと分かち合うと、まるで魔法の国にいるようだった。

肉体的にも二人は強く惹《ひ》かれ合っていた。手が触れ、目が合うだけでも、次に抱かれることを期待してタミーの体は幸せな予感に震えた。彼に夢中になり、セックスを単なるセックスとは思えなくなった。

二人は何度も愛を交わした。

浜辺で。崖《がけ》の上の松の木の下で。珊瑚礁に浮かぶ平底船の中で。毎夜、食事から戻ったあとで。毎朝、〈ハンプティ・ディック〉に朝食を食べに行く前に。

二人だけのパラダイスでハネムーンを過ごしているようだわ、とタミーは何度も思った。カーツィとポールがこれほどすばらしいハネムーンを過ごしたとは思えない。ただ一つ大きく違うのは、彼らが結婚していることだ。これから一生を一緒に過ごすという気持ちの安定を得ていることだ。

フレッチャーは一言も将来について口にしなかったし、愛という言葉も出さなかった。タミーは不安を心の隅に押しやり、彼が与えてくれるものを享受する喜びだけを考えようとした。二人で過ごす時間がこんなにすばらしいんだもの、彼は必ず私との付き合いを続けたがるわ、と彼女は自分に言い聞かせた。彼が言いだすのを待てばいい。島を出るときには、きっと言ってくれるだろう。

最後の日が来た。二人は午前中ビーチで日光浴をし、時折泳いでほてった体を冷やした。フレッチャーはこれからのことをまだ何も言わない。タミーはリラックスしようと努めたが、アパートメントへと歩いていくうちに不安と緊張がつのってきた。フライトの時間は午後一時半。迎えの車が来るまでに急いで昼食をとり、荷造りをしなければならない。フレッチャーはこのまま黙って別れるつもりだろうか。

道すがら、島の住民の墓地を通った。前に来たときには、二人は墓標を一つ一つ読んで、島の住民の亡き妻、夫、子どもに思いをはせ、代々ここに住む家族の歴史を思った。タミーはフレッチャーをもっと知りたいと思った。一つ一つの出来事ではなく、彼という人の歴史を。

だが彼が何も言わないので、タミーも言葉が出ない。手はつないでいるのに、前ほどの一体感は感じられない。別れるときに泣いたりすがったりせず、さりげなく威厳を持ってさようならと言えるように、今から彼と心の距離を置く必要がありそうだった。

「タマリン、よそよそしいのはなぜだい？」

フレッチャーの勘の鋭さに驚いて、タミーはつい本当の気持ちをもらしてしまった。「だって……もうあなたといることができないから」そんなことはないと言ってほしいけれど、それが望めないのはわかっていた。「残された時間はなくなりかけている。明日には、あなたは地球の向こう側にいるんだわ」

シドニーに到着したらそのまま二時間後にロスに向けて発《た》つことは、彼からすでに聞いていた。

「ああ。そうだね。来てくれてうれしかったよ」

「それだけ？」

プライドが許さなかったはずの言葉が、思わず口からこぼれでていた。タミーはそれ以上葛藤《かっとう》に耐えられなくなった。どうしても知りたかった。不安で胸が高鳴る。頬が熱くなり、足が止まった。彼女は勢いよく彼の方を向いて鋭い視線を投げかけた。自分が彼にとってなんなのか知りたかった。

「それだけなの？　もう終わり？」フレッチャーとの対決に負けまいと、顎を上げた。

一瞬、彼の瞳に勝ち誇ったような満足げな光がよぎった。タミーの鼓動はさらに速くなった。その意味がわからず、怖くなったからだ。

「それは君しだいだよ」挑むように彼が言う。

タミーは困惑して首を振った。「私はこれで終わりにしたくないって言ったはずだわ」

「終わりにする必要はないさ」彼はタミーに近づくとこぶしでそっと彼女の頬をなでた。「僕と一緒にいてくれてもいいんだよ、タマリン。だが僕は仕事上、外国にいなければならない。遠距離恋愛は大変だし、ストレスも大きい。僕は毎日、毎夜、君といたい。君がイエスと言ってさえくれたら、すべての手配は僕がするよ」

タミーの心臓はぎゅっと締めつけられた。彼は私が正直な気持ちを口にするのを待っていた。そして私の心の弱さを逆手に取って、自分に有利なようにことを運ぶつもりだったんだわ。ショックで息が止まりそうになり、声がすぐには出なかった。

「シドニーでの生活を捨てて、あなたのところに来いというの？」

「君に失うものがそんなにあるかい？」自信たっぷりな、尊大な言葉が返ってきた。「助産婦の資格がある今、君はどこにいても仕事ができるし、辞めてもいつだって復帰できる。君の決断をとやかく言う家族もいない。毎月友人との昼食会に帰りたければ、僕が喜んで費用を出す。いや、君の望むものはなんだってあげよう」

「いいえ……それは無理」タミーはおびえたようにあとずさり、激しく首を振った。「私の自尊心は、たとえあなたでも買えないわ」

「どういう意味だ？」

「お金持ちの愛人になるつもりはないの。あなたの便宜をはかるために私の生活を変える気はないわ」

彼は一歩前に出てタミーを逃がすまいと、あざになるほど強く腕をつかんだ。鋭く光る瞳が、言うとおりにしろと求めている。「愛人になれと言っているんじゃない。パートナーになってほしいと頼んでいるんだ」

「いいえ。パートナーならすべてを同等に分かち合うはず。この話は同等じゃないわ。あなたの都合しか考えてない。私を気に入っている間だけ、手元に置いておきたいんでしょ。あなたを喜ばせられる間だけは、私に贅沢な生活を保証するってことだわ」母がそうした生活を送るのを、そしてそれが終わるのを、何度、目にしてきたことだろう。「パートナーはそんなものじゃないわ。あなたが提案しているのは物々交換よ。私はそんなのはいや」

フレッチャーの顎に力がこめられた。「今回の旅行の費用は僕が持った。君はそれには異議を唱えなかったじゃないか」

「買われているなんて思っていなかったからよ」ひどい言葉に、タミーは悔しさをこめて言い返した。「あなたに招待されたつもりでいたわ。でも損をしたと思うのならいつだって私の分は払うわ。請求書を送ってちょうだい」

「それとこれとは関係ない！」

「いいえ、私にとっては関係あるわ」

二人は長い間にらみ合っていた。タミーのプライドと、彼の強い意志との激しい戦いだった。

「僕も君も、これを終わりにしたくないと思っているはずだ」確信をこめて彼が言う。

「これってなんなの？　はっきり言って」

「君はいったい何を望んでいたんだ？　プロポーズか？」彼の瞳にはからかうような残酷な色があった。

違う。愛されることを望んでいたの。愛しているからずっと一緒にいたいと思ってほしかったのよ。

だが今、それは絶対に言えない。

黙っているタミーに腹を立てたのか、フレッチャーがまた言った。

「バージンを捧《ささ》げたから結婚を考えてもらえるとでも思っていたのか？」

「ひどい。物々交換をするつもりはないと言ったはずよ」今度はタミーの瞳に強い拒絶の色が宿った。「その手をどけて。もう帰って荷造りをしないと」

わざとらしい仕草でフレッチャーはタミーの腕から手を離した。「わかった。僕もそれは同じだ」

二人は黙りこんだままアパートメントに戻った。

あまりにも腹が立ったせいか、タミーは吐き気を覚え、アパートメントのバスルームで戻してしまった。シャワーを浴び、化粧品をバッグに詰めて部屋に戻り、服を荷造りして忘れ物がないか確かめる。

食べ物のことを考えるだけでまた吐き気がした。台所を片づけ、荷物をベランダに運んで迎えを待った。フレッチャーもタミーも一言も口をきかなかった。

飛行場までのミニバスの中で、彼は運転手の隣に座って何事もなかったように世間話をし、タミーはその後ろに座って景色を眺めていた。美しく輝いていた島が、今は空虚に見えた。

搭乗手続きはすべてフレッチャーがした。タミーは少し離れたところでそれを見ていた。手続きがすべて終わるのを見届け、彼女は芝生に出てベンチで飛行機を待った。フレッチャーのことを忘れたくて、草を食んでいる牛をひたすら見つめていた。

フレッチャーがやってきて、彼女の隣に腰を下ろした。タミーは無視していたが、緊張でまた吐き気がこみ上げた。

「タマリン、僕を思いどおりに操れると思っているなら、間違いだ」嘲《あざけ》るように彼が言った。「僕はさっき言ったこと以外、何も差しださない」

タミーは牛からゆっくりと視線をはずして相手を見た。「私はそんな生活をしたくない。話はそれでおしまい」

信じられないと言いたげに、フレッチャーが怒った目をするのを見て、タミーは彼から視線をそらした。この人は私を愛してなどいない。手に入れたものを失うのがいやなだけ。女性に拒絶されることに慣れていないのよ。話し合いの余地はないとタミーが言い放ったので、彼ももうそれ以上気持ちを変えさせようとはしなかった。

飛行機が到着し、乗客が降りて、入れ替わりに搭乗客が乗りこんだ。二人は隣り合って座ったが、心は遠く離れていた。タミーは目を閉じて再びこみ上げる吐き気に耐えていた。マスコット空港に着いたときには心からほっとした。フレッチャーは手荷物しか持ってきていないので、ターミナルに着いたらすぐに別のルートを行くはずだ。

だが手荷物の引き取り場所に向けて歩きだそうとしたタミーは、フレッチャーに乱暴に腕をつかまれて引きとめられた。二人の視線がぶつかったが、タミーは一刻も早く化粧室に行きたくて、まともに彼の目を見ていなかった。

「考えてみてくれ」命令するように彼はもう一度言った。頑固に拒み続けるタミーに、いらだっているようだった。「メールでいい。気が変わったらいつでも連絡してほしい。君がイエスと言ってくれたらそれでいいんだ」

腕を振りほどいて、タミーは首を振った。「いつまで待っても私の答えはノーよ。さようなら、フレッチャー」

彼女はそう言って化粧室に駆けこんだ。

出てくると彼はもういなかった。

これで彼とは、完全に終わりだった。

8

三人目の結婚式。

仲間はそれをベビー・ウエディングと呼んだ。セリーヌが出産を控えていたし、花嫁のルーシーも妊娠していたからだ。式を急いだのはそのためだった。

「妊娠したからしかたなく結婚するんじゃないわ」ルーシーはそう言い張った。「トニーと私はすごく愛し合っているの。だから……そのことはまあいいわ。とにかくトニーは赤ちゃんが生まれるのをとても楽しみにしていて、早く正式に籍を入れようっていうことになったの。ハンター・バレーでぶどう園を経営している彼の両親が、式はどうしてもそこで、と言うから、式場を探す必要もなかったし」

　ルーシーの幸せを祝福したい気持ちでいっぱいだったタミーはつい自分の妊娠を告白する機会を逃してしまった。実際、自分でもまだ本当とは思えない。その兆候が現れたときも、最初はまさかと思った。ずっとピルをのんでいたし、念のため、島での休暇のあとも一カ月はのみ続けていた。だから最初は、体の異変は二カ月のんでいたピルをやめたせいだと思おうとした。だが胸が張り、朝になると吐き気がする。タミーはとうとう現実と向き合わざるをえなくなった。

　妊娠検査薬の結果は、明らかに陽性だった。もちろん喜びはない。フレッチャーが父親になることを歓迎するとは思えなかった。ピルをのむことを勧めたのは彼なのだから。避妊については私を信頼している、とも言った。もしかしたら、結婚したくて、わざと妊娠したと思われるかもしれない。ただ一つ考えられる理由があるとしたら、最後の日に何度も吐いたせいでピルが体外に出てしまったことだろう。

　シングルマザーになるのは自分にも子どもにも好ましい選択ではないが、中絶は考えられない。赤ちゃんは大好きだし、自分の子どももほしい。愛することのできる唯一の家族ができると思えばなおさらだ。ルーシーの式が終わったら親友たちに話そう。フレッチャーのことはともかく、みんなきっと最後には出産を祝福し、支えてくれるだろう。

　フレッチャーのことは、もうあきらめていた。

　マスコット空港で別れて四カ月がたつが一度も連絡はないし、タミーからもしていない。みんなには島で二人だけで過ごした結果、やはり彼との間には未来がないとわかった、とだけ話してある。一度は終わったことをまた蒸し返すのは簡単ではないから、やはり話はルーシーの結婚式のあとにしよう。

　ワインで有名なハンター・バレーはシドニー北部

から車で三時間だ。一度も訪れたことがなかったタミーは、そこが有名な観光地だということを知らなかった。アンドレッティぶどう園はさらに彼女を驚かせた。遠くまで続くぶどう畑に加え、中庭には薔《ば》薇《ら》に囲まれた野外レストランがあり、地元のアーチストの手によるさまざまな工芸品を売る店やワインのテースティングができる地下酒蔵、ワインの醸造に使われるいくつもの建物、タミーや客が宿泊する予定の、ゲスト用のモーテルまで立っている。

シドニーでトニーが経営している〈ファイン・ワイン・エンポリウム〉が彼の家族のワイナリーの直営店だということは知っていたが、その背後にあるビジネスがこれほど大規模だとは知らなかった。結婚式には最適の場所だ。天気にも恵まれ、式は中庭の蔓《つる》薔薇のアーチの下で行われることになっている。

ブライズメイドたちはモーテルのスイートルームで互いに手を貸し合って支度をした。少しおなかが目立ち始めたルーシーの花嫁衣装に合わせて、ブライズメイドのドレスも裾《すそ》が大きくふくらんだクラシックなデザインだった。

ルーシーの衣装は、ウエスト部分にレースやパールが縫いつけられたVネックのロングドレスで、長く裾を引いてふくらんだスカートはレースの花で、裾はパールで飾られている。

ブライズメイドのドレスは赤ワインを思わせる紫色のサテンだった。ホルターネックで、柔らかな布地がバストの下でいったん寄せられ、銀の太陽の形のブローチで留められている。そこからなだらかなラインを描いて裾が広がっていた。体の線があらわにならないデザインなのがタミーにはありがたかった。おなかはまだまったく出ていないが、明らかに太くなったウエストをみんなに気づかれたくない。

紫はタミーによく似合い、みんなで選んだ銀のサンダルも、トニーから全員にプレゼントされた銀のネックレスとイヤリングも、服を引きたてている。タミーは長い髪を高く結い上げ、耳の前に少しだけカールを垂らした。準備は整い、彼女はすべてに満足していた。ある一つのことが起こるまでは……。

「あら、ヘリコプターじゃない？」カーツィが頭上の音に顔をしかめた。

「絶対にフレッチャーだわ。兄以外の誰がこんなぎりぎりにヘリで来たりするっていうの？」セリーヌがあきれたように言った。

フレッチャーですって！　タミーは殴られたようなショックを受けた。

「彼がなぜこの結婚式に？」

その言葉で、みんながいっせいにタミーを見た。彼女はいたたまれずに頬を染めた。

「なぜ誰も私に言ってくれなかったの？」気まずい沈黙を破ってタミーがもう一度言った。

「彼とは終わったと聞いてたからよ」ジェニファーが静かに言った。「だったら別にいいでしょう？」

「うちの両親はセリーヌのご両親と昔から仲がいいから、フレッチャーも招待客のリストに入っていたの」ルーシーが説明する。「あなたとうまくいかなかったって聞いたから欠席するかもしれないと思っていたんだけど、出席の返事が来たのよ。だから、もしかして彼、あなたとやり直すチャンスがほしいんじゃないかと思ったの。それにね、タム。島での休暇から戻って以来、あなたは元気がなかったから……」彼女は申し訳なさそうに両手を広げてみせた。「仲直りのいいチャンスかもしれないと思って」

タミーは必死で自分を制したが胸が苦しくて呼吸するのも難しかった。ルーシーは善意でしてくれたのよ。いつだってそうなのはわかってる。でも彼女のアドバイスがいつも適切とは限らないし、今度のお節介だって……。いいえ、そんなふうに思ってはいけない。

カーツィがタミーの肩に腕をまわし、ぎゅっと抱きしめた。「私たちみんな、そう思ったの。彼が反省しているんじゃないかって。もう一度考えてみたら？・だって一時はあんなに彼のことを……」

タミーは顔から血の気が引くのを覚えた。私が彼とどれほど深くかかわってしまったかをみんなは知らないのだ。彼の子どもを身ごもり、それゆえに彼が私を憎むだろうということを。

「彼が本当に来るかどうか私たちにもわからなかったから、余計なことを言って期待させてはいけないと思ったの」ハンナがせわしなく口をはさんだ。

「もし彼と顔を合わせるのもいやだっていうんなら、私たちのそばにいて。守ってあげるから」

妊娠のことを彼に言わないわけにはいかない。顔を合わせながら、こんな大事な話を黙っていることはできない。

「いったい、兄にどんなひどいことをされたの？」

セリーヌが我慢できないように大きな声になった。

「何も！」早くこの場を終わらせたくて、タミーは吐き捨てるようにそれだけ言った。「ただ、価値観が違うとわかっただけ」

「この四カ月の間に、彼があなたの価値観を見直したっていうこともあるかも」ルーシーが言う。

「それはないわ」タミーは思わずヒステリックな笑いをもらした。「動揺してごめんなさい。ショックだったの。彼とまた会うとは思ってなかったから」

「謝ることなんてないわ」カーツィがまたタミーの肩を抱いた。「私たちはいつもあなたの味方だってことを忘れないで」

タミーはうなずいた。

「フレッチャーだとしたら、彼には急いでもらわないとね。私たちはそろそろスタンバイする時間だから」ジェニファーがきびきびと言った。ルーシーのチーフ・ブライズメイドである彼女は、朝からすべてを取り仕切っていた。「さあ、ブーケを持って。ウエストの高さで持つのを忘れないでね」そう言って、テーブルの上に用意されているブーケを示した。

　幸いそれっきりフレッチャーの話題は出なかった。だが、彼が式に列席していると思うだけで気持ちが乱れ、タミーの集中力は奪われた。彼女は三番目に歩くことになっていたので、前の二人に従って動けばよかったし、二回の式で同じようなことをしているので、赤いカーペットの上を花嫁に続いて歩くことには慣れてもいた。だから、前を歩くカーツィの背中だけを見て歩き、フレッチャーのことを改めて考えるのを自分に許したのは、無事パーゴラに到着してからだった。

　もう一度誘われたらどうしよう。彼は、私がどんな反応を示すか見るいい機会だと思って、この式に参列したのだろうか。また拒絶されるリスクを冒してでも、私を手に入れようと？　それとも何か違う提案をしてくるのだろうか。

　それより、妊娠を知ったら、どう思うだろうか？　それこそがいちばん重要な点だった。

　ほかのことを考えている場合ではない。

　式が終わると、付添人たちが新郎新婦を半円形に取り囲み、家族や招待客が二人に祝福の言葉をかけたり、キスや握手をしたりした。タミーはあえてフレッチャーの姿は捜さずに、新郎の付添人で彼女とパートナーを組んでいるトニーの末の弟、アンジェロとおしゃべりをしていた。

「あら、彼、連れと一緒よ」カーツィが小さく叫び、あわてたようにタミーを見た。「見ちゃだめ」

　タミーの心臓が飛び上がった。再会が何かいい結果を生むかもしれないというかすかな望みはあっけなく絶たれた。

「彼とは終わったと言ったはずよ」彼女はカーツィにそう言って、その言葉を証明するように平静を装ってフレッチャーと連れの女性を見た。

彼は新郎と握手をしているところだった。その腕に背の高い金髪の女性が腕をからめている。つややかな長い髪は念入りに長さを変えてカットされて美しい顔を取り囲み、流行の形に整えた前髪の下の、少し間隔の離れた美しい青い瞳が目を引いた。アンジェリーナ・ジョリーを思わせるふっくらとした唇は印象的で、グラマラスな体を目立たせるストラップレスの真紅のシルクのドレスをまとっている。とてもかなわない。タミーの心は暗い闇《やみ》に引きずりこまれた。ずっと闇の中に隠れていたい気分だった。

だがプライドの高いタミーは、カーツィの方を振り向いた。「お金があると美人には不自由しないのね」さりげない口調で皮肉を言い、何事もなかったようにアンジェロとのおしゃべりに戻った。

前日のぶどう園のツアーのときからアンジェロは感じがよく、ディナーの席でも申し分のないパートナーだったが、たぶん式でのパートナーとしてタミーに礼を尽くしてくれているだけだろう。実際タミーは彼に個人的な関心を寄せられているとは思わなかった。だからこそ特に深く考えずに彼に接することができた。フレッチャーの気持ちが別の女性に移り、妊娠を歓迎するはずはないとわかった今、内心の苦悩を隠すための隠れみのが彼女には必要だった。

アンジェロ・アンドレッティはフレッチャーに比べればとてもハンサムとは言えないが、タミーにとってはそんなことはどうでもよかった。カールした黒髪、温かい茶色の瞳とイタリア人特有の鼻はそれなりに魅力的だし、何よりも一緒にいて楽しかった。その性格のよさはタミーと同じくらいの身長しかなく少し太り気味だという事実を十分補うものだった。

記念撮影の前に、ルーシーがタミーの腕を取って脇《わき》に引っぱっていった。「ごめんね、タム。フレッチャーが女性を連れてくるなんて思わなかったの。

知っていたら前もって話したんだけど」

「いいのよ、ルーシー」

「ママにきいたら今朝になってパートナーを連れていってもいいかって連絡があったんですって。本当にごめんなさいね」

「ルーシー、心配しないで式を楽しんで。ね？」

ルーシーは探るようにタミーを見る。「本当？」

「もちろんよ」タミーは無理に笑みを浮かべた。

「さあ、写真を撮ってもらいましょう」

ルーシーはほっとしたように笑った。「ええ」

その話はみんなにも伝えられたらしく、その後は誰もフレッチャーのことを口にしなかった。タミーもまた彼のことを忘れようと努めた。

長いテーブルにアンジェロと並んで席を取った彼女は、彼との会話に気持ちを集中し、勧められるままにワインを試した。食欲はないが無理に食べて、スピーチに拍手を送り、耳元でささやきかけるアンジェロにほほえみ返す。誰の目にもタミーが心からパーティを楽しんでいるように見えただろう。

アンジェロはダンスだけは下手だった。ワルツを踊っている間に二度も足を踏まれたので、曲が終わるとタミーはほっとして、ケーキを配る手伝いをするからと彼のもとを離れようとした。

新郎新婦が踊りだし、ＤＪが客にも踊りに加わるように勧めている。

フレッチャーが金髪の美人を連れてタミーに近づいてきたのはまさにそのときだった。女性と一緒にいる彼を見て傷ついていると思われるのがいやで、タミーは顎を上げてまっすぐに視線を向け、彼を迎えた。目の前まで来ると、一度でも惹《ひ》かれたことがあるのが嘘《うそ》のような乾いた微笑を向けた。

「驚いたわ。私の友人の結婚式には決まって現れるのね、フレッチャー」

焼きつくような視線が返ってきた。「四人目の花嫁はもしかして君かな、タマリン？」

「さあ？」タミーはわざとアンジェロの腕にかけた手に力をこめた。「アンジェロ、こちらはセリーヌのお兄さんのフレッチャー・スタントンよ」

「新郎の弟さんですね」フレッチャーが右手を出したので、アンジェロはやむなくタミーの手をほどき、彼と握手をした。「いいところですね」

「ありがとうございます」

「結婚式には最適の場所だわ」金髪美人が言った。

明らかに外国人らしいアクセントだ。ドイツ人？

それともスイス人かしら？

「ハイジ・バーグマンだ」フレッチャーがぶっきらぼうに名前だけ紹介する。「ハイジ、こちらはアンジェロ・アンドレッティとタマリン・ヘインズ」

「こんにちは」タミーはできるだけ朗らかに言った。

「楽しんでいただけていますか？」アンジェロが愛想よく言う。

「ええ」金髪美人が非の打ちどころのない白い歯を見せた。「結婚式に出るのは久しぶりよ。五人もブライズメイドがいるのは珍しいわね。フレッチャーから仲よし六人組の話は聞いているわ。学生時代からずっと続いている友情なんて、珍しいこと」

「それなりに努力していますから」女性同士の友情などハイジ・バーグマンにとっては決して優先順位の高いものではないだろう、と思いながらタミーは答えた。それとも友情に嫉妬《しっと》しているのかしら。

「そのうち二人が妊娠しているんだから、君はさぞ頼りにされているんだろうね」フレッチャーが言う。

「え？　あなたには子どもがいるの、タマリン？」

ハイジが好奇心に目を輝かせて言った。

タミーは妊娠していることをこの場で告げてしまいたい衝動に駆られたが、思いとどまった。

「いいえ。助産婦をしているから」彼女からタマリンとフルネームで呼ばれたことが気に入らなかった。

その呼び方をするのはフレッチャーだけだったのに。でも、それももう過去の話だ。

「気配りのできるとてもいい助産婦だよ」フレッチャーのその言葉がタミーをさらにいらだたせた。

「君がセリーヌの友だちで、僕はうれしいよ」

「ええ、安心してちょうだい」あなたの気配りなどいらないとばかりに彼をにらみつけた。「家にいないお兄さんでは頼りようがないものね」

「妹にはアンドリューという立派な夫がついているんだ。心配いらない」すぐに返事が返ってきた。

「すばらしいと思わない？　赤ちゃんができたというのは、二人が互いの愛を確かなものに思っているということだもの」

分別に欠けた言葉だと自分でもわかっていた。だがタミーはフレッチャーを非難したかった。そしてそのシニカルな態度を打ち砕いてやりたかった。なぜなら彼女の心は、フレッチャーを自分のものだと、自分の運命の人だと叫んでいたから。そんなふうに思わせる彼の力が憎くさえあった。

「コメントはなし？」タミーは挑むようにたたみかけた。「セリーヌの妊娠を早すぎると思っているんでしょう？　もっと慎重に、時間を置くべきだったと？」

「なんの話だい？」二人の間の緊迫した空気を敏感に察してアンジェロが口をはさんだ。「結婚に子どもはつきものじゃないか。子どもができるのに早すぎるなんてことは絶対にないよ」

それがアンドレッティ家の考え方らしい。ルーシーはさぞうれしいだろう。

アンジェロが気を悪くするのを恐れて、タミーはあわてて笑みを浮かべ、彼の腕を取った。「同感だわ。私も赤ちゃんが大好きなの」

「君が助産婦だと聞いて、僕もうれしいよ。ルーシーはさぞ心強いだろうね」アンジェロは満足げに笑った。
「何かあったら、いつでも駆けつけるわ」タミーは
そう言うと、今度はフレッチャーにほほえみかけた。
「あなたとは前から意見が違っていたんだったわね。
また蒸し返したりして悪かったわ。さあ、もう踊り
に行って」彼女は無理をしてハイジにも微笑してみ
せた。「楽しんでね」
「ありがとう」ハイジはフレッチャーの腕を取り、
彼の関心を奪った紫のドレスの女性から一刻も早く
離れたいというように彼を引っぱった。「さあ、踊
りましょうよ、フロアが混《こ》まないうちに」
フレッチャーは、まだ話は終わっていないと言い
たげにタミーを見たが、促されるまま離れていった。
あの尊大な態度が気に障るんだわ、と心の中でつ
ぶやきながら、タミーはアンジェロと二人、彼らと
は別の方向に歩きだした。フレッチャーは自分の話
を中断されるのが我慢ならないようだ。でも、いら
だった気分もあの金髪美人がなだめてくれるだろう。
「フレッチャー・スタントンと前に付き合っていても
いたのかい？」ケーキがカットされているテーブル
へと向かいながらアンジェロが言った。
その話題を避けたかったタミーは、すぐに答えた。
「セリーヌの結婚式で、彼が私のパートナーだった
の。そのときに、妹は結婚するには若すぎると彼が
言って……」タミーは沈んだ口調で付け加えた。
「そのことで口論になったの。ごめんなさい、アン
ジェロ。こんな話を持ちだすべきじゃなかったわ」
「それだけかい？　僕にはそうは思えなかったが」
アンジェロが探るように彼女を見た。
タミーは笑ってごまかそうとした。「考えすぎよ。
その証拠に彼は別の女性を連れてきているわ」
「それはそうだが……。彼、本当は君といたかった
んじゃないかな」
タミーは笑い飛ばすように言った。「どうしてそ

んなふうに思うの？　ハイジ・バーグマンはすばらしい美人よ」

「まあね。すばらしい美人には違いない。でも彼にその気はないと思うよ。君のことばかり見ていた」

「そんなことないわ」タミーは首を振って否定したが、内心ではアンジェロの言葉が気になった。

期待というのは、裏切り者だ。

「きっとまた君のところに来るよ」

「私の今夜のパートナーはあなたよ、アンジェロ」

フレッチャーのパートナーになるつもりはないことをはっきり態度で示そう、とタミーは決めた。アンジェロの言葉に気持ちをぐらつかせてはならない。

彼は笑った。「僕でよければいつでも利用してもらってかまわないよ。でも君たちの間には明らかに何かがある。君たちがお互いに惹かれ合っていたのはわかったんだ。だから、僕に遠慮しないで彼のところに行ってもいいんだよ。パーティには友だちがいっぱい来ているから、僕なら一人でも大丈夫」

彼は朗らかにウィンクをして、タミーから離れて中庭の友人たちの一団へと歩いていった。

ウエイトレスが小さく切ったケーキをのせたトレーをタミーに手渡す。「これをお願いします」

タミーはそれを受け取って大きく深呼吸し、乱れた気持ちを静めようと努めたが、アンジェロが言ったことと、フレッチャーとはこれ以上一緒にいても何も生まれないという絶望的な気持ちとの間で心は揺れ動いていた。やり直す気が彼にあるのなら別の女性を連れてくるはずがない。それが意思表示ではないだろうか。

これ以上不安定な気持ちにさせられたくない。もし今夜彼と二人だけで話す機会があれば、妊娠を打ち明けよう。

それが、別れるかやり直すかを決める瞬間になるはずだった。

9

夜も更け、パーティは宴もたけなわだった。ＤＪがダンス音楽をかけているが、残念ながらアンジェロはダンスが苦手だった。一方タミーは踊ることが大好きで、バレーからタップまでさまざまなダンスを習ってきた。家で母といるのがいやだったので、それ以外にも、テニス、水泳、ゴルフに至るまで、あらゆるレッスンを受けた。

いちばん得意なのはラテンアメリカのダンスだが、踊りは全部好きだ。今夜心ゆくまで音楽に合わせて踊れたらどんなに気持ちがすっきりするだろう。話をしながらも、踊りたくて足が勝手にリズムを刻んで動いてしまう。フレッチャーがハイジとダンスをしていることを考えずにいるのはさらに難しかった。

ダンスフロアには目を向けないようにしていたが、二人が踊る光景を頭の中から追いだすことはできなかった。タミーはアンジェロの話に意識を集中し、彼のジョークに笑おうと努めていたせいで、フレッチャーが近づいてきたことに気づけなかった。

「タミー、賭《かけ》は僕の勝ちだ」アンジェロが勝ち誇ったようにウインクをした。

最初は何を言われているのかわからなかったが、次の瞬間、フレッチャーの声を聞いてタミーの背筋をショックが走り抜けた。

「お楽しみの邪魔をして悪いが」彼の言葉にはかすかな刺《とげ》があった。「アンジェロ、君のパートナーをダンスに誘ってもいいかな？」

「もちろん。残念ながら僕は、タミーの相手としては力不足のようだからね」アンジェロは快く応じる。

「そんなことないわ」タミーは抗議するように言っ

たが、フレッチャーと体を触れ合わせることを思い、早くも体の奥がざわめいていた。

「いいから、楽しんでおいでよ」アンジェロがいたずらっぽく笑いかけた。

「タマリン、君には貸しがある。ぜひ僕の相手をしてほしい」横柄にフレッチャーが命じる。

タミーは彼を振り返り、挑戦するように瞳を光らせた。「あなたに借りなんてないわ」

「セリーヌの結婚式で僕とサルサを踊るはずだったのに、君は病気の子どもを看病すると言って逃げただろう？」フレッチャーが片方の眉を上げる。

「あのときはあのときだわ」今は状況が違う。それにあなたのパートナーはハイジよ。

「ひどいことを言わないでくれ。約束は約束だ」

ひどいこと！

確かに事情を知らない周囲の人にはそう見えるかもしれないと思い、タミーは顔がかっと熱くなった。

フレッチャーが強くタミーの手をつかんだ。「さあ」じっと彼女の目をのぞきこんで、なおも促す。

彼は何があってもあきらめないつもりなのだ。

気まずい雰囲気になるのを避けたいなら、従うしかない。「すぐに戻るわ」タミーはこの状況を面白がっているらしいアンジェロに言った。

「ゆっくり楽しんでくるといいよ」

フレッチャーの力強い手に引っぱられて、タミーはダンスフロアへと導かれた。威圧的な態度に腹が立ち、思わず不平を口にしていた。「私はあなたとは何も約束などしていないわよ。わかっているでしょうけど」

「約束したのは僕だ。君が動けなくなるまで踊るとね」彼の瞳には強い意志が宿っていた。「今日はその約束を果たす。君と踊るつもりだ」

「なぜ？　ハイジではだめなの？」

「君のことが頭から離れない」

荒々しい返答の言葉にタミーは思わず息をのんだ。意に反して、喜びが体を駆け抜ける。だけど彼は本当にそうしたいわけではない。望んでいるわけではないのよ。そう自分に言い聞かせて喜びを抑えようとしたが、あれほど美しくてセクシーなハイジ・バーグマンに勝ったという満足感はどうしようもなくタミーの心を満たした。もっともフレッチャーは、タミーが勝ったとは認めないだろうが……。

ロック音楽が終わり、踊っていたカップルの多くが休憩のためにフロアを離れた。ハイジもタミーの知らない男性に導かれてバーの方へと歩いていく。彼女が別の男性と踊っている間に、フレッチャーは私を誘いに来たのだろうか。私には彼を引きつけるパワーがどのくらいあるのだろうか。

タミーはもどかしさを覚えた。

「来たのが遅かったみたいね」

音楽がやんだ今、彼はどんな口実を使って私を引きとめようとするのだろう。

「いや、完璧《かんぺき》なタイミングさ」彼は手を上げてDJに合図を送った。「次はサルサの音楽をかけるように頼んでおいた」

「わざわざ？」私を自分のそばに置いておくためにそんなことまでしたのだろうか。

彼は再び片方の眉を上げた。「いちばん好きなダンスだと言ったのは嘘《うそ》だったのか？」

「いいえ。その挑戦、受けて立つわ。先に疲れて踊れなくなるのはあなたのほうよ」

「だったら試してみよう」狼《おおかみ》を思わせる笑みを浮かべてにやりとすると、彼はタミーを腕に抱き、煽《せん》情《じょう》的なラテン音楽のリズムに乗ってフロアに繰りだしていった。

フレッチャーのセクシーで挑発的な動きに、体が熱くなると同時に、怒りをかきたてられた。タミーは旋回し、相手を刺激するように体を震わせて激しく踊った。私のことをほしくてたまらなくなって、情熱の炎で、彼が燃え尽きてしまえばいいのに、と思った。私の思い出が彼の魂に焼きついて、頭から離れなくなり、ほかの女性にはいっさい興味が持てなくなればいい。そして私には彼しかいないように、彼にも私しかいないことを思い知らせることができたら……。

フレッチャーのダンスもタミーに負けていなかった。巧みにリードし、腕の上で彼女をのけぞらせ、たくましい腿を彼女の腿に押しつけるようにして体を支える。ときには抱え上げ、ときには体に寄り添わせて床に下ろした。タミーの胸が、厚く固い胸板に押しつけられる。彼女の挑戦に体で応《こた》えるように、彼はリズムを刻み、鮮やかなステップを踏んだ。

いつの間にかほかのカップルはフロアから離れ、人々は手拍子を打って二人のダンスを見守っていた。誰が見ていようとタミーは気にしなかったし、フレッチャーも同じらしい。二人は互いの相手にだけ集中し、ただひたすらダンスにエネルギーを注いでいた。見つめ合う瞳から情熱の炎が噴きだし、言葉にはできない感情があふれでる。

彼に何かを請うことはタミーのプライドが許さなかった。タミーとの関係を修復するために来たのではないことを、彼はすでに無言のうちに宣言している。今二人の間に飛び交う熱いものは、恐らく彼にとっては日常から逸脱したつかの間の情熱にすぎないのだろう。ダンスが終われば彼はハイジのもとに帰っていく。これはこれ、ダンスが終わるまでのことなのだ。

そしてダンスは熱烈な抱擁で終わった。片腕で彼に抱かれた姿勢のまま、タミーは息を切らし、激しく胸を弾ませていた。二人が見交わす瞳は攻撃的で原始的な本能を宿して怪しい光を放っている。数分間、フレッチャーはそのままタミーを離さず、あえぐ彼女の口元に熱いまなざしを注いでいたが、一瞬、力をこめてウエストに指を食いこませたと思うと、突然抱擁を解いた。取り囲んだ人々が「ブラボー」と叫んで拍手をしていた。

我に返ったタミーは、プロのダンサーを思わせる優雅なお辞儀でそれに応えた。フレッチャーもお辞儀をして、体を起こすよう、タミーに合図した。

「もっと踊れよ！　もっと、もっと！」

アンジェロの声だった。見ると、頭の上で手を叩《たた》いて満面の笑みを浮かべている。

「もうだめ。これでおしまいよ」タミーはきっぱりと言って、フレッチャーにクールな微笑を向けた。

「ありがとう。私の負けよ。もう失礼するわ」

「次はチャチャです」ＤＪが叫んでいる。

「タマリン」絞りだすようなフレッチャーのうめき声が、タミーに行くなと告げていた。

「あなたにはパートナーがいるでしょう」音楽が再び始まると彼女は言った。

「もし僕が彼女を連れてきていなかったら？」切迫した響きに、タミーはためらった。彼が私といるほうを選んで、彼女をほうりだすことだってあるのではないか。愚かにもそう考えたくなった。

「あなたが選択したのよ。自分の行動には責任を持って」

カップルがフロアに戻り始めていた。タミーは彼の手を振りほどき、二組のカップルの間を縫って逃げるようにその場を離れた。アンジェロの姿が目に入った。彼のせいでこんなことになったのだから、彼に助けてもらわなくては、とタミーは思った。

だがそれより早くフレッチャーの腕が伸びてきてタミーのウエストをとらえ、ぐいと引き寄せた。そのまま、中庭とは反対側の、ぶどう園に面したベランダへと引きずるように連れていく。乱暴に扱われていることへのショックで、タミーの脚からは力が奪われていた。心臓だけが恐ろしいほどの勢いで打ち、まっとうな考えが頭に浮かぶのを邪魔している。

客たちから離れ、ベランダのいちばん端の暗がりに連れていかれた彼女は、冷たい夜の空気を吸って少し平静を取り戻した。

こんなやり方は許せない。抗議しなければ。

「いったいどういうつもりなの？」

胸の中で嵐《あらし》が渦巻いていた。興奮と恐怖、怒り、フレッチャーに対する熱い思いが一緒になり、声が震える。そのせいで、弱々しい抗議にしかならなかった。

それに、彼に赤ちゃんのことを告げなくては。二人の間がうまくいくかもしれないという、かすかな希望でも抱くことができるような何かを、言わなくては。

「僕はほしいものを手に入れようとしてるだけだ」

彼は乱暴にタミーを抱きしめた。もはや振りほどくことはできない。唇が荒々しく押しつけられ、情熱に任せた略奪が始まった。そのとたん、抵抗という考えがタミーの頭から消えてしまった。舌が侵入してくると彼を求める熱い思いがさらにつのる。

ハイジのことはまったく頭から消えていた。彼は私のものだ、という原始的な所有欲にとらわれて、タミーは思わず彼の体に腕をまわし、強く抱いた。

フレッチャーが乱暴に唇を重ねてくる。タミーも同じだけ返す。飢えたようなキスが繰り返された。彼の男らしさをもっと肌で確かめたくてタミーはさらに彼に体を押しつけた。高ぶりの感触が確かに感じられる。フレッチャーは両手をタミーの後ろにまわしてヒップをつかみ、さらに体を密着させた。彼を求める思いがタミーの体を熱く貫いた。

彼が唇を引きはがすように離し、あえぎながら言った。「ここを出よう。君の部屋へ行かないか」

タミーはめまいを覚えた。部屋？　ジェニファーとハンナも同じ部屋なのに。でもパーティの間なら帰ってこないんじゃないかしら？　ドアに鍵《かぎ》をかけることもできるわ。鍵は誰でも使えるように、部屋の前の植木鉢の下に入れてあるけれど。血がたぎり、タミーの心は彼と過ごす時間を強く求めていた。

ベランダの端には庭に通じる階段があった。そこから行けば誰にも気づかれずに部屋に戻れる。タミーは片腕をほどき、階段を手で示した。「こっちから行きましょう」仲直りがすんだらそのあとでゆっくり赤ちゃんのことを打ち明けよう。二人の子どものことを。

フレッチャーはタミーを抱きかかえんばかりにして階段に向かったが、その手前で立ちどまった。片手で彼女の顎を持ち上げ、自分の方に向かせる。彼の瞳の中で激しい欲望と厳しい抑制が戦っているのが見て取れた。

「タマリン、ピルはのんでいるかい？」

ピル……効かなかったピル。

「い、いいえ」もう妊娠しているから心配ないとは言えない。

フレッチャーはいらだったようにののしりの言葉を吐き、だめだと言いたげに首を振った。「僕は何も用意がない。リスクを冒すことはできない」

もちろんだわ、という声がタミーの脳裏でした。同時に厳しい現実が胸を襲った。やはり妊娠は、彼が望まない束縛された関係を意味するんだわ。もう一度彼に抱かれたら関係を修復できるのではないかなんて、甘い考えを抱いた私がばかだった。

「なら、ハイジのもとに戻るのね」つい苦い言葉が口をついて出た。「あなたをお待ちかねのはずよ」

タミーは彼の手を顎から振り払うように首を振ってあとずさりし、彼のもう一方の手も押しやった。

「待ってくれ」

フレッチャーがタミーの手を取り、興奮したように親指を強く押しつけてくる。タミーは歯を食いしばって唇を引き結び、激しい光をたたえた瞳で彼をにらみつけた。

「ハイジは――」彼が吐き捨てるように言う。「彼女とはなんでもない。ドイツ人の同僚の妹で、モデルの仕事でシドニーに来ている。何かあったら面倒を見てほしいとハンスに頼まれているだけだ。今日誘ったのは君に対する当てつけだ」

「私のことなんかなんとも思っていないことを見せつけるために？」

「それをしたかったのは君のほうだろう」フレッチャーがやり返した。「だが、なんとも思っていないなんていうのは嘘だ。それは二人ともよくわかっているはずだ。君は僕と同じくらい、激しく僕を求めている」

タミーはかぶりを振った。これではロードハウ島で別れたあのときと同じだわ。「あなたを求めていないなんて一度も言ってないわ。ただあなたが示す次のステップへのプランが気に入らなかっただけ」

「じゃあ、交渉に応じようじゃないか。どんな条件なら、君は僕のところに来て一緒に暮らしてくれるんだ？」

タミーはいまだに彼に求められていることに内心たじろいだが、今度はすぐには拒まなかった。彼の子がおなかにいるのだ。前のときとは状況が違う。でも彼が子どもを望まなかったら……父親としての責任を引き受けるのをいやがったら……何があってもそんな人と暮らすことはできない。

「今すぐそんなことを決めるのは無理だわ。ほかにも考えなくてはいけないことがあるし……」

彼が顔をしかめる。「ハイジのことなら……」

「ええ、そう」タミーはその言葉に飛びついた。「彼女をシドニーに連れて帰るんでしょう？」

「午前零時にリムジンを頼んである」

「私たち、今夜はみんなでここに泊まるの。明日、遅めの朝食をとってから帰ることになっているわ」

「じゃあ、明日の夜なら時間が取れるね」彼が期待をこめて瞳を輝かせた。

「ええ。私のアパートメントに来る？」彼と会うならば自分の領域で会いたかった。

「ああ、いいね」フレッチャーはにやりと笑って近づくと、またタミーを抱きしめた。

彼女はフレッチャーの胸を両手で押して抵抗し、再び挑むように正面からその視線を受けとめた。言わなければならない。彼との未来があるとしたら、どうなるかは紙一重の差で決まるはずだ。

「いいえ、必ずしもよくないかもしれないわ。もしあなたが来なければ、そういうことだと思って、私はあきらめるから」

「何があっても行くよ」尊大に、自信たっぷりに彼は言った。避妊の準備をしてくるつもりなのだろう。

「それまでに考えておいてほしいことがあるの」

「なんだい？　言ってくれ」彼の自信が揺らぐ気配はなかった。

タミーの胸は痛みに震えた。彼は少しでも私に愛情を持ってくれているの？　それとも欲望とエゴを満足させたいだけなのだろうか？　彼女は大きく息を吸いこみ、懇願するように言った。「ここで騒ぎは起こしたくないの。今日はルーシーの結婚式だし、あなたが今さら何を言っても事実は変わらないわ。これからあなたにあることを話したら、私はパーティに戻る。だからよく考えてほしいの。その結果、明日の夜、私に会いたくないと思うかもしれない。それはあなたの気持ちしだいよ。いい？」

真剣なタミーの様子に、彼は顔をしかめた。「タマリン、君がどんなことを言ってきても、僕は対策を考えるつもりだよ」

彼女はフレッチャーの胸に当てていた片手を離し、

彼の唇に指を当てて言葉を封じた。その目は、信じてほしい、と懇願していた。「フレッチャー、決して計画したわけじゃないの。ピルはちゃんとのんでいたわ。それなのに、どういうわけか一、二パーセントの失敗例に入ってしまったの」

「なんだって？」声にも、表情にも、焦点を失って見開かれた目にも、ショックがあふれていた。

「四カ月よ」タミーは静かに言う。「中絶はしない。子どもは産むわ。父親としてかかわりたくないなら、二度と私に会わないで。私とこの子は一つのパッケージだと思って」

フレッチャーはめまいでもするかのように首を振った。彼にとってこの宣言はまさに雷に打たれたようなものだったろう。しかもまったく予想もしていなかった衝撃だったに違いない。

タミーは彼の頬にそっと手を触れた。「フレッチャー、あなたから何かをもらおうとは思わない。選択はあなたの自由よ。明日の夜会えることを願っているけれど、そうでなかったら……今度こそこれが本当のお別れね」

タミーはその場から立ち去った。彼は動かなかった。妊娠したという事実以外のどれほどのことが彼の頭に入ったかは疑わしい。彼は理解しただろうか。ショックで麻痺《まひ》状態だったかもしれない。

「タマリン」鋭い声が、レストランの中に入りかけていた彼女を引きとめた。だが今日はこれ以上話し合うつもりはない。

タミーはゆっくりと振り返った。フレッチャーはまださっきの場所にいて、彼女を見ている。

「フレッチャー、明日の夜に会いましょう」きっぱりと言ったものの、彼の反応が不安で付け加えずにはいられなかった。「もし明日があるのなら」

タミーは急いで体の向きを変えてパーティに戻っていった。

「戻ってきた彼ったら、緊張して気もそぞろだった。あの美人の連れをろくに見ようともしなかったわ」ジェニファーが満足そうに言った。

「彼女と別れると約束しない限りもう会わないって言ってやったんでしょう？」カーツィがうれしそうに言う。

「ええ、まあね」タミーはあいまいに返事をする。

「最高！」そう言ったのはセリーヌだ。「いつも自分がいちばんだと思っている兄がプライドをぺしゃんこにされたのよ。いい気味だわ。あなたに気がないふりをするために美人を連れてきたのに、結局はあなたを追いかけずにいられなかったんだわ。あのサルサ、すばらしかったわ、タミー」

「で、次に会う約束はしたの？」ルーシーが尋ねた。

「ハネムーンに行ってしまってあなたたちのその後を見逃すことになるんだもの。残念だわ。少しくらい教えてくれたっていいでしょう」

10

深夜、フレッチャーはハイジとともに帰っていった。あれから彼はタミーと話す機会を求めなかったし、タミーもまた彼と距離を置いたまま、二人が帰るのを重い気持ちでそっと見送った。これが最後になるのかもしれないと思いながら。

彼が去ると同時に、花嫁を先頭に友人たちがタミーのまわりに押し寄せ、彼女を取り囲んだ。「私が言ったとおりでしょ？」ルーシーが勝ち誇ったような声でうれしげに言う。「あのサルサを見たら誰にだってわかるわ。そうでしょう、タミー？」

「しかもベランダで、二人きりでひそひそ話」ハンナが付け加える。

タミーは肩をすくめた。「明日の夜、うちに来てくれてもいいと彼に言ったわ」

親友たちは予想どおりの展開になったことに大喜びして手を叩《たた》いた。ルーシーはウエイターを呼びつけた。「シャンパンを持ってきて。お祝いよ」

せっかく盛り上がっている雰囲気に水を差したくなくて、タミーは何も言わなかった。フレッチャーとの将来は彼が妊娠をどう受けとめるかにかかっているが、今はまだそのことは話さないでおこう。結果がどうなろうと、この友人たちが私を支えてくれるのは間違いないのだから。妊娠しても私は一人じゃない。今までどおり、みんなが私を愛し、助けてくれるだろう。

翌日、一行がぶどう園をあとにしたのは午後一時を過ぎていた。ハンナとタミーはジェニファーの車に乗り、セリーヌとカーツィはそれぞれ夫と帰っていった。

「三人が結婚して、三人が残ったわね」シドニーに向かいながらハンナが言った。「タムとフレッチャーの仲も復活しそうだし、楽しみだわ」

「まだ決めるのは早いわ」タミーはあわてて言った。

ジェニファーがにっこり笑いかける。「そうかしら。彼はしっかり罠《わな》にはまったように見えるけど」

タミーはその言葉に内心ひるんでいた。おそらくフレッチャーは妊娠を私の仕かけた罠だと思っているだろう。それ以上その話題に話が及ばないように、彼女は話をジェニファーに振り向けた。「それよりジェン、あなたはどうなの？　なぜアダムをルーシーの結婚式に呼ばなかったの？」

ジェニファーはため息をついた。「呼んだのよ。でも執筆で忙しいから来られないって。二冊目の本が書き上がるまではすべてお預けなの。彼は別荘に缶詰になって必死で書いているわ。会えるのは彼に息抜きが必要になったときだけ。もちろんそれでかまわないのよ。わかっているの。でも……」

　出版界の事情や、ベストセラーを出した次の本がどれほど大事かということ、それを書かなければいけないプレッシャーについて、話は続いた。

　ジェニファーの話が一区切りつくと、今度はハンナの打ち明け話が始まった。最近、とてもすてきな男性と知り合ったのだという。離婚した母親が三年前から新しいパートナーと暮らしているセントラルコーストのリゾート、テリガルでスポーツ店を経営している男性らしい。シドニーに住むハンナとはなかなか会えないのだが、最後に彼女が母親のもとを訪れたこの前の週末……。

　タミーの意識はいつの間にか彼女たちの話から遠く離れ、さまよいだしていた。ハンナとジェニファーは運転席と助手席にいてタミーだけが後部座席に座っているので、彼女が会話に加わらなくても二人もあまり気にしていないようだ。フレッチャーのことで頭がいっぱいだとでも思われているのだろう。

　だが彼のことを考えても問題の解決にはならない。

　フレッチャーの言葉はまだ頭に残っている。〝君がどんなことを言ってきても、僕は対策を考えるつもりだよ〟

　フレッチャーは負けるのが許せない性格だ。これまでもいつも勝ち組だった。だから私のことも一種の挑戦だと考えているんだわ。

　父親になることも別の挑戦になるのかもしれない。それとも完全に罠にかけられたと思って拒むだろうか。

　日曜の午後で道が混んでいたので、シドニーの北部に着いたのは四時半だった。

「幸運を祈ってるわ」友人二人が、車を降りるタミーに声をかけた。

「彼は来ないかもしれないわ」

「絶対来るわ！」二人が声をそろえる。

タミーは無理に笑顔を作った。二人の自信をうらやましく思いつつ家に入ると、電話が鳴っていた。もしかしてと思いながら、急いでキッチンのカウンターにある電話を取り、息を整えて返事をした。

「タミー・ヘインズです」

「やっと帰ったのか。十分で行くから」

フレッチャーだった。声がひどく緊張している。彼は返事も聞かずに電話を切った。何度か電話をかけ、返事がないのにいらだっていたに違いない。

でもとにかく、彼は来るのだ。

急に緊張が解けたせいか、タミーは妙な脱力感に襲われ、さっき床にほうり投げたバッグを手にして機械的に寝室に向かった。数分間、鏡の中の自分をぼんやり見つめていたが、身づくろいをしなければと思い返して髪をとき、口紅をつけ直した。それからキッチンに戻ってスツールに腰を下ろした。

彼は来る。この子の父親が。どうするつもりなのかを私に告げるために。

私がどうするかはその答えを聞いてから考えよう。

玄関のチャイムが鳴った。

数秒後、タミーは自分の人生を変える原因になった男性と向かい合っていた。妊娠という重大な事実に比べたら、彼が今何を考えていようと、たいした違いはないような気さえした。

注がれるフレッチャーの視線には、熱い決意が感じられた。「タマリン、今日は逃げられないよ」

「ええ」彼女は一歩引いて彼を招き入れた。

彼の視線がタミーのおなかのあたりをさまよう。

「妊娠しているようには見えないが。四カ月だったらそろそろ目立ってもいいころじゃないか」非難するような口ぶりだった。

「人にもよるんだと思うわ。二人分食べて太ってしまう人もいるけれど、体重はあまり増やさず、運動して健康な状態を保つのがベストなのよ」

「君は当然よくわかっているんだろうね」彼はそう言いながらアパートメントに入ってきた。

タミーは閉めたドアにもたれてフレッチャーを見守った。彼は全身から攻撃的な雰囲気を出しながらタミーの狭いアパートメントをチェックし、寝室やバスルームまでのぞきこんでいる。

「靴箱みたいに小さい家だな」

タミーは抵抗するように顎を上げた。「七年間、ここで幸せに暮らしてきたのよ」

「一人暮らしならともかく、赤ん坊と暮らすには狭すぎる」彼はまたタミーの腹部を見た。「息子か娘か、わかっているのかい？」

「いいえ。今週、病院の予約をしてあるから、もし知りたいのなら……」

「そうか。じゃあ、一緒に行って教えてもらおう」

彼は突然キッチンのカウンターに置かれていた鍵《かぎ》とタミーのバッグを取り上げた。「さあ、行こうか」有無を言わせぬ口調で言うと、タミーのそばにやってきて、彼女を抱えるようにしてドアを開けた。

「行くって、どこに行くの？」ぼんやりしていたタミーは、安全な場所から連れだされようとしていることに気づき、ようやく現実に引き戻された。

「僕らの新しい家に、だ」

フレッチャーは無理やりタミーを外に連れだした。玄関に鍵をかけ、その鍵をタミーのバッグに入れた。タミーは抵抗も抗議もせず、されるがまま彼に従った。言われたことが理解できず、こめかみのあたりがどくどくと脈打っている。

病院に行くためにシドニーに残るだけじゃなく、家を構えるつもりだというの？　外国での仕事はやめてここに住む？　それだけ父親になることが大事ということ？　悪いことばかり想像していたタミーにとって、それはほっとする言葉だった。彼が少しでもためらいを見せたら、タミーはきっぱりと彼を拒んでいただろう。

でも頭のいいフレッチャーのことだ。もしかしたら、この際自分に不利な件には触れず、先にほしいものを手に入れようとしているだけかもしれない。ゆうべから、いくつかの案を考えたのは確かなようだ。私に考える時間を与えないようにしているようにも思える。タミーがそんなことを考えている間に、二人は銀色の車の前に到着していた。それはポルシェではなく、セダンだった。

「スポーツカーはやめたの？」

「家族用にはこのほうがいいだろう。レクサスのハイブリッド車だよ。環境に優しく、効率がよくて静かだ。地球の未来を守る車だよ」

地球の未来よりも自分の未来のほうがタミーには心配だった。「バッグと鍵を返して」車に乗りこむ前に彼女は言わずにはいられなかった。アパートメントの鍵と財布は自立の証《あかし》だ。突然、家族用の車を買ったからといって、彼が結婚を考えているとは思えない。

バッグを手にしたタミーは助手席に座った。フレッチャーはこの先、何をどこまで計画しているのだろう？

「気に入ったかい？」運転席に座った彼がきいた。

「ええ」

「今年度の高級車賞を取った車だ」エンジン音はポルシェに比べればないようなものだ。

「それもわかるわ」すべてが豪華だった。普段なら感激したかもしれない。だが今日は……。「それより、どこに行くつもりなの？」

急にタミーはパニックに襲われた。彼と行ってもいいのだろうか。これ以上話を複雑にしたくない。

「ブルース・ポイントだよ。十分ほどで着く」

答えを聞くと少しほっとした。歩いても行ける距離だ。車を走らせながら、フレッチャーは車のさまざまな特徴を話しているようだが、タミーの耳には届かなかった。やっと我に返ったのは彼がリモコンを作動してガレージの門を開けたときだった。

　はっとして目を上げると、巨大なアパートメントが数棟立っている。車は地下のガレージに入った。

「ここを借りたの？」

「いや」車を駐車させたフレッチャーは自慢げに笑った。「購入する手続きを始めた」

「いつ？」思わず言わずにはいられなかった。

「今朝、下見をしたあと」フレッチャーはさっさと車から降りて、助手席側にまわってドアを開けた。そして、降りたったタミーの腕をさっと取ると、彼女の口を封じるようにその唇に指を当てた。「まあ、待って。まずは見てほしいんだ」

　横柄に見えるほど自信たっぷりで、興奮を抑えきれないような楽しげな顔をしている。それを見て、タミーの心も躍り始めた。心配することなどなかったのかもしれない。彼はシドニーに家を買い、家族用の車を用意した。本気で父親になろうとしているのだ。

　フレッチャーは、タミーを自分のものだと主張するように、彼女の腕をしっかり抱えてエレベーターに導いた。何階のボタンを押したのかは見えなかったが、ドアが閉まると、彼は待っていたようにタミーを抱き寄せた。

「タマリン、君の望むものはなんだってあげようと言ったはずだ」彼はそう言ってキスをしてきた。そしてエレベーターが止まるまで、キスをやめようとしなかった。

　喜びで頭がぼんやりしたまま、タミーはエレベーターを降りた。フレッチャーが鍵を開け、ドアを大きく開けて先に中に入る。続いて入ったタミーはまずそこから見える景色に驚かされた。窓一面にシドニー湾の景色が広がっている。ハーバーブリッジ、白い帆を思わせるオペラハウス、ダーリングハーバー、アンザックブリッジ、街のスカイライン、広がる青い海と白い軌跡を残して進む船。

「カーツィの結婚式の日、この街ほど美しい街は世界のどこにもないと君は言った。僕らは今、その美しさを独り占めしているんだ」フレッチャーが勝ち誇ったように、満足げに言った。

タミーはぼんやりしたままリビングの大きなガラス窓に近づいた。豪華なリビングには白い革張りのソファや大理石の脚がついたガラスのテーブルが置かれ、タイル張りの白い床にはトルコブルーと白と青の美しいマットが何枚も敷かれている。

「いつの間にこんなにそろえたの？」

「最初から家具つきなんだ。居抜きで売りに出ていたんだよ」彼は面倒くさそうに手を振った。「気に入らなければ取り替えることもできる」

お金のことなど気にもかけない口ぶりだ。もちろんそうに違いない。彼は億万長者なのだから。それに気づかなかった今までのほうが不思議なのだ。これまでタミーは彼を一人の男性としてしか見ていなかった。だがアパートメントを見た今、改めて彼がどれほど裕福な人間か考えずにはいられなかった。大きな出費だったはずだ。しかも私の趣味に合わなければ取り替えることもなげに言っている。〝君の望むものはなんだってあげよう〟

でも、愛という言葉は一度も言ってくれない。子どもを育てるという点においてだけ、彼が私の人生にかかわるつもりだとしたら？　私は裕福な男性の愛人という立場を受け入れられるだろうか？　体を求めるだけの欲望は長続きはしない。だったら親としての絆《きずな》はそれよりも長く続くだろうか。

「君は青が気に入るだろうと思ったんだが」

「何もかもきれい。青は好きな色よ」マットやクッションを手で示してタミーは言った。ただ、赤ちゃん向きの家だとは思えない。家族が住むための家というよりはお金持ちやセレブ用の超高級モデルハウスだ。そう、フレッチャーに似合う家だ。私にふさわしい住まいとは思えない。ここに住んだら、彼に合わせて暮らすことになるのだろう。

「売買契約がすむまでは短期でここを借りることにしたから今からでも住める」彼は有無を言わせない口調で告げた。「僕の服はもう主寝室に入れた。君の荷物は明日運ばせよう」

その最後の言葉で、タミーの堪忍袋の緒が切れた。心づかいには感謝するが、彼のためにこれまで築いてきた生活を簡単に捨てる気はなかった。「フレッチャー、明日は病院の勤務日よ。火曜と水曜もそう。私の次の休みは木曜日なの」彼女の目は、あなたの命令は受けない、と告げていた。

フレッチャーの目が探るように細められた。まるでタミーがたった今引いた線を評価しているような目だった。二人の間に張りつめた緊張が走ったが、タミーに譲る気はなかった。世界じゅうの富を浴びるようにプレゼントされても、彼の都合に合わせて自分の生活を変える気にはなれない。

「君は僕に何かをくれるつもりはないんだね、タマリン」皮肉をこめてフレッチャーが言った。

タミーは頬が熱くなるのを覚えた。「もらうつもりもないわ。私はお金で自由になる情婦とは違う」

彼は皮肉に唇をゆがめて近づいてきた。「僕らの関係はもうその段階にはない。全然違う状態に移行したはずだ。君は僕の子を妊娠しているんだから」

「じゃあ、これはいったい何？」

彼はタミーの両手を取り、二人の胸の高さに持っていった。その瞳には暗い炎が燃えている。

「僕らは結婚するんだ、タマリン」危険な響きを帯びた低い声だった。「それこそ、君が望んでいたことじゃないのか？」

11

　意味がよくのみこめないまま、タミーは恐怖に駆られてフレッチャーを見つめた。結婚が私の望んでいたこと？　やはり彼は、私が結婚したいばかりにわざと妊娠したと思っているのだ。愛などどこにもない。どこにも……。

　顔から血の気が引き、冷や汗がにじんだ。自分が意識を失い、倒れたこともわからなかった。気づいたときには彼に運ばれていた。タミーは必死で状況を理解しようとした。「どうしたの？」

「君は気絶したんだ」フレッチャーは短く言って彼女をベッドに下ろした。「両膝の間に頭を入れて」

　自分の体に裏切られたことがショックだった。タミーは言われるままにした。気絶したのは初潮のとき以来初めてだ。もしかして出血したのだろうか。流産では？　だが、めまいがするだけで、ほかはなんともないようだ。

「深呼吸をして」

　パニックはおさまりつつあった。深呼吸を繰り返すとめまいも治ってきた。フレッチャーは横に腰かけてタミーの肩を抱き、支えてくれていた。

「もう平気」やっと声が出た。

「本当に？」

「ええ」

　彼はタミーの肩を抱いたまま立たせると羽毛布団をはぎ、枕《まくら》を重ねて整えた。「さあ、ここに座って休んで」タミーが従うと、今度は布団をかけてくれる。「何か口に入れるものを持ってくるから」

　一人で考える時間がもらえたのがありがたかった。どうすればいいのだろうか。頼りがいのある男性に面倒を見てもらえるのは心強いし、魅力的だった。ことに歩く気力すらない今は。

フレッチャーによって運ばれたのは主寝室らしい。あきれるほど広く、ここの窓からも景色が一望できる。色調も同様に青と白で統一されていた。白いカーペット。シルクの青い布団には白い睡蓮《すいれん》の模様。ベッドサイドの白いテーブルには、青やピンク、グリーンを帯びたクリスタルの葉がついた、木を模した銀のランプが置かれている。電気がついたらどんなにきれいだろうか。

フレッチャーとこの部屋で夜を過ごしたいという思いが、潮のように胸に満ちてきた。だが彼と結婚はできない。愛はないし、どれほど望んでもそれは変わらないのだから。お互いの間に尊敬がないのに結婚できるはずがない。

彼はレーズントーストがのった皿とオレンジジュースを手にして戻ってきた。タミーの鼓動が一気に速くなった。鋭い黒い瞳が彼女の顔に向けられている。「まだ顔色が悪いな」

「私、あなたとは結婚できないわ」タミーはきっぱりとした口調で告げた。

「いや、するんだ」賛成するまでは逃がさないとでも言うように、彼の視線が突き刺さった。「貧血でまともに考えられないんだ。まずはこれを食べて。それからゆっくり話そう」

「私がわざと妊娠したと思っているんでしょう」彼の強い意志の前で体が震え、心が弱くなりそうだったが、タミーは支配も威嚇もされまいと努力した。

「そんなことは思ってない」即座に返事があった。

「だったらなぜあんなことを……」

「僕が何を言ったかなんてどうでもいい」

「よくはないわ。大事なことよ。私、あなたと結婚したいなんて思っていなかった」

タミーの頑固な言葉を聞いたフレッチャーの瞳に

憤りが宿る。「いったい何を考えているんだ、君は。君みたいな女性は初めてだよ。だが君のおなかには僕の子どもがいる。子どものためにいちばんいい方法を二人で考えなければ。そして今、君にとっていちばん大切なのは」彼はタミーを指さした。「食べることだ。さあ」

フレッチャーは返事を待たずに腰に両手をかけて窓の前に立ち、外を見つめたが、タミーには彼が何かを見ているようには思えなかった。背中にタミーを屈服させようという強い決意がにじんでいる。

彼女は震える手でトーストを取り、力をつけるためにジュースと一緒に無理やり口に押しこんだ。落ち着かなくては。ストレスは赤ちゃんによくない。食べ終えると少し気分がよくなり、フレッチャーの言葉に耳を傾けてもいいという気持ちになった。

「全部食べたわ」言うとおりにしたのだから、これで結婚を決めた理由を話してもらえるだろうか。

フレッチャーはゆっくりと振り向いた。ハンサムな顔が緊張で険しくなっている。タミーは彼が襲いかかってくるのではないかと不安になって、思わず自分の体を両手で抱きしめた。

「君の人生から僕を締めだそうとしてもそうはいかない」投げつけるように彼は言った。「子どもの父親として、僕には法的権利がある」

締めつけられるような胸の痛みを和らげようと、タミーは大きく息を吸った。「締めだしたいなんて思わないし、あなたの権利も認めるわ。尊重する」

「口ではなんとでも言える」冷笑するようにフレッチャーが言った。「僕は確かな証拠がほしい。ちゃんと署名捺印《なついん》した契約書とか」

「この子の人生に、あなたはどんなふうにかかわりたいと思っているの？」それが知りたかった。

「限界は設けてほしくない」条件をつけられるのはお断りだ、と彼は言いたいらしい。「僕は子どものそばにいる。僕がいたら起きなかったはずのことを防ぐために」

なぜ彼がそこまで言うのかわからず、タミーは首を振った。「いったい何が起こるというの？　あなたがいてもいなくても、私がこの子に精いっぱいの愛情を注いでいくわ」

「だが君は僕じゃない。そして神童として生まれなかった者にその気持ちはわからない」

フレッチャーが口にした言葉は衝撃をもたらした。

彼が神童で、数学の天才だったことは事実だが、タミーは今までそのこととおなかの子とを結びつけて考えたことはなかった。そして彼がその二つの間に重要なつながりを見いだしていることが、彼女をひどく驚かせた。

「君はいい母親になるだろう」フレッチャーの口元に苦笑に似たものが浮かぶ。「それは疑わない。だが……」彼は首を振った。「愛だけでは足りないこともある。子どもの頭の中がどうなっているのかを理解してくれる家族がいなかったら、愛されている充足感も孤独感に殺されてしまう」

孤独感。セリーヌがフレッチャーのことを、自分だけの世界に引きこもっていると非難していたのが思いだされた。彼がそうなったのは生まれ持った才能を周囲に理解されなかった孤独感からなのだろうか。タミーは彼の新しい面を初めて知ったように、彼を見つめた。私も孤独だったけれど、彼は別の意味で違う孤独を抱えていたんだわ。

フレッチャーは檻《おり》の中のライオンのように寝室を行ったり来たりしながら、告白を続けた。「もちろん両親は最善を尽くしてくれたよ。僕が孤立したのは両親のせいじゃない。学校でみんなとは違うと意地悪をされたことも、幼くして入学した大学で年上の学生たちからねたまれたのも。両親がセリーヌにより多くの愛情を注いだのだって、よくわかる。彼女はごく普通の子だったからね。だが僕は鬼っ子だった。一人ぼっちだった。家族の誰もが僕をどう扱っていいかわからずにいた」

考えてもみないことだった。彼が普通とは違う、ほかの人から理解されない子どもだったなんて。タミーは両親には愛されなかったが、代わりに乳母が、学校の先生たちが愛してくれたし、友人や仕事仲間との関係にも問題はなかった。

「もちろん、今ではうんざりするほどたくさんの連中が僕に近づいてくる」フレッチャーは皮肉をこめて言った。「だが彼らが見ているのは僕の国際的な成功とうなるような金だ。僕がどんな人間だってかまわないのさ」

「フレッチャー、私は違うわ」タミーが静かに言う。

彼が振り向き、牙《きば》をむいてきた。「金では買えない女、か。なぜだ？　僕から引きだせるはずのものに、君はなぜ無関心なんだ？」

お互いを理解し合うのはいいことだわ、とタミーは考えた。そのうちに信頼が築けるかもしれない。タミーにとってはそれがいちばん価値のあることだった。今こそためらわずに自分の家庭環境を打ち明けよう、と彼女は決意した。「母がそういう人だから。いつもお金持ちの男性を追いかけているの。目当てはお金よ。それを見て育ったからお金で男性に買われた結末がどうなるか、私は知っているの。もっとけばけばしい女性が現れて相手の男性に手招きしたらそれで終わり」タミーはまた首を振った。「それは破滅への道よ。そんなことをしたら自分が自分でなくなるわ」

「深く刻まれた記憶は消せないということか」

「自分の生活は自分でまかなうわ」プライドをこめて、タミーは彼に攻撃的な目を向けた。「男性に頼らなくてもね」

「君は自立を誇っているようだが、これは君一人でどうにかできる問題じゃない。もしその子が僕の才能を受け継いだ天才だったら、君はどうする？　僕のサポートがなかったら、君は母親として失格するかもしれない。僕の子どもには僕が必要なはずだ」

母親として失格。そう聞くと気持ちがくじけた。タミーにたった一つ野望があるとすれば、それは最高の母親になることだが、フレッチャーの話を聞かされた今、彼女は自信を失いかけていた。自分では理解できないことを必要とする子どもが生まれたら、母として対処できるだろうか。

「親として、僕とパートナーになってくれ」黒みを帯びた瞳に強い確信が宿っていた。「結婚はそのための最適の枠組みだ」

フレッチャーはタミーの横に立った。屈服を強いる強い意志に彼女は負けそうになった。心臓が激しく打つ。もちろん彼とパートナーにはなりたいが、タミーにとって結婚は愛に根ざしたものでなくてはならなかった。必要に迫られてするものではない。

「でもフレッチャー、あなたはがっかりするかもしれないわ。ごく普通の子かもしれないもの」

彼はひるまなかった。「君だって普通の人間じゃない。君はとても普通とは言えないからね」タミーの性的な反応を引きだそうとするように、熱い欲望をこめて彼はささやいた。

「今はそんな話をしているんじゃないわ」タミーは叫ぶように言った。どうしようもなく彼がほしいが、このまま押しきられ、確実性ではなく可能性に基づいて提案された関係に飛びこむ決断はできない。

彼が布団に手を入れ、タミーのおなかのあたりに置いた。服を通して燃えるように熱い彼の体温が伝わってくる。「この子は僕の子だ。どんな子でも」

彼の言葉に子どもが反応したのだろうか。くすぐったいような感覚がタミーのおなかの中で生まれた。それを感じて真剣だった彼の顔がぱっとほころんだ。

「僕の子だ」もう一度繰り返した彼の声には畏敬《いけい》の念にも似たものが含まれていた。

彼はもしかしたらいい父親になれるかもしれない。タミーの胸に希望がさざ波のようにわいてきた。

「見せてくれ、触らせてくれ」熱を帯びた声で言われると逆らえなかった。着ていたシフトドレスが脱がされ、下着がはがされる。彼が服を脱ぎ捨てるのに数秒もかからなかった。タミーはベッドの上で体の位置をずらし、彼を迎えた。妊娠を彼と分かち合えることが、彼が喜んでくれていることが、うれしかった。

愛を交わしたあとで考えると、彼が自分を愛したのか、体内の子どもを愛したのか、よくわからなかった。それは今までとはまったく違う愛の行為だった。熱っぽい情熱や激しい所有欲は感じられず、うっとりするような優しさがタミーの心を溶かして、体じゅうの骨が溶けてしまいそうだった。心を満たす温かなものが寂しい気持ちを完全に消してくれた。

彼に優しく抱かれ、いとおしげに髪や背をなでられて、タミーは自分が大切にされていると感じた。彼の子を宿しているからという理由だけだろうか。それでも彼と時間を共有し、愛されているように感じることができた。ベッドでパートナーになるのがこんなにすばらしいのなら、親としてパートナーになるのも同じようにいいものかもしれない。少なくともその関係がだめになるまでは。フレッチャーは彼の人生に訪れた奇跡とそれがもたらすはずの未来に夢中になっている。私たちの関係が本当に試されるのは、子どもが生まれてからだわ。

「結婚すると言ってくれ」タミーの頭に頬を押しつけて、彼はつぶやいた。

「ええ、結婚するわ」ため息に似た声で、タミーは降伏の言葉をささやいた。

フレッチャーはタミーを押し倒し、並んで横たわって疑うようにその瞳をのぞきこんでいたが、彼女が本気だとわかると目を輝かせた。早くしないとタミーの気が変わるかもしれないという不安は残っていたが、とりあえずは勝った、と彼は思っていた。

「明日、婚姻届を取り寄せる。すぐにも提出しよう。式はいつならいい？」

式は挙げたくなかった。そんなことをするのは間違いだ。「籍は入れるけれど、式は必要ないわ」

「君たち仲間は結婚式を大切にしているんじゃなかったのかい？　ルーシーも妊娠していたし……」

「彼女の場合とは事情が違うわ」ルーシーとトニーは愛し合って、一生をともにすると誓ったのだ。セリーヌとアンドリューも、カーツィとポールも。でも私たちは違う。結婚によって彼は子どもの父になる権利を得るが、もし普通の子が生まれたら、彼は子どもと一緒にいる必要を感じないかもしれない。

それに彼は一度も愛という言葉を口にしていない。

彼は人を愛することができるのだろうか。

彼の予想に反して子どもが天才でなかったら……。

「君のご両親が結婚費用を払いたくないというのなら僕が……」

両親のことなど考えてもいなかったタミーは目を丸くした。父には何も期待していない。それ以上に問題なのが母だ。未来の義理の息子が大金持ちと知ったら、母は自分がスターになれるような披露宴を計画するに違いない。「両親に結婚することを話すつもりはないの。あくまでも私たち二人だけのことにしておきたいわ」

「タマリン、君が夢に見た披露宴をするために、僕は費用を惜しまないよ」

「いいえ、いいの」

彼はかぶりを振った。「妙なプライドに振りまわされるのはやめておくんだ。僕は君にも、友だちと同じような披露宴をしてあげたい。みんなだってそう思っているだろう。さもなければセリーヌは僕を責めるだろうし。なんのための金なのかってね。そのとおりだ。君にも花嫁衣装を着させたいんだ」

　確かに、披露宴もしないと知ったら、友人たちは怒るだろう。でもみんなにも理解してもらわなければ。これは愛情で結ばれる結婚ではない。親としての責任を果たすための結婚でしかないのだ。

「今はその時期じゃないと説明するわ」そっけなく彼女は言った。

「大きなおなかではみっともないからか」譲ろうとしないタミーに、彼はいらだっているようだ。

「いいえ。花嫁らしい気持ちになれないからよ」

「どういう気持ちが花嫁らしい気持ちなんだ？」これだから女は扱いきれないと言いたげな口調だった。

「この結婚が続くと信じられること」

　フレッチャーは探るようにタミーを見つめる。

「僕らの結婚が長続きしないと思う理由は？」

「あなたは法的な契約を望み、私はそれに同意した。とりあえずどこまでもつか、試してみましょうよ」

　彼の口元が震え、皮肉な笑みが浮かんだ。「君はやっぱり挑戦するのが好きな魔女だ」

　タミーも微笑を返した。「私の魔法がきかなくなったら、ちゃんと教えてね」

「いつまでも解けなかったらどうする？」

「結婚の統計について、あなたが前に言ったことを覚えている？」

「君は〝いつだって例外はある〟と言ったよ」

　タミーは手を伸ばして彼の頬に触れた。この契約のハッピーエンドを願わずにはいられない。「それは時間が教えてくれるわ、フレッチャー」

　彼からの返事はなかった。

　代わりにキスが返ってきた。熱いキスを受けながら、タミーは二人で過ごす一分一秒に感謝した。今のような時間に。

12

四人目の結婚式。

九カ月後、ジェニファーの結婚式直前の昼食会を心から楽しんだタミーは、ほほえみながらレクサスを運転してブルース・ポイントの家に戻るところだった。その日は、昼食後にブライズメイドのドレスの仮縫いがあり、ジェニファーから、子どもの同伴は禁止よ、と言われていたこともあって、友人同士だけで心置きなく笑ったり話したりすることができたのだ。

セリーヌは大切な娘を一日母親に預けた。ルーシーの息子は、トニーの母親が、私にも子守をする権利はあるのよ、と言って強引に連れていった。タミーはためらうことなく四カ月になるジョンをフレッチャーに託した。

ジョンを連れて家に戻ったときから、彼は理想的な父親だった。それどころか出産前から取りつかれたように妊娠についての情報を読みあさり、タミーと一緒に講習会に参加し、出産に立ち会って、長い陣痛の間彼女を励まし、慰めてくれた。父親として、彼以上のパートナーはいなかった。

そしてベッドでの相手としても。

自分がいつまでフレッチャーの心をとらえておけるのかタミーにはまったく自信がなかったが、意外にも彼は、化粧もせず、身なりもかまわないタミーをいやがる様子はなかった。せりだしたおなかさえもかえって彼を喜ばせた。もしかしたらおなかの子どもに興味があるだけなのかもしれない。そうも思ったが、彼の態度は出産後も変わることはなかった。

そしてタミーが彼に惹《ひ》かれる気持ちも変わらなかった。それどころかジョンをかわいがる彼の姿を見て、フレッチャーへの愛情はさらに深まった。彼はちゃんと愛情を注ぐことのできる人だった。ただ、彼の愛情を引きだせるのは無心な赤ん坊だけかもしれないが。フレッチャーにとってジョンは無条件に守るべき対象であり、いやな過去を持たない、まっさらな関係を築ける相手だった。時折あふれでた彼の愛情のおこぼれが自分にまわってくるのを感じることもあったが、それは女性に対する愛というよりは、自分の息子の母親に対する愛情だった。

もちろんタミーはフレッチャーと一緒にいて不幸ではなかった。多くの点で彼はいい夫だった。問題は彼が心を開かず、コンピュータのある部屋に長時間こもって、仕事の話をいっさい教えてくれないことだ。そしてタミーの友人との社交的な集まりにはいっさい顔を出さない。

「僕は場違いだし、浮いてしまうから」彼は決まってそう言った。「タマリン、君は行ってくればいい。楽しんでおいで」

だが友人たちが夫婦で来ている場に一人で行くのは居心地が悪かった。社交的でないフレッチャーの態度もたいていはしかたなく容認してきたが、ジェニファーとアダムの結婚式には出てほしかった。だからフレッチャーに出席の意思がないことを、タミーはまだジェニファーに話せずにいた。

レクサスを地下のガレージに入れ、エレベーターに向かったタミーは、もう一度フレッチャーを説得してみよう、と思った。私のためだと思ってぜひ出てほしい、と言うのだ。いつまでも彼が社交の場に出てきてくれないなら、二人のパートナーとしての関係も危うくなる、と。自分にとって大切な仲間の集まりに顔を出す努力を、彼にもしてほしかった。

家に入るとフレッチャーの声が台所から聞こえて

きた。ジョンに材料の説明をしながら、夕食の準備をしているらしい。意外なことに彼は料理が好きで、しかも上手だった。集中力が求められる知的な仕事の合間のいい気晴らしになるようだ。

「ただいま」

「こっちだよ。ネットでいいレシピを見つけたんだ。鱈《たら》のオーブン焼きだ。昼食を食べてきた君には少し重いかもしれないが」

せっかく彼の機嫌がいいときに、何も口論をすることはないだろう。タミーはため息をつき、結婚式の話題を持ちだすのは明日にしようと決めた。台所には港に面した長い調理台があり、その端にジョンを寝かせた移動式のベビーキャリーが置かれていた。中をのぞくと息子はフレッチャーにもらった人参《にんじん》をおもちゃにしていた。

調理台のリビングに面した側には、デザイナーの手になる座り心地のいいシートがついたスチールのスツールが置かれている。タミーはその一つに腰かけるとフレッチャーが冷蔵庫からよく冷えた白ワインを出し、グラスに注《つ》ぐのを見守った。

彼のおかげで得られた多くのものに感謝しなければ、とタミーは自分に言い聞かせた。

「楽しかったかい？」グラスが目の前に置かれる。

「ええ、ありがとう」

「式の準備は進んでいる？」

避けようと思っていた話題を持ちだされて、タミーはつい、言わずにおくつもりだった言葉を口にしてしまった。「あなたのこと以外は」

「どういう意味だい？」

タミーは大きく息を吸ってから訴えた。「フレッチャー、あなたにも出席してほしいの。ほかの三人の式には出たでしょう。ジェニファーの式にだけ出ないなんて彼女に悪いわ」

「ばかなことを言わないでくれ」彼は横柄にタミー

の言葉を拒んだ。「セリーヌは妹だ。結婚式に出ないわけにはいかなかった。ほかの二人の場合は、君に会いたくて出ただけだ」

タミーはついかっとなり、さらに言いつのった。「私と契約を結んだ今は、もう私をつなぎとめるために努力する気はないということ？　そうなのね、フレッチャー？」

細められた彼の瞳の奥が冷たく光った。「行かなかったら君を失うことになると言いたいのか？」

彼は私が子どもを守ることを優先し、今の生活を捨てるはずがないと思っているんだわ。揺るぎない彼の自信が、タミーの戦う決意を萎《な》えさせていった。気力を取り戻し、威厳を失わないように静かに話すのは簡単ではなかった。「違うわ、頼んでいるの。お願い。今度だけは一緒に出て」

「僕が行く必要はないだろう」じれったそうに彼が言い返す。「君はブライズメイドだし」

「ほかのパーティだってそうだったわ。それでもあなたと一緒に楽しむ時間はあった」

「それしか一緒にいる時間がなかったと言ったほうがいい」すぐに反論が返ってきた。「でも今は違う。終われば君はここに帰ってくる。ジョンもいる」

「フレッチャー、私がずっとここにいるのが当然だなんて思わないで」彼女は立ち上がるとベビーキャリーを手にした。「料理は自分の分だけ作ってくればいいわ。私はこの子の面倒を見るから」

「君は友人に見せびらかすために僕を連れていきたいだけだろう。お飾りの役はごめんだ。僕は生産的なことをしたいんだ」

タミーは怒鳴る彼を無視して子ども部屋に向かい、ドアを固く閉ざした。部屋にはジョンのミルクを用意するために冷蔵庫と電子レンジが備えられている。この部屋があるおかげで、フレッチャーと顔を合わせずにミルクをあげることができた。

タミーはジョンを抱き上げて揺り椅子に座った。体を揺らしてジョンをあやすことで、いらだつ神経を静める必要があった。〝お飾り〟というフレッチャーの言葉が何度もよみがえる。彼に式に来てほしいのは自分のプライドを満足させるためだろうか？ そんなことはない、とタミーの心の声が何度も叫ぶ。愛する者同士が幸せな時間を分かち合いたい、思い出を共有したいと思うのがいけないことだろうか。

彼は私を愛していないのだ。

わかっているつもりだったが、今夜、その事実は特に胸にこたえた。愛がなくても、それなりに楽しい、恵まれた生活を送っているのだから、と自分を慰めようとしたが、心の痛みは消えなかった。涙が頬を伝った。声を殺した静かな涙はしばらく続いた。

ジョンを寝かしつけて子ども部屋から出たときには、フレッチャーはコンピュータのある自室に引きこもっていた。そして一人でベッドに入ったタミーが翌朝目を覚ますと、彼は横でまだぐっすり眠っていた。二人が再び顔を合わせたのは、ジョンに朝の日光浴をさせているベランダでだった。

「やあ。昨日は遅かったんで寝過ごしたよ」

表情を見られたくなくて大きなサングラスをかけていたタミーは、黙ってうなずいた。タミーの隣のデッキチェアに腰を下ろした彼は、コーヒーのマグカップを手に、朗らかな顔をしてくつろいでいる。

「オーストラリアに来ることをハンスに承知させたよ」ハンスはドイツに住む天才だ。「ガイも来るらしい」ガイはアメリカ人だ。「そして二人が来たら、マックスもキャンベラからシドニーに来ることになっている」この四人が世界じゅうのどんな乗り物でも追跡できる革新的なコンピュータシステムを開発した人物たちだ。「今新しいコンセプトを考えていてね。四人で集まって会議をするつもりなんだ」

それが昨日言った〝生産的なこと〟なのね。

「だったら乳母を探さなければね」

タミーの言葉に彼は顔をしかめた。「なぜ？　僕が会議をしている間は君がここにいればいい」

「昨夜も言ったけれど、私がずっといるとは思わないでほしいの。出産休暇はもうすぐ終わるわ。病院には週三日勤務で出ようと思うの」

フレッチャーはいらだったように口元を引き結んだ。瞳の奥に抑圧された怒りがうかがわれた。

「私にもあなたと同じように、好きな仕事をする権利があるはずよ」穏やかにタミーは言った。

それに反論できないことは、フレッチャーにもよくわかっていた。

結婚生活を続けるためには一時的な休戦が必要となったが、それは休戦というよりは冷戦状態に近かった。

そしてその状況はジェニファーの結婚式の当日も同じだった。タミーは逃げるように式場に向かった。

「せいぜい結婚式を楽しんでくるといい」立ち上がるタミーに彼が言った。

「もちろん、そうするわ」

フレッチャーは会議があるため出られないと伝えた。その話は、少なくとも式を欠席する口実にはなったが、友人たちが信じたかどうかは疑問だった。式場でみんなと再会したときには、内心、身が縮む思いだったが、話題はすぐに別のことに移った。

ジェニファーはタミーを抱きしめて朗らかに言った。「彼がそんなに仕事に夢中なら、そんな人は置いてきてよかったのよ。そのほうが楽しめるもの」

「ポールが言ってたわ、マックスも同じなんですって」カーツィが言う。「別の惑星の人間なのよ」

ルーシーはポジティブな意見を述べた。「でも彼はジョンの子守をしてくれているんでしょう。安心して楽しめるじゃない」

「タム、今夜あなたが住んでいたアパートメントに二人で泊まらない？　式の話をして盛り上がりましょうよ」ハンナが言う。

タミーは喜んで賛成した。フレッチャーと暮らすようになったあとも、二人の契約が破綻《はたん》したときのことを考え、以前のアパートメントはそのままにしてある。彼との契約をすぐに破棄するつもりはないが、今夜はこのまま戻りたくない。帰るのが一日くらい遅くなってもかまわないという気持ちだった。

セリーヌだけは最後まで辛辣《しんらつ》だった。「兄は最低だわ。そんなわがまま者には、一発食らわせてやればいいのよ。やれるものなら私がそうしたいわ」

けれど式が始まると、タミーはフレッチャーへの怒りなどすっかり忘れてしまった。おとぎ話のような結婚式にしたいというジェニファーの希望で、式は百年ほど前にエキセントリックな大金持ちが建てた城で行われた。今は豪華で高級な貸し会場になっている建物で、二冊目の本が売れているアダムが費用を負担すると言い張ったことからそこに決まったのだ。次の本の舞台に使うつもりだから費用は税金控除の対象になる、というのが彼の言い分だった。

城はシドニーでいちばん美しい住宅地と言われるハンターズヒルの、シドニーハーバーを見下ろす高台にそびえている。結婚式は城にふさわしいフォーマルなもので、花婿の付添人はピンストライプの燕《えん》尾服《びふく》、女性陣はネックラインが大きくくれた、肩がむきだしのパステルカラーのボールガウンを着ていた。

今回はタミーがチーフ・ブライズメイドの役で、パートナーはアダムの兄で花婿の付き添い《ベストマン》のジェイソンだ。グラフィックアーチストでゲイだと公言している彼はとても楽しい話し相手だった。ゲイに多い、ハンサムでウィットに富んだ、チャーミングな男性で、面白い話をしてはタミーを笑わせ続けた。ベストマンとしての彼のスピーチも、笑いと逸話を交えた、すばらしい出来だった。

そのうえダンスも上手で、彼はタミーがパートナーになったことをことのほか喜んだ。おかげでタミーもいやなことを全部忘れて、ジェニファーとアダムの幸せを心から願うことができた。

だがハンナと一緒に、以前住んでいたアパートメントに戻り、クリームがかったアプリコット色のドレスをクローゼットにかけると、急に心が沈むのを感じた。かつて友人たちの式に着た三着のドレスがビニールのカバーをかけられ、大切につるされている。セリーヌの式に着た薄紫のドレス、カーツィのときの青いドレス。あのとき、私は彼に惹かれていることを思い知らされた。ルーシーの式のときの紫のドレス。あのときには彼のほうが、私に惹かれていることを認めた。そしてアプリコット色のドレスは、タミーにはみんなのようなハッピーエンドがないことを告げているように思えた。

子どもができたことで結婚という枷《かせ》をはめられたのはフレッチャーではない。彼は望んでいたものを手にしたのだから。出口のない場所に閉じこめられたと感じているのは私のほうだわ。フレッチャーとは別れられるけれど、子どもを残しては出ていけない。

かといって父親を子どもから奪うこともできない。私は一生花嫁にはなれない。そう思いながらタミーは友人たちが実現させた夢の思い出が収納されているクローゼットの扉を閉めた。皮肉なことに、ハンナは夢に満ちあふれていた。タミーと一晩過ごしたかったのは、ジェニファーの結婚式の話をするためではなく、自分の夢を語るためだった。

ハンナは一年前にテリガルで出会ったグラント・サマーズという男性と結婚を考えていて、最近週末はほとんど彼と過ごしているらしい。彼は海岸のリゾートにスポーツ店を構えていて、日曜はサーフィンのライフセーバーとして働いている。仲間の中でいちばんのスポーツ好きのハンナに言わせると、彼はすばらしいアスリートで、たくさんの友人を持っているという。

最初は自分たちの間だけでつながっていた友情の輪は、年とともにどんどん広がっている。そう思うとフレッチャーが一人そこからはずれていることがいっそう悲しかった。ほかの人に興味を示し、世界を広げて自分とは違う人間とも付き合ってくれたら、二人の世界ももっと豊かになるのに、と思う。

どうしたら彼を孤独な世界から引きだせるのかわからないし、彼の拒絶と戦い続けるのは容易なことではない。けれどこのまま彼から離れることが解決につながるとは思えなかった。翌朝ハンナが去ったあと、アパートメントに残されたタミーはそう思い当たった。私の生活はがらんとしたこのアパートメントにはない。ジョンとフレッチャーとともにある。だからいちばんいい形にできるよう努力しなくては。

家に戻るとフレッチャーはリビングで、厳しい顔をして外を見ていた。片手に握った紙の束でいらだたしげに腿のあたりを叩《たた》いている。ドアが閉まる音を聞いたとたん、まるで叱責《しっせき》するように、怒りをこめた目でタミーを見た。

何かいけないことをしただろうか。彼が怒るのはフェアじゃないわ。ジェニファーの結婚式に来なかったのは彼が自分で選んだことだもの。理由はなんであれ、非難される筋合いはないわ。

「どこに行っていた？」

思いがけない言葉と激しい口調に、タミーは息をのんだ。困惑した表情でフレッチャーを見る。「ハンナとアパートメントに泊まると言ったはずよ」

「本当に？　それは口実じゃないのか？」

何を言われているのかわからなかった。「何をそんなに怒っているの？」

手にした紙を振りまわしながら彼が近づいてきた。

「今朝セリーヌからメールがあった。見ろ」それは結婚式でのタミーの写真だった。ジェイソンと笑っているタミー。彼と踊っているタミー。

彼女はすぐに理解した。セリーヌがわざとしたのだ。フレッチャーをこらしめるために、彼の嫉妬《しっと》をあおろうと。そして成功した。

顔を赤くして怒っているところを見ると、彼は思っていたよりもずっと私のことを気にかけているらしい。タミーは心の中で友人に感謝し、このチャンスを最大限に利用することにした。

「フレッチャー、私と楽しく踊るのはあなただったはずよ。でもあなたは来なかった。楽しんでくればいいと、私を一人で送りだしたのよ。それなのに私の行動を非難するなんておかしいわ」

「どのくらい楽しんだんだ？」

「式に出ていれば、そんなばかげた疑いは抱かずにすんだでしょうに」

「ばかげた？」彼の瞳が黒々と光った。

「そうよ」タミーは負けずに言い返した。「ジェイソンはゲイよ。しかもそれを公言してるの。いくら付き合いの悪いあなたでも、その場にいればそれくらいわかったでしょう？」

「ゲイだって！」蒸気を吐くような勢いで彼はその言葉を吐きだした。瞳はまだ怒りに燃えている。

「妹のやつ、今度会ったら絞め殺してやる」

「あなたたち兄妹《きょうだい》は言うことが同じね。セリーヌもよく、あなたを殺してやりたいと言っているわ」

「僕は妹とアンドリューの仲を邪魔したことは一度もない！」

「二人はちゃんと結婚しているのよ。互いに認め合い、安心できる家庭を築いているわ。親として一緒に住む契約を交わしただけの私たちとは違う。セリーヌは私がそれに満足していないのを知っているから、心配してくれているのよ」

　初めて聞く言葉にフレッチャーははっとしたようだ。怒りをぶつける代わりにじっとタミーを見つめた。「君はそんなふうに思っているのか？」

「ええ」タミーは正直に答える。「パートナーなら私の生活を、私が大事に思っているものを、共有してほしい。でもあなたは、何かを一緒にしたくても、いつも私を遠ざけたわ。それでもジョンのために、私は寂しさを我慢してきた。あなたが自分で重要だと思うことに一人夢中になっているときもね。そうよ、あなたは何をしているのか説明もしてくれないし、何も私に共有させてくれないのよ」

「複雑なテクノロジーの説明をしても君には興味がないだろうと思ったからだ」

　タミーの瞳が冷笑するように光った。「コンピューターシステムの概要くらい、私にだって理解できるわ。新しいコンセプトについてだって、わからないと決めつけずに話してくれてもよかったのに」

「君がわからないと思ったわけじゃない」

　タミーはその言葉を聞いて大きなため息をついた。

「あなたは分かち合うということがどんなことか、わかっていないんだわ。私を遠ざけようとしているだけ」タミーは泣きだしそうになるのをこらえて唇を噛《か》み、涙を見られる前に一人になろうと体の向きを変えた。

「行かないでくれ」フレッチャーがその腕をつかむ。

「ジョンを見てくるわ」彼を見ずに、くぐもった声でタミーは言った。

「寝ているよ」

　泣くのを見られまいとして彼女は腕を振りほどこうとした。「それでも見てくる」

「君も同じことをしてるじゃないか。僕を遠ざけようとしている」フレッチャーが鋭くタミーを責めた。

　タミーの中で怒りがこみ上げ、涙を押し戻した。

怒りに力を得て、彼女はフレッチャーの腕を力いっぱい振りほどいた。彼は私の言うことを何一つ聞いていないし、二人の関係を改善するために自分の行動を変える気もないんだわ。ジェニファーの結婚式に出ようともせず、根拠もなく私を疑うなんて。それればかりか反省もせずに私の言葉をねじ曲げて自分を正当化しようとしている。

「私がこの家にいる理由はただ一つ。息子がここにいるからよ」タミーは激しい口調で言った。「私が本当はどう思っているか、言ってあげましょうか。あなたの天才の遺伝子をあの子がいっさい受け継いでいませんようにって願っているのよ。そうすればあなたはあの子に興味を示さなくなって、あの子は私だけのものになるから。そして、他人を尊重する人間に育てられるわ。ジョンには、どんな人にもそれぞれの価値があるから自分とは全然違う人でも軽んじたり、無視したりしてはいけないと教えるの。そのことを学んでいない父親のことも理解してあげなさいとね」

タミーの言葉は二人の契約を根本から揺るがす、衝撃的なものだった。フレッチャーの顔からは尊大な表情が消え、瞳にはショックを受けた様子が表れていた。彼女は意地悪な満足感とともに、彼の顔色が変わるのを見守った。凍りついた表情は、天才的頭脳を誇る彼が初めて動揺したことを物語っていた。

タミーは足音も荒く子ども部屋に戻った。ジョンは両親のいさかいも知らず、平和に眠っていた。たった四カ月ではこの子が天才かどうか、わかるはずがない。

この子を私に返してください、とタミーは運命の神に祈った。妊娠というひどい仕打ちを授けた運命の神に、少しくらいは埋め合わせをしてもらってもいい気がした。

お願いです、神様。この子を私に返してください。

13

フレッチャーはタミーを避けていた。

彼女が二人の関係を批判したことについて、フレッチャーは何も言わなかったが、その後二週間ほど、会話は家の雑事に関することに限られた。同じ家に住み、一緒に食事をし、同じベッドで寝ても、彼の周囲には破ることのできない壁が築かれていた。子どもの面倒を見るのさえ、それぞれが別々に行った。

結局乳母は雇わなかった。こんなにぴりぴりした家に他人を入れるのは無理だとタミーがあきらめたからだ。週三日の病院勤務の間、ジョンの世話はフレッチャーがし、彼が同僚たちとの会議で出かけるときは、タミーがした。そして、二人がともに家にいるときは、できるだけ均等に分担し、休戦状態を保つよう、互いに細心の注意を払って過ごした。

そうしたみじめな日々はそれから何週間も続いた。やがてタミーは、フレッチャーを根本から否定する言葉を吐いたことに、深い後悔の念を抱くようになった。彼は決して悪い人ではない。ジョンには父親のような人間になってほしくない、と言ったが、あの言葉は言いすぎだった。ジョンがどんな子であろうと、私は彼が幸せな子ども時代を過ごせるよう、最大限の努力をするだろう。フレッチャーが味わった孤独に息子もまた苦しむことがないように。

ジョンが寝つくとフレッチャーはコンピュータのある部屋にこもる。タミーは毎夜、一人で眠りにつくまでの長い時間、彼が以前に話したことを繰り返し考えた。彼の尊大で横柄な態度は、もしかしたら、傷つけられないように自分を守るための鎧《よろい》だったのではないか。

妊娠中から私と生活をともにするようになって、私には安心して自分を見せることができるようになったけれど、他人にはまだそれができないのかもしれない。特別な人間として扱われるのが怖いから。天才の頭脳を持つ男性。ほとんどの人は一生かかっても目にできないような大金を簡単に自由にできる男性。ほかの人とは異質のまばゆいばかりの男性。

でも彼は人間的な面も持っている。自分の気持ちを抑えきれずに私を追ってきたし、ジョンを無条件に愛してもいる。私に裏切られたと誤解して激しい感情をあらわにしたこともあった。なのに私がぶつけた心ない言葉のせいで、彼は再び自分の殻に引きこもってしまった。そして、二人で交わした契約に違反しない範囲で、私を遠ざけている。

タミーはかつて二人が共有していたものが恋しかった。もっと彼のことを思いやって、理解してあげればよかった。二人だけしか知らない契約を本物の結婚に見せようと努力することさえ拒んだ彼を責める代わりに、なぜ社交の席に私だけを行かせるのか尋ねてみればよかった。

タミーは彼にもう一度自分を求めてほしかった。

だがそれには、取り返しがつかないようにも思えるこの状況をどうすればもとに戻せるか、という大きな問題が立ちふさがっていた。

ジェニファーとアダムがアフリカとエジプト周遊の三週間の旅から帰ってきた。ビデオを見せて、おみやげを渡したい、とジェニファーが言うので、毎月のシドニーでの昼食会の代わりに、週末に家族連れで泊まりに行くことになった。土曜日にレウラにあるアダムのコテージで遅い昼食を楽しみ、その日はカトゥーンバの有名なホテル、キャリントンホテルに泊まって、日曜日に帰るというプランだった。

全員がそれに賛成した。

「ジャミーソン・バレーではトレッキングもできる

って、フレッチャーに言ってみて」ジェニファーがタミーに助言した。「そうしたら彼、来るかもしれないわ。ロードハウでは山登りをしたんでしょ？」

「ええ、そうね。でももし私が一人で参加することになっても、何も言わないでくれる？」

「もちろんよ。あなたは絶対に来てくれなくちゃ」

タミーは初めて、集まりに出たくないと思った。そのためにはフレッチャーと話をしなければならず、そうなれば必然的に、自分のせいで起こったこの危うい状況に波風を立てることになるからだ。すでにできてしまった溝がさらに広がったらどうしよう。

だが実際は、フレッチャー自らがその話題を持ちだして、タミーを困惑させた。それは病院での八時間の勤務から戻った夜のことだった。フレッチャーは夕食にスパゲティ・マリナーラを用意していた。とてもおいしくできていたので、タミーは素直にそう伝えた。

「そろそろ毎月の昼食会の日だろう？」彼がさりげなく言った。「今度はどこでやるんだい？」

「私、行かないかもしれないわ」タミーはシャルドネが注がれたグラスを手に取り、まわした。

「どうして？」

興味なんてないはずなのに、なぜ彼はこんなことをきくのだろう。そう思いながらタミーはしぶしぶ答えた。「ジェニファーが週末に家族連れで泊まりに来てほしいと言っているの」

「六人での昼食会の代わりに？」

「ええ」早く話を終わらせたくて、タミーは簡単に計画を話し、乾いた喉をワインで湿らせた。

「みんなは賛成しているのかい？」

タミーはまじまじとフレッチャーを見た。なぜ彼がいつまでもこの話を続けるのかわからなかった。

「ええ。アダムのコテージに集まって、持ち寄りで昼食をとることになっているの。トニーはワインを、カーツィとポールはキングアイランド・チーズを持ってくるそうよ。ハンナとグラントはテリガルの海老《びえ》を提供するらしいわ。セリーヌとアンドリューはサラダ担当。アダムとジェニファーはバーベキュー。みんな楽しみにしているみたい」

「僕らの割り当ては？」

僕ら？

タミーの心臓が激しく打った。希望をこめてフレッチャーを見ると、彼は真剣な目をしていた。

「デザートがなかったようだね」フレッチャーが続ける。「軽いものがいいかな。梨《なし》にキャラメルソースをかけたのはどうだろう。それともオレンジとキウイをコアントローに軽く漬けたのがいいかい？」

タミーはベーカリーからパンを届けさせるつもりでいたのだが、そのことは黙っていた。フレッチャーが一緒に来てくれるなら、なんでもよかった。料理したものを持っていくことで彼が参加しやすくなるなら、パンの話など絶対にするまい。

いくつか例を挙げたあと、フレッチャーが尋ねた。「君は何がいちばん歓迎されると思う？」

タミーは息が詰まり、言葉も出ないほどだった。

「あなたよ、フレッチャー。みんながいちばん歓迎するのは、あなたが来てくれることだと思うわ」

胸の中で心臓が激しく打っている。

押しつけがましく聞こえただろうか。

一歩でいい、私に近づいて、とタミーは目で訴えた。一緒に来て。あなたが私たちの関係を大切に思っていると私に信じさせて。そして、私があなたとともに人生を過ごしたいと思っていることを、あなたに伝えさせて。

「それはどうかな」フレッチャーは皮肉っぽく言った。「みんなは傲慢《ごうまん》な僕に、身のほどを思い知らせてやりたいと思っているかもしれない」

「そんなことないわ。自分から相手に興味を示せばいいのよ。アダムには本の話を、ポールとアンドリューには金融市場の話をすればいいわ。あなたはワインが好きだからトニーにはいいヴィンテージをアドバイスしてもらったら？　グラントは体を鍛えるのが好きなの。ダイビングやクライミングの話がいいかしら？　相手が得意な領域の話をして、あなた自身も楽しめば、みんなもあなたといて楽しいと思ってくれるわ。仲よくなるきっかけを作ってみて」

彼は苦笑してうなずいた。「ジェニファーに電話をして、二人で参加すると言ってくれ」フレッチャーは席を立った。「ネットでレシピを探してみるよ。何か特別なものを作ろう」

「ありがとう」安堵《あんど》と感謝で胸がいっぱいになり、タミーはそう言うのがやっとだった。

彼女はフレッチャーが出ていくのを見守った。彼は二人の将来のためにチャンスをくれたのだ。そのことに感激し、体が震えていた。フレッチャーは今、あんなにひどい言葉を浴びせた私を許し、他人を受け入れる努力をしようとしている。タミーの中に彼への愛情があふれだした。彼がどんな態度で友人たちに接しようと批判しないわ。全力で応援し、彼を孤独の淵《ふち》から救いだすのよ。

ジェニファーは大喜びだった。

そのニュースはすぐにみんなに伝わったらしい。三十分もたたないうちにセリーヌから満足そうな声で電話がかかってきた。「兄は二度とあなたを一人でパーティに行かせないと決めたみたいね」

「そういうことじゃないのよ」タミーは急いで言う。

「タム、兄にはお灸《きゅう》をすえてやるべきよ。写真を送った効果があったでしょう」

「逆よ。そのせいで私たちの仲は壊れかけたんだもの」タミーはセリーヌにもフレッチャーに対する態度を改めてもらいたかった。「善意でのことだとはわかってるの。でもあなたにはフレッチャーという人がわかっていないわ。彼の人生はあなたの人生とは全然違うの。彼は人付き合いがうまくできないのよ。家族の中にいても一人だけ孤立していて、自分が家族の一員ではないような気がしていたって言っていたわ。あなたは尊大だと思っているようだけれど、彼は普通の人とは違うせいで、人から拒まれるのを恐れているの。だから他人を締めだしているのよ。生まれながらに人と違うというのが、どういうことかわかる？　彼は普通の女の子だったあなたがうらやましかったそうよ」

「私がうらやましい？」セリーヌはその言葉が信じられないようだった。天才と言われている兄は優越感を持つことはあっても凡人の自分をうらやむことなどないと思っていたのだろう。

「お願いだからジェニファーのところで会ってもフレッチャーに皮肉を言わないでね」タミーは友人に頼んだ。「歓迎してあげてほしいの。お願いよ」

「わかったわ」セリーヌは半信半疑ながらも承知してくれた。「タム、私、仲たがいさせるつもりであの写真を送ったんじゃないのよ。本当にごめんなさい。これからは二人のことに口を出さないようにするわ。あなたのほうが私よりも兄を理解してくれているみたいだし」ためらってから彼女は心配そうに尋ねた。「兄に電話して謝るほうがいい？」

「そうしてくれたらうれしいわ。でもチャンスがあったときでいいの。あまり大げさにしないでね」

「わかった。時期を見てそうするわ。正直に話してくれてありがとう、タム」

「フレッチャーはあなたのお兄さんよ。二人が仲よくしてくれたらうれしいわ」

「やってみるわ」セリーヌは約束してくれた。

翌日の夜、仕事から帰ったタミーをまたもうれしい驚きが待っていた。フレッチャーの母親から、週末セリーヌの子どもを預かることにしたから、この機会にジョンのことも一緒に預かりたい、と電話があったというのだ。

タミーにはすぐにセリーヌが頼んでくれたのだとわかった。「なんて返事したの、フレッチャー？」

「君と相談して返事をすると言った」彼の瞳には挑むような光があった。

ジョンがいないということは、息子という緩衝材なしで、ホテルの部屋で二人きりになることを意味するからだ。そしてタミーは、フレッチャーと一緒にいる唯一の理由はジョンだと宣言していた。

それを思いだして彼女は頬を赤らめた。同意は、彼との距離を縮めたいという意思表示になる。けれど、もしそうなったとき、彼に拒まれたら？　いいえ、怖がってはだめ。二人の仲を修復するためには、傷つくリスクも冒さなくては。それにフレッチャーは母親からの申し出をすぐには断らなかった。彼にも仲直りしたい気持ちがあるのかもしれない。

タミーは努力して笑みを浮かべた。「すてきな申し出だわ。うちの母だったら絶対に孫の面倒を見たいなんて言ってくれないもの」

「じゃあ、預けていいんだね？」念を押すようにフレッチャーが言った。

「ええ」タミーは急いで言い、胃が痛くなるほどのパニックに襲われた。「あなたさえよければ」

フレッチャーはうなずいて目を伏せたが、瞳によぎる満足そうな表情をタミーは見逃さなかった。

「じゃあ、そう電話しておくよ」彼は明らかに今度のパーティを、本当の意味でタミーと生活を分かち合うための最初の挑戦と見なしているようだった。

タミーはフレッチャーの両親が好きだった。彼らはジョンを迎えに来てくれて、しばらく部屋に上がっていった。その間はタミーもリラックスしていられたが、二人が帰ったとたんに緊張がこみ上げてきた。今からこれではレウラまでの車中が心配だわ。荷物と、タミーが買ったおいしいパン、フレッチャーが作ったデザートを積みこんで出発した二人は、道すがら、まったく口をきかなかった。フレッチャーが音楽をかけたときにはほっとしたくらいだった。

　アダムのコテージには全員がほぼ同時に到着した。それぞれが持ってきたものを出してパーティの準備を始めたので、顔合わせの気まずいシーンは回避できた。フレッチャーとは初対面のグラントが、にこやかに近づいてきて、トレッキングを話題に簡単な挨拶《あいさつ》をすませた。「明日の朝、僕ら夫婦と四人で浸食されてできた三つ並んだ岩、スリー・シスターズにトレッキングに行きませんか」最後に彼は親しげにフレッチャーの肩を叩《たた》き、そう誘った。

「タマリン、君は行けるかい？」どうやらフレッチャーはグラントの申し出に興味を引かれたらしい。

「あなたが行くなら」

「じゃあ、決まりだ」そう言ってグラントに笑いかける彼を見て、タミーの緊張も解けていった。

　ジェニファーはフレッチャーを大歓迎し、デザートに大喜びした。「すてきだわ。こんなおいしそうなデザートを作れる男性なんて、夢のようよ」

「僕が君にあげられるのは、媚薬《びやく》の効果がある生オイスターくらいだからね」アダムが口をはさんだ。

「君の小説、楽しく読ませてもらったよ。その方面にかけてはいろいろと経験があるようだね」フレッチャーのその言葉でみんながどっと笑った。

　パーティは和やかなムードで始まり、タミーもくつろいだ気分で心から楽しむことができた。

　青みがかったユーカリの森と山の断崖《だんがい》がくっきりと見える、よく晴れた穏やかな夏の日の午後だった。一行は外にしつらえた長いテーブルにワインと食べ物を並べ、思い思いに話に興じた。唯一緊張が走ったのは、ポールがフレッチャーの仕事のことを話題にしたときだった。

「新しいプロジェクトを始めたそうだね。会議に招集されてシドニーに来たマックスに聞いたんだ。過去の栄光の上に腰かけているのに飽きたのかい？」

「僕は、栄光がほしくて仕事をしているわけじゃない」フレッチャーが肩をすくめた。「むしろ挑戦するのが好きなのさ。栄光はその副産物にすぎないし、僕はどちらかというとその手のものは苦手なんだ」

その言葉を聞いてみんなが黙りこんだ。ショックだったからなのか、何かを思案しているからなのか、タミーにはわからなかった。ああ、どうか誰もお金の話をしませんように、と彼女は祈った。幸いなことに、誰もそのことは尋ねなかった。

「今度の挑戦はなんだい？」ポールがきいた。「マックスは君が考えたことだからと言わないんだ」

誰もが期待をこめてフレッチャーを見た。タミーは息を詰めて、彼が皮肉な返事をしませんように、と願った。みんなは興味を持っただけで、あなたの成功をねたんだりそねんだりしているんじゃないわ。

フレッチャーはかすかに苦笑を浮かべて首を振っただけだった。「テクノロジーの開発にはもう興味がないんだ。ジョンが生まれてから、子どものためになる仕事をしたいと思うようになってね。コンピュータゲームを教育の道具として使うことを考えている。数学が苦手な子は多いが、ゲームをしながら学習することだってできるはずだ」

「コンピュータゲームで数学を学ばせるのかい？」アンドリューがきいた。

「そう。それをねらっている」

「とてもいいアイディアだと思うわ！」セリーヌが兄に尊敬のまなざしを向けた。

「私も」ルーシーが熱っぽく同意する。「ゲームが完成したら、私たちも絶対買うわ。ね、トニー？」

「もちろんだ。ぶどう園の経営には数字が不可欠だからね」トニーはいとおしげに妻に笑いかけた。

　あんな笑顔をフレッチャーも私に向けてくれたらいいのに。タミーはふいにそう思ったが、それでも、彼が仕事のことを自分の友人に話してくれたことに幸せな気分を味わっていた。

「数学は大切だ」アダムがつぶやいた。「小説の筋を考えるのにもきちっとした論理が必要だ。サーフインでうまく波に乗るにも正確なタイミングを計算する必要があるだろう、グラント？」

「そうさ。成功の確率を読むんだよ」

「金融にももちろん数学がいる」ポールが言う。

「経理にもね」アンドリューが付け加える。

「誰もが数字を扱わなくちゃいけないんだわ」カーツィがフレッチャーに笑いかけた。「子どもたちのためにぜひそのプロジェクトを実現させてね」

「成功を祈って乾杯しよう」トニーが新しいボトルを開けるために立ち上がった。「このワインは特にいいヴィンテージで……」

　そうして午後は楽しく過ぎていった。食事を終え、トニーが持ってきたワインをほとんど飲み終えると、みんなでアダムのコテージのリビングに移動し、旅行のビデオを見た。そのあとおみやげが手渡された。

　かなり飲んだので全員が車をそこに残し、タクシーを呼んでホテルに戻った。タミーたちはグラントとハンナと同乗し、翌日の計画を話し合った。タクシーを降り、二人だけで部屋に向かうと、タミーはまた急に落ち着かなくなった。

　緊張した沈黙が二人を包んでいる。互いの体に触れることもなく、フレッチャーは荷物を持ち、タミーは手の中でキーをもてあそんでいた。部屋に入るころには、フレッチャーは私の友人たちと過ごした時間を本当に楽しんだのだろうかという不安が頭に広がって、タミーは何度もさっきまでのシーンを思い返してみずにはいられなかった。もしかしたら楽しんでいるふりをしていただけかもしれない。そうだったら、私たちの関係は何も変わらない。これまでのように同じ屋根の下での別々の生活が続くだけ。ドアを開け、フレッチャーが荷物を運び入れるのを待って閉じる。これからの二人の運命が今からの時間で決まるような気がして、タミーは彼が荷物を置くのも待ちきれずに尋ねた。

「大丈夫だった？」

彼が振り向く。

「パーティよ。あなたはみんなとうまく付き合っていたけれど、問題はあなたが楽しめたかどうかだわ。楽しい時間だった？　それとも……」

「耐えられなかったか？」彼が片方の眉を上げる。

喉が詰まって言葉が出ないまま、いい返事を祈りながらタミーは目で答えを求めた。

フレッチャーが近づいてきた。「僕が間違っていたよ、タマリン」後悔しているような口ぶりだった。

「いい人たちだ。僕に敵意もねたみも持っていないし、利用しようとも考えていないのがよくわかった。セリーヌと僕の間がぎくしゃくしているように、ポールもマックスとうまくいっていないみたいだが」

「でもポールはあなたには敬意を表していたし、セリーヌもあなたのプロジェクトに賛成していたわ」

「ああ」彼の口元が笑いをこらえるように引きつった。「セリーヌは僕を引っぱっていって、写真を送ったことについて謝ったよ。一人で式に出席した君がかわいそうで僕に腹を立てていたらしい。だが僕が悔い改めて今日のパーティに来たから、過去に君をないがしろにしたことには目をつぶるそうだ」

タミーはあきれて目を丸くした。いかにもセリーヌが言いそうなことだ。

フレッチャーは笑っている。「長年かかって身についたものは一日では変えられないな」

「でも今日、あなたは自分を変えたわ。みんなもあなたを受け入れていたし」

「ああ。僕にも意外だった。それにうれしかった」

彼はタミーに近づき、向き合うように立った。彼の発するエネルギーに包みこまれ、その抗《あらが》いがたい力に引きつけられて、タミーの体が震えだす。「さて、残る問題は」彼の瞳には情熱の炎が燃えていた。タミーは心臓が止まりそうになった。彼の片手が伸び、からかうように指でそっとタミーの唇の輪郭をなぞる。「僕がご褒美をもらえるかどうかだ」

ご褒美？

その言葉はタミーの頭の中にこだまして、長い間抑えていた欲望を目覚めさせた。タミーは彼の首筋に手をまわし、彼を引き寄せた。

フレッチャーは彼女を強く抱きしめ、すべてを奪い取らんばかりの熱いキスをした。それはタミーを自分のものだと主張するようなキスで、その激しさはあたかもタミーを自分から離れられなくしようとしているかのようだった。

タミーは離れようとするどころか、彼に負けない激しさで応《こた》えた。彼に求められていることがうれしかった。その思いを伝えたかった。彼を二度と放したくなかった。

二人は性急にベッドに向かった。互いの服をはぎ取り、手で確かめ合い、激しく相手を求めて体を触れ合わせる。唇を重ね、舌をからめたままベッドに倒れこむと、タミーは両脚を彼の体にまわして引き寄せた。フレッチャーが覆いかぶさる。

激しい感情と押し寄せる歓喜の波に洗われて、タミーは我を失った。何度も高みに押し上げられたあとの、とろけるような甘い余韻の中、固く抱き寄せられたまま、重なり合う二人の鼓動に耳を傾けた。何も考えたくないし、話したくない。ただこのまま彼の腕の中に身を委《ゆだ》ね、ぬくもりを感じていたい。

陶酔から先に抜けだしたのはフレッチャーだった。

彼はタミーをそっと仰向けにし、額にキスをして、その瞳をのぞきこんだ。「タマリン、僕と一緒にいる理由が子どもだけじゃないと言ってくれ」

「ええ、あなたもよ。あなたに惹《ひ》かれているから、私はあなたと一緒にいるの」二人の未来に希望が生まれた今、タミーは自信を取り戻すことができた。

「ご褒美をあげるというシステム、気に入ったわ」

「君はまた挑戦するのが好きな魔女に戻った」彼はうれしそうに言った。

「それがあなたの好み？」

「そんな君に惹かれている、と言っておこうか」

「じゃあ、私たちはお互い同じなのね」

「そう、僕らは運命共同体だ。これからの人生をずっと共有していこう」

タミーがほほえんだ。

彼がキスをした。

タミーは今までになく安らかな気持ちになった。

14

五人目の結婚式。

ビーチでの結婚式に似合うよう、ハンナはブライズメイドたちに日焼けメークを施すメークアップアーチストを招いていた。手足の爪はストラップレスのサンドレスに合わせてシェルピンクに塗られた。浜辺の式には素足で臨み、パーティではおそろいのピンクのサンダルを履くことになっている。ブーケもピンクとクリーム色のプルメリアで、同じ花が髪にも飾られる。タミーは、長い髪を片側に垂らしてカールさせ、ハンナの言うタヒチスタイルにした。

また一人仲間が結婚することに心を躍らせるタミ

ーだったが、今回はフレッチャーが新郎の友人として参加してくれるのでなおさらうれしかった。この半年で、彼はタミーの友人たちとも打ち解けるようになり、特にグラントとは親交を深めた。二人とも自然が好きで、山登りや山歩きが趣味だったからだ。もちろん海で遊ぶことも忘れなかった。二組のカップルは何度か週末に海に繰り出して楽しんだ。そんなわけでフレッチャーに付添人の役がまわってきたのだ。彼が快諾したと聞いてタミーはとても喜んだ。

式の日はこれ以上ないほどの、雲一つない快晴だった。一行は白いリムジンに乗りこんでリゾートタウン、テリガル・エスプラナーデに向かった。街には人が行き交い、歩道のカフェもにぎわっている。ビーチ沿いの松並木の下には家族連れのピクニックテーブルが並び、浜には色鮮やかな日よけの傘やタオル、デッキチェアや水着姿の人があふれていた。

グラント・サマーズの結婚式は地元では評判になっていて、見物客も大勢集まっていた。サーフクラブの玄関からビーチまで長い麻のマットが敷きつめられ、ビーチには巨大なレセプション用のテントが設けられている。その下に祭壇が作られ、すでに客や出席者が集まっていた。クラブごとに色の違う衣装をつけたライフセーバーたちがテントまでの両側にずらりと並ぶ。スピーカーから花嫁の登場を知らせる声が聞こえると、いっせいに拍手が起こった。タミーも花嫁の行列に加わって歩きだした。

セリーヌのときと同じだわ。私はあのとき初めてフレッチャーと出会い、パートナーとして組んだ。今日も彼はあの日と同じように花婿の付添人を務めている。テントに向けて歩きながら、タミーはグラントに付き添う男性たちに視線を走らせた。既視感《デ・ジャブ》に似た奇妙な感覚が彼女を襲う。

もちろんあのときと今では様子はまるで違っている。今日は男性陣もスーツではなく、白いスラックスに白のジャケット、ピンクのオープンネックのシャツというくだけた服装だ。でもフレッチャーを見たときのはっとする気持ちはあのときと変わらない。彼だけが際立って見えて、ほかの男性は目に入らなくなるのだ。そのフレッチャーも今や、そして少なくともジョンが大きくなるまでは、私のパートナーなのだ。そう思うとタミーの胸は高鳴った。

二年前と同じように、フレッチャーがタミーに、目もくらむような笑みを向けた。

タミーもほほえみを返す。

彼は今も、あのときのように私を黒髪の魔女だと思ってくれているだろうか。私はまだ彼を虜《とりこ》にしているだろうか。

そう思いたかった。いつまでも彼に求められたい。

五人のブライズメイドが花嫁の横に並んだ。ハンナがグラントと並んで祭壇に立ち、誓いの言葉が始まった。タミーはいつしか自分たちを二人と比較していた。私たちは、彼らとは違って、子どものために契約を交わしたパートナーでしかない。

そのジョンも十カ月。今日もセリーヌの娘サマンサと一緒に、スタントン家が預かってくれている。いとこ同士の二人は全然似ていないのに仲がいい。サマンサは人形のように愛らしくておとなしい。一方ジョンは活発でやんちゃだ。七カ月で話し始め、九カ月で歩きだした。ジョンがサマンサのまわりにおもちゃを並べるとサマンサはうれしそうに笑う。

ジョンが早熟なことは疑いようがなかった。タミーは時折、父子《おやこ》が互いを理解するような視線を交わしているのに気づくことがあった。だがジョンは、困ったときは決まってタミーのもとに駆け寄ってくるので疎外感はない。早熟な息子に今後フレッチャーの存在が必要になるのは明らかで、ジョンのためにも、自分のためにも、フレッチャーと暮らすことにしてよかった、とタミーは思っていた。

セリーヌの結婚式以来、フレッチャーとの間にはさまざまな紆余曲折《うよきょくせつ》があった。彼との絆《きずな》を保つのは容易ではなかったが、今はかなり安定した関係が築けている。夫婦の愛を誓い合っていない分、友人たちにはかなわないかもしれないが、彼がタミーにとってかけがえのない男性なのは事実だった。

グラントとハンナが誓いの言葉を交わし、結婚証明書にサインをした。花嫁とブライズメイドたちが波打ち際で写真におさまる。グラントは花嫁を抱いてぐるぐるとまわってみせた。タミーは、ズボンの裾《すそ》が濡《ぬ》れないようにたくし上げているフレッチャーの筋肉質の脚に見とれていた。彼が立ち上がり、タミーの方を見た。目が合い、にっこりほほえむ。

その瞬間、ハンマーで殴られたような衝撃がタミーを襲った。一緒に暮らしていながら彼の持つ性的な磁力はいまだタミーを強く引きつけずにはおかない。目が合うと電気に打たれたように体がしびれる。

彼はみんなと一緒にいるタミーのところに近づいてきて、手を差しのべた。その瞳は妖《あや》しく光っていた。

「砂の上でのダンスを彼らに見せてあげないか」

タミーは笑って首を振った。「今日輝くのは私たちじゃないわ。私たちは主役を引きたてるためにいるだけ」

フレッチャーはタミーの手を取り、固く握りしめた。「君にも、主役として輝く日を持ってほしいんだ。タマリン、いつか僕はそれを実現するよ」

「ど、どういう意味？」彼の真剣な口調に驚いてタミーは尋ねた。

フレッチャーは小さく笑った。「僕のやり方でやりたいということさ。手始めに今夜のパーティでは君が疲れはてるまでダンスの相手をしてもらうよ」

「セリーヌの結婚式でも同じようなことを言われた気がするわ」

「だがあのときはまだ君を理解していなかった」

「今は?」

「とてもよくわかっているつもりだよ」彼は自信たっぷりに言い放った。

タミーはわざとため息をついた。「わかってもらうより、あなたを挑発できる存在でいたかったわ」

彼は笑った。「いや、君は今だって十分僕を挑発できるよ。だが僕は最後には君を制するつもりだ」

カメラマンに呼ばれ、集合写真を撮ることになったため、彼が何を言おうとしたのかはわからずじまいだった。写真の撮影中もタミーはその意味を考えたが、はしゃいでいる仲間たちと一緒では、フレッチャーに尋ねる機会はなかった。

数時間後、花嫁と花婿のワルツが始まって、ようやく二人だけになる機会が巡ってきた。タミーはフレッチャーと踊れることがうれしかった。サーフクラブの最上階にあるダンスフロアは広々としていて、踊りながら回転し、複雑なステップを踏むスペースが十分にある。踊りの上手な彼とのダンスを、タミーは心ゆくまで楽しんだ。

最初のワルツに始まって、いろいろな曲がかかった。息が切れるほどチャチャチャを踊ったあと、フレッチャーはタミーのウエストに手をまわし、ビーチに面したバルコニーへと彼女を導いた。

潮を含んだ涼しい海風を受けながら、彼はタミーを抱きしめた。一緒にいるだけで満ちたりた気分で、二人とも口をきかなかった。やがてフレッチャーがシルクのようなタミーの髪に頬を押しつけてつぶやいた。「君は幸せかい?」

「ええ」タミーはため息をついた。

「僕といて、幸せかい?」

タミーはほほえんだ。「わかっているはずよ」

彼の瞳にさっきビーチで見たのと同じ輝きが宿る。

「だったら僕の花嫁になってくれるかい?」

「あなたの花嫁に?」一瞬意味がわからなかった。

彼はタミーを抱きしめると気持ちをこめて言った。

「僕らは法的には夫婦だが、君が幸せな気持ちでその契約を結んだわけじゃないのはわかっている。互いの気持ちが確認できなかったから、式も挙げなかった。だが今日ハンナとグラントが生涯の愛を誓うのを聞いて、僕にも君がどう考えていたかが理解できたんだ。僕に愛され、大切にされていることが、君は信じられなかったんだね。いや、正直、以前は僕だって自信がなかった」

それなら今は？　今は自信があるの？

目は心の窓だと言われるが、彼の瞳は暗く、のぞきこんでも何も見えない。それでもタミーは、彼がそう言ってくれることを願った。

「だが僕はどうしても君を僕のものにしたかった。最初に会ったときから、強くそう思った。ばかげたことだと否定しても、何を言っても、何をしても、その思いは消えなかった。僕は自分の生活の枠組みに君を押しこめようとした。でもだめだった。僕が思う形では君を束縛することができなかった。だから妊娠を聞かされたショックが去ると、僕は歓喜した。それを理由に、求めていたものを、君と子どもを、僕のものにできると考えたから」

その気持ちはタミーにも理解できた。彼女も同じ気持ちだったから。お互い、原始的な本能で、最初からこの人こそ自分のパートナーだと感じ取ったのだろうか。自分ではコントロールできない力で互いに引きつけられたのだろうか。まったく違う環境で育ったにもかかわらず、この人こそが、自分のために創《つく》られた相手だとわかったのだろうか。

それともその全部だろうか？

わからない。タミーにわかるのは彼を愛しているということだけだ。どんなときも。そして彼からもその言葉を聞きたかった。

「だがわかっているはずだ。僕が君を愛していることは」タミーの心を読んだように彼が言った。「心から」熱い思いをこめて彼は言った。「君という人を大切に思っている。僕に尽くしてくれたことに感謝しているよ。しかも僕を無視したりしない仲間を紹介してくれた。僕に仲間をくれた。君のおかげで僕はこれまでとは違う見方ができるようになった」

彼は手を伸ばして大切なものに触れるように、恐る恐るタミーの頬に触れた。

「何より、君への見方が変わった。君はベッドでの最高のパートナーである以上に、僕の人生を価値あるものにしてくれる人なんだ。僕の子どもの母親としての君を含めて、あらゆる君を愛しているよ。誰より君を愛している。今では心からそう誓えるんだ。僕には君しかいない」

タミーの心にこぼれんばかりに愛があふれた。こみ上げる感情で目に涙が浮かぶ。この言葉を聞けるのをずっと待っていた。願っていた。もしかしたら一生聞けないかもしれないと思いながらも。「私も愛してるわ」タミーはためらわずに同じ言葉を返し、彼の体に腕をまわして、彼の首筋に顔をうずめた。「会ったときから、あなたしかいないと思っていた。カーツィの結婚式の夜、あなたを最初で最後の男性にしたいと思ったわ。ロードハウ島に行ったときには、あなたに愛されていると思った。でもあのときのあなたは自分に都合がいいように私を利用したいだけだった」

「いや」フレッチャーはタミーの髪をすき、そっと頭の後ろに手を置いた。彼が話すと喉の震えが伝わってくる。「利用するつもりはなかったんだ。ただ君をそばに置いておきたかった。金の力で簡単にそれができると思っていた。一緒に暮らしてくれと君に頼む前に家と車を買ったときも、まだ僕はうぬぼれていた。だがそれでは足りないこともわかっていた。僕は考え方を変える必要があり、君こそがその推進力になれる人だった。あのころの僕には愛がわからなかったんだ。ただ君を失うのは耐えられなかった。わかっていたのはそれだけさ」

「そんなことはもういいの」タミーはつぶやいた。「過去は過去だ。今、二人にはすばらしい現在がある。

「いや、よくない。僕は結婚という形に君を追いこみ、君の夢を奪った。君の友だちはみんな結婚式を挙げたのに。花嫁として輝かしい日を迎えたのに。だから君にも同じことをしてあげたいんだ。ちゃんと式を挙げよう。ハンナとグラントのように、僕らも愛を誓おう。今なら心から誓える。僕の言うことが信じられないかい？」

「信じるわ」タミーは目もくらむような気分だった。

「それなら式を挙げよう。僕に任せてくれ。みんなの前で互いの愛を誓おう。僕の花嫁だということを実感し、幸せな思い出を一生大事にしてほしい」

タミーの気持ちを確かめるように、フレッチャーは彼女を上向かせた。その瞳に決意が宿っているのが、タミーにはわかった。彼は意志を貫くつもりだ。わがままなやり方ではあるが、すてきな、愛のこもったやり方だ。タミーは喜んで従うつもりだった。

「うれしいわ、フレッチャー」

彼の顔が輝いた。「なんでも言ってくれ。君の夢をすべてかなえてあげるよ」

「あなたの結婚式でもあるのよ」

「君の望みが僕の望みだ。だが今は……君とダンスをしたい。どうだい？」

「リードして。ついていくわ」

彼がタミーを導いた。二人の前に広がる将来がタミーには見える。踊りだしたくなるようなすばらしい未来。

私はフレッチャーに愛されている。彼はみんなの前で一生の愛を宣言したいと言ってくれた。子どものためではなく、二人のために。

15

六人目の結婚式。

一年後。ロードハウ島にて。

・

以前にフレッチャーとタミーが宿泊した場所には六組の夫婦がそれぞれ泊まれる小さなブティック・アパートメントが六軒あった。ほかの招待客は島じゅうの宿に分散して泊まった。フレッチャーが宿泊先を決め、前もって料金を支払い、往復のフライトを予約し、みんなに式に出てもらえるよう、手を尽くしたのだ。いったん決断すると、彼の行動力には目を見張るものがあり、タミーはそんな男性を夫に持った自分を世界一幸せな花嫁だと思った。


そしてとうとう結婚式の日が来た。

友人たちに囲まれて式の支度をしながら、タミーはあふれる笑みを隠せなかった。朝、フレッチャーがジョンを連れて男性の支度部屋となっているアパートメントに行ってしまうと、友人たちがタミーのアパートメントに駆けつけてきた。誰もがタミーの幸せを喜んでくれていた。

「こんな日が来るとは思わなかったからうれしいわ」セリーヌが顔いっぱいに笑みを浮かべて言った。

「しかもこんなにすてきな結婚式よ」カーツィが温かい口調で言う。「特別な日のためにお金を惜しまないのは、あなたを本当に愛しているからだわ」

タミーがほほえんだ。「私が賛同しているプロジェクトには、もっとたくさんのお金を注ぎこんでいるのよ」

「以前に言っていた、子どものためのコンピュータゲームのこと?」ルーシーが興味を引かれたようにきいた。彼女とトニーは子どもをたくさんほしいと思っていて、つい数カ月前に第二子を産んだばかりだった。

「いいえ、あれはまだ市場に出すところまではいっていないの。私が言っているのは、新生児を抱えて途方に暮れている若いお母さんたちのためのセンターのことよ。私、ずっとなんとかしたいと思っていたんだけれど、どうしていいかわからずにいたの。そうしたら、彼が土地を探す手はずを整えてくれたのよ」

「まあ、すばらしいわ、タム。そして、あなたも」ジェニファーが誇らしげに言った。「あなたもとう、最高の伴侶《はんりょ》を見つけたのね」

セリーヌが信じられないというように首を振る。「兄が慈善事業に関心を示すなんて思ってもみなかった。本気であなたを愛しているんだわ、タミー」

知りたがり屋のハンナが尋ねた。「二人の思い出の島で結婚式を挙げることにしたのはわかるけど、ハネムーンはどうするの？」

「ここで過ごすわ。数日したら家に帰るつもりよ」

ハンナは失望したような表情になった。「そう。確かにここでも十分ロマンチックだけれど」

タミーはためらいながらも、いずれわかることだからと話すことにした。「実はね、旅行の予約はしたんだけれど、すぐには実現しないの。宇宙旅行を予約したのよ。グーグルの創立者みたいに」

一同があきれたように口を開けた。

まず我に返ったのはセリーヌだった。「宇宙旅行ですって？　兄らしいわ。タミー、あなた宇宙船に乗りたいの？」

「ええ。地球を外から眺めたいわ。月や星を宇宙から見てみたい。きっとすてきだと思うわ」

「あなたたち、本当にお似合いの夫婦だわ。二人とも頭がどうかしている」

「セリーヌ、そんなことないわ」ジェニファーが叱《しか》るように言った。「星に向かって旅をするなんて、すばらしいじゃない。私たちの中からそんなことをする人が出るなんて、想像もしなかったけれど」

「そうよね。行け、行け、タミー」ハンナが昔からの合言葉でタミーを応援した。

「そうよ。いつか空を指さして子どもたちに、ほら、あそこを今、私の友だちが旅してるのよ、って言えたら、すてきじゃない」

「私たちの友だち、でしょ」カーツィが訂正して言う。「タム、そうなったら私たち、あなたを誇りに思うわ。いいえ、今だって誇りに思ってる。そのあなたが、とうとう花嫁になるんだもの、今日は本当にうれしいわ」

「さあ、急がないと式に遅れるわよ」セリーヌがそう言ってタミーにほほえみかけた。「私はみんなと違って、義理の姉が宇宙旅行をしているって威張れる立場よ。しかもそれを実現させたのは実の兄だって。二人とも月の光のせいで頭がどうかしたのよ、なんて言ったりしないから」

その言葉にみんながどっと笑い、あわただしく準備に戻った。

ブライズメイドのために選んだドレスをタミーはとても気に入っていた。ホルターネックの赤いドレスはウエストに同色のリボンがついていて、島に咲くハイビスカスの花を連想させる。スカートは赤、オレンジ、黄色の微妙なグラデーション。ハイビスカスの花はブーケにも使われている。

タミーの白いシルクサテンのドレスは体にぴったりしたマーメイドスタイルで、ウエスト、ヒップ、腿の部分には斜めに三段のレースとビーズが縫いつけられている。スカートは膝から下が広がっていて、縁にもレースとビーズがあしらわれていた。ベールを留めるのはパールのティアラだった。支度を整えた彼女は、口々に彼女の美しさを讃《たた》える友人たちに囲まれて、うれしさを満面に表していた。

今度こそ私が花嫁なんだわ——鏡の中の自分を見ながら、タミーは幸福感に胸をふくらませた。みんなの中で最後の花嫁だけれど、最高の結婚式。だって私はフレッチャーの花嫁になるんですもの。

ミニバスでネッズ・ビーチに到着すると、世界一美しいビーチを見下ろす芝生の上に招待客が集まっていた。フレッチャーの母親とルーシーの母親がいる。二人は昔からの友人で仲がよかったのだ。花びらを入れたかごを持ったフラワーガールのサマンサもいた。ルーシーの息子のマリオとジョンはページボーイだ。

友人がブライズメイドで、その夫が花婿の付添人。子どもたちまで参加して、これこそ究極の仲間同士の結婚式だわ、とタミーは思った。

招待客は白い椅子に座っていた。戸外に設営された音響設備からベートーベンの歓喜の歌が流れて、式の始まりを告げる。子どもたちが先頭を切って歩きだし、ジョンの「一、二、三」という声に合わせて薔薇《ばら》の花びらが空中に舞った。

それを見て、遠路はるばる式に参加したマックスとハンス、ガイを含む全員がほほえんだ。まだ独身の三人はフレッチャーが選んだ女性を見てみたいと興味津々だった。「伴侶を見つけたければ、頭で考えるのをやめて、直感に従うことだわ」タミーは三人にそうアドバイスした。

「彼女の口の悪いところが気に入って、結婚したんだ」というのがフレッチャーの言葉だったが、彼の輝く瞳は、人生の真実を正確にとらえることのできる君だから好きになった、と告げていた。

「美しさも、だろう?」ハンスが言った。

「理解があるところも」ガイが皮肉めかして言う。

マックスがフレッチャーにうなずいてみせた。

「タマリンは彼を幸せにできる才能を持っているんだ」

その言葉に三人は深くうなずき合った。

以前のフレッチャーと同じで、この人たちはみんな孤独なんだわ、とタミーは思い、シドニーに来たらいつでも家に遊びに来てほしいと伝えた。

フレッチャーの仲間を含め、大勢の人たちが今日という晴れの日を祝うためにやってきてくれた。それがタミーにはうれしかった。友情、愛、思いやり――誰もが望み、必要とするものを、今日タミーはすべて手にしている。祭壇に向けて歩く彼女の胸は喜びの歌が鳴り響いていた。

そして祭壇では、そのすべてを与えてくれた男性が待っている。

輝くような笑みを浮かべて。

その微笑はタミーへの愛情にあふれていた。タミーもまた愛をこめてほほえみを返した。


誓いの言葉を口にする二人の心には一点の曇りも疑問もなかった。かつての不安は、今ではすっかり姿を消している。二人は一つで、この先どんなことがあっても離れることはないだろう。

夫婦であることが宣言され、二人はキスを交わした。

ジョンが祖母の手を離れて走り寄ってくる。

セリーヌが感激したように叫んだ。「みんな、最後の六人目の花嫁が誕生したわよ！」

「そして赤ちゃんもね」フレッチャーがジョンを抱き上げて、妻と息子に笑いかけた。

計画外のね、とタミーは思った。でもこの子は愛されて生まれてきたことを知っている。

それで十分だった。

人生最高の時だわ、とタミーは思った。

ハーレクイン®

ハーレクイン・イマージュ・エクストラ　2007年3月刊（IX-1）
ハーレクイン・ロマンス　2011年6月刊（R-2619）

スター作家傑作選～春色のシンデレラ～
2025年4月20日発行

著　　者	ベティ・ニールズ　他
訳　　者	結城玲子（ゆうき　れいこ）　他
発 行 人	鈴木幸辰
発 行 所	株式会社ハーパーコリンズ・ジャパン 東京都千代田区大手町 1-5-1 電話 04-2951-2000（注文） 0570-008091（読者サービス係）
印刷・製本	大日本印刷株式会社 東京都新宿区市谷加賀町 1-1-1
装 丁 者	小倉彩子
表紙写真	© Zastavkin, Irina Belokrylova, Ladavie | Dreamstime.com

ISBN978-4-596-72700-8 C0297

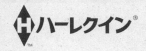

4月25日発売

ハーレクイン・シリーズ 5月5日刊

ハーレクイン・ロマンス　愛の激しさを知る

大富豪の完璧な花嫁選び	アビー・グリーン／加納亜依 訳	R-3965
富豪と別れるまでの九カ月《純潔のシンデレラ》	ジュリア・ジェイムズ／久保奈緒実 訳	R-3966
愛という名の足枷《伝説の名作選》	アン・メイザー／深山　咲 訳	R-3967
秘書の報われぬ夢《伝説の名作選》	キム・ローレンス／茅野久枝 訳	R-3968

ハーレクイン・イマージュ　ピュアな思いに満たされる

愛を宿したよるべなき聖母	エイミー・ラッタン／松島なお子 訳	I-2849
結婚代理人《至福の名作選》	イザベル・ディックス／三好陽子 訳	I-2850

ハーレクイン・マスターピース　世界に愛された作家たち～永久不滅の銘作コレクション～

伯爵家の呪い《キャロル・モーティマー・コレクション》	キャロル・モーティマー／水月　遙 訳	MP-117

ハーレクイン・ヒストリカル・スペシャル　華やかなりし時代へ誘う

小さな尼僧とバイキングの恋	ルーシー・モリス／高山　恵 訳	PHS-350
仮面舞踏会は公爵と	ジョアンナ・メイトランド／江田さだえ 訳	PHS-351

ハーレクイン・プレゼンツ作家シリーズ別冊　魅惑のテーマが光る極上セレクション

捨てられた令嬢《ハーレクイン・ロマンス・タイムマシン》	エッシー・サマーズ／堺谷ますみ 訳	PB-408

※予告なく発売日・刊行タイトルが変更になる場合がございます。ご了承ください。

今月のハーレクイン文庫

4月1日刊

珠玉の名作本棚

「情熱のシーク」
シャロン・ケンドリック

異国の老シークと、その子息と判明した放蕩富豪グザヴィエを会わせるのがローラの仕事。彼ははじめは反発するが、なぜか彼女と一緒なら異国へ行くと情熱的な瞳で言う。

（初版：R-2259）

「一夜のあやまち」
ケイ・ソープ

貧しさにめげず、4歳の息子を独りで育てるリアーン。だが経済的限界を感じ、意を決して息子の父親の大富豪ブリンを訪ねるが、彼はリアーンの顔さえ覚えておらず…。

（初版：R-896）

「この恋、揺れて…」
ダイアナ・パーマー

パーティで、親友の兄ニックに侮辱されたタビー。プレイボーイの彼は、わたしなんか気にもかけていない。ある日、探偵である彼に調査を依頼することになって…？

（初版：D-518）

「魅せられた伯爵」
ペニー・ジョーダン

目も眩むほどハンサムな男性アレクサンダーの高級車と衝突しそうになったモリー。彼は有名な伯爵だったが、その横柄さに反感を抱いたモリーは突然キスをされて——？

（初版：R-1492）